ナイトランド叢書 3-1

見えるもの見えざるもの

E・F・ベンスン

山田蘭 訳

アトリエサード

VISIBLE AND INVISIBLE

E.F.Benson

1923

装画：中野緑

目次

見えるもの見えざるもの

E・F・ベンスン

山田蘭 訳

かくて死者は口を開き――

"And the Dead Spake..."

ロンドンの忙しない熱気と喧噪から逃れられる静かな場所といったら、ニューサム・テラスをおいてはあるまい。北側は円形の空間を囲む行き止まりとなっていて、こぢんまりとした四角い家並みにはさまれた道を歩いていくと、背の高いレンガ造りの壁にぶつかることとなる。南へ歩いていくと、慎ましやかなジョージ王朝様式の家々が寄りあつまった長方形の広場、ニューサム・スクエアを通りぬける。こちらの家並みは、ケンジントンがまだロンドン郊外の村で、川に向かって広がる牧草地の向こうに、かの大都市を望んでいたころの名残だ。玄関を出ればそこにタクシーが並び、ひっきりなしに轟音をあげてバスが行き交い、地下鉄の駅もすぐ目の前、何両もの電車が地中を走りぬけるたびに、テーブルの皿、ナイフやフォークががたがた揺れるような暮らしを理想とする人々なら、ニューサム・テラスやニューサム・スクエアは不便にもほどがあると思うことだろう。そんなわけで、二年ほど前から、ニューサム・テラスには退職後の暮らしをのんびりと楽しむ人々や、静かなおちついた環境でじっくりと仕事にとりくみたい人々ばかりが住むようになっていた。輪回しやキックスケーターで遊ぶ子どもも、犬も、このあたりではめったに見かけることはない。

二軒でひと組となっているそれぞれのテラスハウスの前には、柵で囲われた小さな四角い庭があり、中年の、あるいは老齢の女主人が庭いじりにいそしんでいる姿はすっかりおなじみの光景だ。冬の夕方五時にもなると、通りからはぱったりと人影が絶え、夜間に一定の間隔で巡回する警察官の、フェルト底の靴音が聞こえるだけとなる。警察官は半球レンズつきの角灯を掲げ、小さな庭のひとつひとつに目を走らせるが、せいぜい早咲きのクロッカスやトリカブトが目につくくらいで、あやしいものなど何も見つかりはしない。あたりが暗くなるころには、テラスの住人はみな家の中に入り、カーテンを引き、鎧戸を閉めて、家族だけで水入らずの夕べをすごす。テラスから葬列が出ていくところは（この物語までの時点では）わたしは一度も見たことがなかったし、結婚披露宴の紙吹雪が舗道に舞うところも、乳母車が通りかかるところも目にしたおぼえがない。この一角も、そこに暮らす住人たちも、まるで良質なワインのボトルのように、静かに熟成しつつあるように見えた。それぞれが若き日の陽光きらめく夏を内に蓄え、いまはひんやりとした場所でまどろみながら、いつの日か貯蔵庫の扉の鍵が開く音がし、ついに棚から引き抜かれて、中身がどれほどのものか吟味されるときを待っているのだ。

とはいえ、これから話すできごとがあってからというもの、わたしは一見ごく平穏そうな家の前を通りすぎるときにも、実はこの中で何かがまるで発電機のように、ひそかに着々と強大な怖ろしい力を蓄えつつあるのではないかと考えずにはいられなくなった。テラスのあの北端の家も、通りでもっとも静かでおちついた家に見えていたにもかかわらず、実際に足を踏み入れたわたしは、そんな力がたしかに蓄きつつあるところを目にすることになったのだ。たとえば夏のとある一日、じっと目をこらして観察を続けていても、その家に起きる変化といえば、午前中に家政婦らしき年輩の女性が、かごを腕に買いものへ出かけ、一時間後に帰ってくることくらいのものだっただろう。そのほかには、玄関を出ていくものもいないし、入ってくるものもいない。だが、ときには、長身で痩せぎすの中年男が現れ、急ぎ足で通りを歩いていく姿が見られる。けっして毎日のことではないが、こんなとき、この男はテラスの住人たちみなが守っている慣わしを破ることになる。なにしろ、男が姿を現すのは夜九時から十時の間なのだ。こんな時間に、男はときどきニューサム・スクエアのわが家にぶらりと立ち寄り、わたしが在宅なら、後で少しばかり話でもしないかと持ちかけてくることもあった。それから、男は夜気を吸いながら運動をするため、明かりの灯ったにぎやかな街路を一時間ほど歩き、またわが家に戻ってくる。蒼白い顔色のまま、上気した様子もないその男としばし語らうことは、わたしにとっても大きな楽しみになりつつあった。わたしから電話をして、ちょっとそちらに立ち寄ってもいいかと申し出たこともないわけではない。だが、向こうから訪ねてこないときというのは、男が何かの研究に没頭しているからだということに気づいてからは、訪問はひかえるようになった。そんなときに訪ねていくと、たしかに歓迎はしてくれるものの、わたしが腰をあげるのをじりじりしながら待っているのは明らかだったからだ。客が帰ったら、すぐにまた実験器具や組織片と向かいあい、実現しうるとは人類が夢にも思っていないような画期的な発見の数々を、ひたすら追い求めにかかろうとでもいうように。

こう書けば、これがかの謎めいた科学者、サー・ジェイムズ・ホートンのことだと、ひょっとして読者も気づいただろうか。その死により、生命の源泉という暗い森に分け入る百もの道は、なかばまで切りひらかれながらもあっけなく頓挫してしまった。いつかまた誰かがその斧を拾いあげ、ホートン以前はまだ誰も挑んだことのなかった難行を引き継ぐまでは、その道の先が明らかになることはあるまい。

こんなにも人類に貢献しながら、こんなにもその存在を知られていない人物もいまい。人類のために身を捧げながらも（愛ゆえの献身ではないのは確かだったが）、ホートンは他人と交わらずに孤高を保ちつづけていた。なにしろ、このテラスの片隅の家に、長年にわたってずっとひとりで暮らしていたのだ。男も女も、あいつにとっては地質学者にとっての化石と同じように、指で叩き、ハンマーで割ってみて内部を詳細に吟味し、過去の成り立ちのみならず、未来の構造変化までも考察すべきものにすぎない。たとえば絶命させたばかりの動物から、いまだ生きている組織を取り出し、猿の脳髄、去勢牛の心臓、羊の甲状腺というように組み合わせて、ホートンが人工生命体を作りあげたことはよく知られている。わたしは実際に見てはいないので、どんなものかを具体的にここで綴ることはできない。ホートンはある程度のことを話してくれてはいたし、この生命体についての備忘録を、自分の死後にわたしに送付してくれと遺言書に記してもいた。とはいえ、送りつけられてきた分厚い封筒には、「一九二五年一月まではけっして開封しないこと」と指示されていたが。この生物が完成したときに起きたいくつかの奇妙な出来事について、ホートンはどこか歯切れが悪く、わたしから見るとかすかな恐怖さえ感じさせる口ぶりだったのを憶えている。できればこのことを話したくないと思っているのは明らかだったし、だからこそ、その記録を目にする期日がまだかなり先だということが、わたしにはありがたかった。結局のところ、大戦前の五年間にわたってホートンはこの生物の研究にかかりきりで、他人とのつきあいなどするひまもなく、ほとんど自宅とわが家にしか足を踏み入れていない。わたしとは学生時代からの友人で、これまでつきあいが完全に途切れたことはただの一度もないが、それ以外の相手とは、仕事で顔を合わせる場合をのぞいて、せいぜい五、六人とも会ってはいなかったのではなかろうか。比類ない手腕を誇った外科医療からはすでに引退し、大胆さや初歩の知識も備わっていない、学者ぶった無知な連中と評価していたかつての同僚たちとは、もはやめったに行き来はなかった。ときに画期的な内容の小論文を書き、飢えた犬に骨を投げてやるように、そうした連中に読ませてやることはあっても、ホートンはほとんどの時間を自分の研究のみに没頭してすごし、ほかの学者たちには漫然と手探りで研究させるにまかせていたのだ。わたしに研究のことを喜んで話してくれるのは、わたしがその分野にまったく明るくないからだと、かつてあいつは率直にうちあけてくれた。自分の理論や推測、確認を、誰でも理解できるほど単純に説明しようと心がけることで、頭の中がすっきりと整理されるのだ、と。

一九一四年八月四日の夜、ホートンがわたしを訪ねてきたときのことは、いまでもはっきりと憶えている。

「ついに戦争が始まったな」ホートンは口を開いた。「どこの通りも興奮した群衆に埋めつくされて、歩けないほどだよ。まったく、奇妙な話じゃないか？　われわれは誰もがみな血なまぐさい戦場なんだ、どんな激しい戦いをくりひろげている国にもひけをとらないほどのね」

「どういう意味だ？」わたしは尋ねた。

「わかりやすく説明してみようか、まあ、こんなことを話したかったわけじゃないんだが。きみの血液は、いかなるときもひとつの戦場だ。つねに大軍が行進し、行きつ戻りつしている。きみの味方の軍勢が優勢であるかぎり、きみは健康だ。もしも鼻風邪の原因となる細菌の部隊が潜入し、戦いの足場を固めたとすると、粘膜に身を隠している細菌どもを追いはらおうと、きみの軍の司令官は連隊を派遣するだろう。いいかい、司令官はきみの脳から指令を送るわけじゃない――この戦いの司令部は脳ではないんだ、敵が有利な位置に足場を築き、きみに鼻風邪をひかせるまでは、そもそも敵の侵入を脳は知らないわけだからね」

ホートンは、いったん言葉を切った。

「きみの中にある司令部は、けっしてひとつではない。実のところ、いくつも存在するんだ。たとえば今朝、ぼくは一匹のカエルを殺した――少なくとも、ほとんどの人間は〝殺した〟とみなすだろう。だが、たとえ頭部がこちらにあり、切り離された胴体があちらにあるからといって、はたしてぼくは本当にこのカエルを殺したのだろうか？　いや、そうではない――ぼくが殺したのは、カエルのほんの一部分にすぎないのだ。ぼくは胴体を切開し、心臓を取り出して、冷えたり細菌に感染したりしないよう、適切な温度に管理した無菌状態の容器に入れた。きょうの十二時ごろのことだ。ついさっき、ぼくが家を出てきたときにも、その心臓はまだ脈打ちつづけていたよ。つまり、まだ生きているということだ。すばらしく示唆に富んだ現象じゃないか。さあ、ぜひうちに来て、その様子を見ていってくれ」

テラスもまた、開戦の知らせにざわついていた。いつもの静けさを打ち消すように、遅版の新聞を抱えた売り子の声が響きわたり、お仕着せをまとった客間メイドたちが五、六人、白黒模様の蛾のように飛びまわっている。とはいえ、いったんホートンの家に足を踏み入れてしまうと、そこはまるで夜の北極のように世界から隔絶されていた。その日、ホートンはうっかり玄関の鍵を忘れて出てきてしまったのだが、しばらく前に雇われたばかりの、いまやテラスではすっかりおなじみの顔となっていた家政婦が、どうやら主人の帰ってきた足音を聞きつけたらしい。ホートンが呼鈴を鳴らすより早く、扉を開いて出迎えた家政婦の手には、家に忘れていった鍵がたしかに握られていた。

「ありがとう、ガブリエル夫人」ホートンが礼を言う。わたしたちの後ろで、扉が音もなく閉まった。この家政婦の名前も顔も、すでに新聞でさんざん目にしていたため、どこか見おぼえが、いや、おそろしく見おぼえがある気がしてならなかったのだが、どこで見たのかを思い出すより早く、ホートンが説明してくれた。

「あれはね、半年前、ご亭主を殺した容疑で裁判にかけられていた女性だよ。奇妙な話さ。なにしろ、家政婦としては、まさに完璧な人物なのだからね。ぼくは、かつて四人の召使を抱えていたことがある。だが、そのころのわが家は、学生時代の言いまわしを借りるなら、まさにしっちゃかめっちゃかだった。だが、いまやガブリエル夫人ひとりのおかげで、ぼくは何不自由のない快適な生活を送っているんだ。ひとりですべての役割をこなしてくれるんだよ。ときには料理人として、あるいは近侍として、メイドとして、執事として、誰の助けも借りずにね。まあ、おそらくは本当にご亭主を殺しているんだろうな、けっして有罪が立証できないよう、綿密に計画を練ってね。ぼくに雇われたときに、夫人はごく率直に自分の身の上をうちあけてくれたものさ」

それを聞いて、わたしにもその裁判の記憶が鮮やかによみがえってきた。殺された夫というのは短気で気むずかしく、素面かと思えば酔っぱらっているような男だったらしい。ひげを剃っていたときに、本人が誤って喉を切ってしまったのだと弁護士は主張し、それは妻の犯行だと検察は見ていた。その傷がはたして自分自身の手によるものかどうか、よくあることだが証拠からは矛盾が浮かびあがり、ひげを剃ったのは喉を切った後の偽装工作だったということを、検察は証明しようとしたのだ。だが、そこまで人並みはずれた計画性と度胸が夫人に備わっているという検察側の主張を聞き、陪審員は逆に疑いを抱いてしまったらしい。さんざん時間をかけた審議のあげく、夫人には無罪の評決が下りた。しかし、いくら有能だとはいえ、殺人犯かもしれない女性を家政婦に雇うとは、ホートンの選択もいささか人並みはずれてはいないだろうか。

わたしのそんな思いを、あいつは読みとって口を開いた。

「ガブリエル夫人を雇うのは、完璧に整えられ、しんと静まりかえった家に住めるからというだけではないんだ。言ってみれば、ぼくが殺されないための保険のようなものかな。死刑になるかもしれない裁判にかけられたことのある人間は、二度とふたたび殺された死体のそばに身を置くまいと、細心の注意をはらうにちがいない。同じ屋根の下で、けっして誰も死なないようにね。さあ、ぼくの実験室に入って、死後の生命を生きるささやかな実例を見てやってくれ」

いまだ生命と呼べるものを宿し、脈打ちつづけている小さな組織片は、たしかに息を呑むような眺めだった。本来の組織から切り離されてもう九時間にもなるのに、かすかではあるがはっきりと収縮と膨張をくりかえしているのだ。身体のほかの部分の助けを借りることなく、その部分だけで生きつづけている。栄養を送りこむ器官も、エネルギーを燃やす器官もなしに、こうやって心臓が生きていけるのなら、体内のほかの重要な臓器もみなそれぞれ単独で生きていくことができるはずだと、ホートンは考えているのだという。

「もちろん、こんなふうに切り離された臓器は」ホートンは続けた。「ほかの臓器とつながっている場合に比べ、生命が尽きるのは早くなるから、微弱な電気刺激を与えてやるんだ。このガラス容器内の環境を無菌に保ち、カエルの体温と同じ温度に管理しておくことができれば、心臓が生きつづけられない理由はなかろう。栄養分は――そう、栄養をどう補給するかの問題はある。だが、これがうまくいけば、外科手術にどんな可能性が開かれるか、きみにはわかるかな？　死体から取り出した健康な臓器が、ガラスの陳列棚にずらりと並ぶ店を想像してみてくれ。たとえば、肺炎で誰かが死ぬとする。すると、その人間が最後の息を吐ききるやいなや、すぐに臓器の摘出が始まるんだ。もちろん、肺は廃棄しなくてはならない、肺炎双球菌がはびこっているからね。だが、肝臓や消化器官はおそらく健康だろう。摘出した臓器は、きっちり三十六・九度に保たれた無菌の環境で保管され、たとえばその肝臓は、肝臓がんに苦しむ気の毒な患者に売ればいい。そして、その患者は新しい健康な肝臓を移植してもらうというわけさ、わかるだろう？」

「だったら、心臓病で死んだ人間の脳を、生まれつき知能の低い人間の頭蓋骨内に移植することもできるんだね？」わたしは尋ねた。

「ああ、おそらくは。ただ、知ってのとおり、脳というのは神経との接続や連携がこみいっていて厄介でね。脳の移植には、まだまだかなりの外科医療の進歩が必要だろうな。それに、脳には実にさまざまな機能が備わっているからね。そもそも思考、創造はすべて脳の役割とされている。まあ、見てのとおり、この心臓は脳がなくてもしっかりと生きているが。ところで、それとは別の脳の機能を、ぼくはまず研究したいと考えていてね。すでに、実験もいくつか行っているんだ」

いまだ鼓動を続けるカエルの心臓が浮かんだ無菌の容器は、アルコール・ランプによって温度が調節されている。ホートンは手を伸ばし、炎の高さを微調整した。

「まずは、もっと単純で機械的な脳の作用について考えてみよう。もともと、脳というのは記録所、日記帳のようなものだ。たとえば、きみの指関節を、ぼくがこの定規で引っぱたいたとする。さて、何が起きるだろうか？　神経はきみの脳に通信を送る――そうだな、『誰かがぼくを痛めつけている』とね。さて、目はまたきりとわかりやすいかな――うーん、どう表現すればすっきりとわかりやすいかな――『定規で指関節を叩かれた』と。耳からは『叩く音がした』という通信が送られる。さて、そうした種々の通信はさておき、そこからいったい何が起きると思う？　そう、脳は記録するんだ。指関節が叩かれた、ということをね」

話しながらホートンは部屋を歩きまわり、上着とベストを脱いで、薄手の黒いガウンをはおった。炉端の敷物に坐りこんであぐらをかくという、いつものお気に入りの姿勢をとると、まるでどこかの奇術師か、あるいは妖術使いに呼び出された悪魔のようにも見える。いまやホートンは真剣に考えこみ、琥珀の首飾りをまさぐりながら、わたしにというよりも自分自身に語りかけていた。

「そうなると、その記録はどんな形で残されている？　そう、蓄音機のレコードと同じ方法だ。脳には微細な点、窪み、あばたが何百万と刻まれている。それは、その人間の記憶、楽しんだこと、嫌いだったもの、行動や言葉を記録したものなのだ。脳の表面積は、それらすべての事柄、すべての記憶を書きこむ記録紙として充分な広さがある。さほど印象的ではない体験は、ぼやけた点となって記録され、やがて薄れていってしまう――言いかえれば、忘れてしまうということだ。逆に、鮮烈な体験の記録は、けっして薄れることはない。たとえばガブリエル夫人はきっと、ご亭主の喉をかき切った後、偽装のためにひげを剃ったときのことを、死ぬまで忘れることはないだろう。まあ、もちろん、夫人が実際に手を汚していたらの話だが。

さて、ぼくが何を言おうとしているかわかるかな？　もちろん、きみにはわかっているだろう。人間の頭の中には、これまでにとった行動、発した言葉のうち、およそ記憶に残すべきありとあらゆることの記録が残されている。考えたこと、話したことはすべて記録されているが、ふだんよく考えていることや口癖などは、とりわけくっきりと刻まれているのだ。習慣については、脳にわだちとも呼ぶべきものがあちらこちらに走っていて、その人物がどんなふうに生きていようと、くりかえしそのわだちにはまりこんでいってしまうと考えていい。頭の中にはきみの記録、きみのすべてを録音したレコードがすでに納まっている。いま必要なのは、これこそがぼくの研究の目標なんだが、そこに刻まれた微細な点をたどり、かつて死者が口にした言葉や文章をそのとおり再生できるレコード針を作りあげることなんだ。ああ、まさに人生の判決の書！　死者の復活！」

引っこんだ立地のため、街路にあふれる興奮のざわめきもここまでは届かない。開いた窓から流れこんでくるのは、ただ深夜の静寂だけだ。だが、どこかすぐ近くから、実験室の壁を通して、いつ果てるともつかないつぶやきが流れてくる。

「もしかすると、われらがレコード針は——残念ながら、いまだ発明されてはいないが——脳に刻まれた点をたどって言葉を再生するときに、表情さえもいっしょに再生できるかもしれない。喜びや恐怖が、死者の顔に浮かぶのだ。死者のレコードを再生して言葉を聞くことができるのなら、身ぶりや動きだって再生できる可能性がある。人によっては、真剣に考えごとをしたいときに歩きまわるものもいるし、あるいは自分自身に語りかけるものもいるからね、いま聞こえているのもその実例のひとつだが」

耳をすましてごらんというように、ホートンは人差し指を立てた。

「そう、あれはガブリエル夫人の声だよ。ああやって、ずっと独り言をつぶやきつづけているんだ。いつもそうしているんだと、夫人がぼくに話してくれたよ。まあ、あの人にしてみれば、ひとりつぶやきたいことが山ほどあっても不思議ではないしな」

このテラスのごく平穏に見える家並みの一角で、いまやひそかに重大なことが進行しつつある、そんな思いがわたしの頭を初めてよぎったのは、まさにこの夜のことだった。こんなにしんと静まりかえった家もなかろうに、その床にあぐらをかいて坐りこんだ男にも、壁の向こうからとぎれることなく流れてくる独り言の声にも、まるで煮えたぎるマグマのようにふつふつと蓄えられた熱、強烈な生命力のようなものが感じられる。だが、そんなことを考えるのも、そのときはそこまでで終わった。ホートンが、またしても脳のレコードのことを語りはじめたからだ……脳の微細な点や窪みを、ごく精密な針でたどることが可能なのだとしたら、レコードに刻まれた点を音に変換する装置にならい、死者の脳からその言葉を再生することができるかもしれない、と。その脳は新鮮なものでなくてはならないと、ホートンは指摘した。亡くなったばかりの人間の脳でなければ、すぐに腐敗が進んで、そうした微細な点が消えてしまうからだ。声に出すことのなかった考えが再生できるとは、あいつは考えていないのだという。この最先端の研究がめざしているのは、その人物が実際に口にした言葉を再生することであり、それも、その人物がしょっちゅう口にしていた言葉なら、言語中枢と呼ばれる場所にしっかりとわだちを刻みこんでいるはずだと、ホートンは考えていた。

「たとえば、こういうことさ。駅で荷物を運んでいた人間が亡くなったとしたら、その新鮮な脳から、何年にもわたってくりかえし呼ばわってきた駅の名前を、そうした脳の蓄音機で再生することはさほど難しくはあるまい。あるいはガブリエル夫人のように、いつも同じことについて、とめどなく自分に語りかけている人間の脳をそうした機械にかけたら、いったい何を語りつづけていたのか、あらためて確認することができるだろう。もちろん、その蓄音機には、とてつもない精密さと、音を増幅させる力が必要となる。針は脳の表面のどれだけ微細な点をもとらえることができなくてはならないし、音声増幅器のほうは、ごくかすかなささやきを叫び声にまで変えるほどでなくてはならない。だが、肉眼でとらえられないほど微細なものも、顕微鏡によってはっきりと見ることができるように、音だって増幅できるんだ。ほら、ここにも音を驚くほど増幅してくれる機械がある。よかったら、試してみるといい」

ホートンに促されて歩みよると、その台の上には、蓄電池につながれた鋼鉄の球体があり、その球体の側面からは、ラッパのように先端が広がった奇妙な形状のものが伸びていた。蓄電池を調節すると、ホートンはこちらをふりむき、ラッパとは反対側の球体の側面を、そっと指で叩いてみろという。その指示にしたがうと、本来ならほとんど聞こえないほどの音が、まるで雷鳴のように激しく室内にとどろいた。

「こんな機械を使えば、脳から再生された音も、きっとわれわれの耳に届くようになるはずなんだ」

その夜をきっかけに、わたしはこれまでよりずっと頻繁にホートンの家を訪ねるようになった。自分の奇妙な研究の内容をいったん明かしてからというもの、ホートンはわたしを喜んで実験室に迎え入れるようになったのだ。ひとつには、かつてそう話してくれたとおり、考えていることをわかりやすい言葉でわたしに説明することにより、頭の中を整理するねらいがあったのだろう。そして、やはりその後に明かしてくれたとおり、いまだかつて誰も足を踏み入れたことのない未知の領域の研究に奥深く分け入るうち、たとえあれほど独立独歩の気概に満ちた男でも、そばに誰か人間の話し相手がほしくなったにちがいない。あいつは、戦争に何の関心もなかった――

戦争よりも、はるかに重大な研究に精力を注いでいたからだ。だが、それにもかかわらず、ホートンはロンドン病院で脳外科医として働くことを志願した。当然のことながら、あいつほどの知識と手腕を備えている医師がほかにいるはずもなく、その申し出は喜んで受け入れられることとなった。ホートンは日がな一日病院に詰め、ほかの誰も真似のできないような大胆さと精緻な技術を駆使して、すばらしい手腕で患者を治療していった。とうてい助からないと思える傷を負った患者の手術を行い、しばしば成功を収めるかたわら、研究に必要な知識や技術を吸収していく。報酬は受けとらないかわり、たったひとつだけホートンが求めたことは、ときに脳の一部を切除した場合、今後の治療に役立てるため、その切除した脳を持ち帰り、研究や解剖に使わせてほしいということだけだった。そうした脳の小片を、殺菌されたリント布に包んでテラスに持ち帰ると、電気によって正常な人間の血液の温度に保たれた箱に収める。すると、あのカエルの身体から切り離された心臓が何時間も鼓動を打ちつづけていたように、そうした脳の小片もホートンの理論どおり、ときとしてそれだけで生命を維持しつづけるのだ。日中に行った手術から得たそういう組織片を、あいつは夜も更けるまで研究しつづけた。それと並行して、このうえなく精細な針の開発にも力を注いでいた。

ある夜のこと、朝から仕事で疲れきっていたわたしの耳に、不安を煽るような空襲警報の笛の音が聞こえてきた。それに続いて、電話が鳴る。召使たちはいつものとおり、すでに地下室に避難してしまっていたから、どんな呼び出しだろうとけっして街路には出まいと決心しながら、わたしは電話に歩みよった。受話器から聞こえてきたのは、ホートンの声だった。「すぐに来てほしいんだ」

「だが、さっき空襲警報が鳴ったところじゃないか。榴散弾のシャワーを浴びるはめになのはごめんだね」

「やれやれ、そんなことは気にするなよ」ホートンは言いかえした。「きみには、どうしても来てもらわないと。ぼくは興奮しすぎて、自分の耳が信じられないんだ。証人になってほしい。とにかく来てくれ」

そして、わたしの返答を待たずにがちゃりと電話を切る音。わたしは絶対に来る、いまの話が気になって来ずにはいられないはずだと、明らかに決めこんでいるのだろう。けっして行くものかと、わたしは自分に言いきかせた。だが、二分と経たないうちに、わたしがきっと来るというホートンの確信や、これで空襲から気を紛らわすことができるという望みに、そわそわと椅子の上で身をよじらずにはいられなくなる。やがて、ついに立ちあがり、玄関に向かったわたしは、扉を開けて外の様子をうかがった。月はまばゆいほどに輝き、広場に人影はない。はるか彼方から、砲声がかすかに響いてくる。次の瞬間、行くなという心のささやきに耳をふさぎ、わたしはひとけのないニューサム・テラスの舗道を走りはじめていた。呼鈴を鳴らすと、ガブリエル夫人より早くホートンが顔を出し、わたしを中に引っぱりこんだ。

「いま何をしているか、きみにはまだ言わずにおくよ。それよりも、まずは何が聞こえたかを教えてほしい。さあ、実験室に来てくれ」

ホートンに指示されたとおり、蓄音機の伝声器のそばの椅子に腰をおろすころには、はるか彼方の砲声はまた静かになっていた。だが、そのときふいに、壁の向こうから聞き慣れたガブリエル夫人のつぶやきが聞こえてくる。すでにせわしない手つきで蓄電池の操作を始めていたホートンは、はっとして椅子から飛びあがった。

「これはまずいな。無音の環境がほしいんだ」

ホートンは部屋を出ていった。ガブリエル夫人を呼ぶ声が聞こえる。ひとり残されたわたしは、目の前の台に置かれているものをじっくりと観察した。蓄電池、鋼鉄の球体、そしてラッパ型の音声増幅器。蓄電池からは先端に針のようなものを取りつけた鋼鉄製のコイルが伸びていて、以前はカエルの心臓が脈打っていたガラスの容器につながっている。容器の中には、いまは灰色の小さな組織片が横たわっていた。

一、二分で戻ってきたホートンは、しばし部屋の真ん中にたたずみ、じっと耳をすました。

「これならいいだろう。さて、きみにはそのラッパに耳を近づけ、聞いていてほしいんだ。その後でなら、どんな質問にも答えるよ」

ラッパに耳を向けると、あいつが何をしているのかは見えなくなる。ひたすら耳をすましていると、静寂の中で何かがこすれあうような音がした。やがて、ふいにそのこすれあう音をかき消すように、ささやき声が聞こえてくる。そのささやきは、まぎれもなくわたしが神経を集中させているラッパの開口部から響いていた。ほんのかすかな、言葉はまったく聞きとれないものの、まるで人間の声のようなささやき。

「さあ、何か聞こえたかい?」

「ああ、ごくかすかな、かろうじて聞きとれる音がね」

「どんな音だったか、言ってみてくれ」

「誰かがささやいていたよ」

「今度は、いままで使っていなかった部分を試してみよう」と、ホートン。

またしても静寂が広がった。遠くの砲声は止んだままで、わたしの呼吸につれ、シャツの前立てがこすれあう音だけがかすかに聞こえる。やがて、またしてもラッパの開口部から、ささやく声が聞こえてきた。今回はさっきよりもはるかに大きく——まるで、その声の主が（いまださささやいてはいるものの）十メートル以上こちらに近づいてきたかのようだ。それでも、まだ言葉はぼやけ、はっきりとつかむことはできない。それがたしかに人間の声であることは、もはや疑いようはなかった。そして、もしかしたらこちらの思いこみなのかもしれないが、時おりひとことふたこと、たしかに単語らしきものが聞きとれた気もする。やがて、しばし沈黙があったかと思うと、その声はふいにうたい出した。依然として歌詞は聞きとれないが、たしかに『ティペラリーの歌』の旋律だ。ヒルガオの花のような形をしたラッパから、その旋律は二小節ほど流れた。

「さあ、今度は何が聞こえた？」ホートンの叫び声は、歓喜のあまりひび割れていた。「歌だ、歌だよ！　この男たちがみんなうたっていた歌だ。死者がうたう、美しい歌さ。アンコール！　きみももっと聞きたいだろう？　ああ、ほんのちょっと待ってくれ、この男がきみのためにもう一度うたうよ。くそっ、どの部分に歌が入っているんだったかな。ああ、ここだ！　さあ、もう一度聞いてくれ」

たしかに、それはいまだかつて誰も耳にしたことのない奇妙な歌、死者の脳が奏でる旋律だった。恐怖におののきながらも、ついその響きに惹きつけられ、ふたつの感情がわたしの中でせめぎあう。次の瞬間、やはり恐怖が勝ったのだろう、わたしは身ぶるいし、はじけるように椅子から立ちあがった。

「止めてくれ！　怖いんだ」

ホートンの痩せた顔は、近くに引きよせていたランプの強い光を受けて、ぎらぎらと熱っぽく輝いている。手にした金属棒は鋼鉄のコイルと針につながっており、針の先端は、先ほどのガラス容器に横たわる灰色の組織片に触れていた。

「ああ、いま止めるところさ。さもないと、わがレコードは細菌に侵食されてしまうか、あるいは冷たくなってしまうからね。ほら、こうして石炭酸を吹きかけて、温かい寝床に戻してやるんだ。そうしておけば、またぼくたちに歌をうたってくれる。だが、怖いって？　いったい、どうして？」

そう訊かれてみると、自分がどういう意味で怖いと口走ったのか、わたしにはわからなかった。わたしはいま、見たものを仰天させずにはおかない、科学の驚くべき新たな一歩を目撃したのだ。それなのに、どうして――まるで子どものように震えあがり――垣間見えた闇の深淵に叫び声をあげずにはいられないのだろう。だが、やがて恐怖は去り、ホートンがこの現象の背景を手短に語ってくれるのを聞くうちに、引きこまれる気持ちが強くなる。その日、あいつは脳に榴散弾の破片が食いこんだ若い兵士の手術をしたのだという。少年兵は瀕死の状態にあったが、ホートンはどうにか助けてやれないかと、できるかぎりの手を尽くした。いちかばちか榴散弾の破片を摘出することにして、言語中枢と呼ばれる部分を切除し、そこに埋まっていた破片を取り出す。だが、願いもむなしく、少年兵は二時間後に息をひきとった。そこで、ホートンはその脳の組織片を家に持ち帰り、レコードの針を当ててみたのだという。かすかなささやき声を聞きとったところで、この驚くべき現象の証人がほしくなり、わたしに電話をかけてきたのだ。そして、わたしはささやき声ばかりか、歌の断片を耳にする証人となった。

「しかも、これはまだ新しい道程の第一歩にすぎないんだ」ホートンは続けた。「いったい、この道はどこに続いているんだろう？　これですぐさまたどりつけるわけではないにせよ、どんな新たな知識の神殿が待ち受けていると思う？　ああ、もうこんな時間か。今夜はこれくらいにしておこう。ところで、空襲はどうなった？」

驚いたことに、すでに日付が変わりかけていた。この家の敷居をまたいでから、まだほんの二分ほどの気がするのに、いつのまにか二時間も経ってしまっていたというわけだ。翌朝には、近隣の住人たちがなかなか止まなかった空襲のことを話していたが、わたしは何も記憶になかった。

それから何週間にもわたってホートンは研究を続け、この新たな道を突き進んでいった。針の繊細さや感度を高め、蓄電池の出力を上げ、さらに音を増幅できるようラッパを改良する。明けて翌年のこと、わたしは幾夜、死によって押し黙ったものの声に耳を傾けたことだろう。初期段階ではぼやけて聞きとれないささやきにすぎなかった声は、ホートンの実験器具の改良に伴い、しだいに明晰な言葉を発するようになっていた。蓄音機を動かすときも、もはやガブリエル夫人に口をつぐんでもらう必要はない。まるで普通の人間が話しているかのような音量で、その声はラッパから語りかけてくるようになっていた。そうした声が語る内容がどれだけ真実で、どれだけ死者の人格を反映しているかは、故人の友人たちから一度ならず驚くべき証言が得られたものだ。これから何を耳にするかまったく知らせないまま、そうした友人たちに死者の声を聞かせてみると、それが亡き友の声だと誰もが気づいた。また、炭酸水とウイスキーを運んできたガブリエル夫人が、三人の声が聞こえたからと、グラスを三つ用意していたことも、けっして一度や二度ではない。とはいえ、そこまでのところ、さらなる新たな進展は見られていなかった。最初に作りあげた実験器具の改良に、ホートンはひたすら精力を注ぎながら、すでに得られた実験結果について、時間を惜しむように小論文を書き、同僚たちに読ませてやったりしていた。いちはやく予見し、理論的には可能なはずだと語っていた新世界が、ついに目の前に開けたのだ。ホートンさえもその戸口にたたずんだまま、いまだ足を踏み出せずにいたそのころ、とある夜の出来事が、度肝を抜くようなめまぐるしい破局をもたらすこととなった。

その夜、わたしはホートンと夕食をとっていた。ガブリエル夫人は腕をふるっておいしい料理を用意し、手ぎわよく給仕をしてくれていた。食事も終わりに近づき、テーブルを片づけてデザートを運んでこようとしていた夫人は、おそらく絨毯のわずかにめくれていた端につまずいたのだろう、よろめきながらもすばやく体勢を立てなおした。ホートンは話の途中で言葉を切り、はっとして夫人をふりむいた。

「だいじょうぶかね、ガブリエル夫人？」あわてて声をかける。

「ええ、旦那さま。ありがとうございます」そう答えると、夫人はデザートの用意を続けた。

「いまの話だが」もとの話題に戻ろうとしたものの、すでにホートンの集中力はとぎれてしまっていた。話を続けようともせずに黙りこむと、ガブリエル夫人がコーヒーをわたしたちの前に置き、部屋を出ていくのを待ってようやく口を開く。

「こんなゆきとどいた生活を楽しむことができるのも、もうそろそろ終わりかもしれないな。昨日、ガブリエル夫人はてんかんの発作を起こしてね。回復してからうちあけてくれたんだが、夫人は子どものころてんかんを発症し、時おり発作が起きるそうなんだ」

「危険な状態なのか？」

「いや、その発作自体は危険ではないんだ。椅子にかけていたり、ベッドに横たわっているときなら、発作が起きても何の害もない。だが、もしもわたしの食事を作っているときだったり、階段を下りようとしているときだったら、火の中に倒れこんだり、上から下まで階段を転がりおちたりするかもしれないからね。そんな怖ろしい惨劇が起きないよう、ぼくも夫人も願っているんだが。さてと、コーヒーを飲みおわったら、実験室へ行こうじゃないか。とりたてて興味ぶかい新たなレコードが手に入ったわけじゃない。ただ、ちょうど二台めの蓄電池を装置に取りつけたところなんだが、これはすばらしく強力な誘導コイルが付いていてね。これをわがレコードに――そう、新鮮なレコードにつなぐと、運動神経中枢に刺激を与えることができるんだ。考えてみると奇妙な話じゃないか、死者をこうしてよみがえらせることもできる力も、出力を最大にして生きた人間に浴びせたりしたら、死をもたらすこともありうるんだからな。くれぐれも気をつけてあつかわないと。さあ、何か訊きたいことはあるかい？」

ひどく暑い夜だったので、ホートンはまず窓をいっぱいに開き、それから床に腰をおろしてあぐらをかいた。

「訊きたいことがあれば、何でも答えるよ。まあ、この件については前にも話したことがあったがね。もしも脳の小さな組織片ではなく、たとえばまるごとの頭部とか、あるいは五体満足な死体ならいちばんいい、そんなものが手に入れば、単なる話し声以上のものが再生できるんじゃないかと思うんだ。死者の唇が自ら動き、言葉をつぶやくかもしれないし――うわっ！　何があった？」

扉のすぐ外には階段があり、食事を終えたわたしたちは、いましがたそこを下りてきて、実験室の床に腰をおちつけたところだった。そのあたりから、まずガラスの砕ける音が響き、続いて何かずっしりと重いものが、どすんどすんと階段を落ちてきたかと思うと、まるで中に入れろとこぶしで叩くような音とともに、勢いよく扉に叩きつけられる。ホートンははじかれたように立ちあがり、扉を開けはなった。上半身を部屋の中へ倒れこませ、敷居の上に横たわっているのは、ガブリエル夫人の身体だった。周囲には割れた瓶やグラスの破片が散乱しており、仰向けになった夫人の顔に目をやると、青ざめた額の切り傷から血が流れおち、たっぷりとした灰色の髪を染めている。

そのかたわらに膝をついたホートンは、ハンカチを取り出して、夫人の額の血を拭った。

「ああ！　ここの傷はさほど深くないな。静脈も、動脈も切れてはいない。まずはこの傷を縛っておこう」

ハンカチを細く裂き、結びあわせて巧みに即席の包帯を作ると、目にかからないよう気をつけて、額の下部に巻きつける。なぜか一点をしかと見つめたままの夫人の瞳を、ホートンは注意ぶかくのぞきこんだ。

「だが、これはまずいな。頭をひどく打ってしまったようだ。さあ、手を貸してくれ、夫人を実験室に運びこもう。足のほうに回って、ぼくが声をかけたら、膝の後ろに手を入れて抱えあげるんだ。よし、いまだ！　腕をここに回して、夫人の体重を支えてくれ」

ホートンは夫人の肩を持ちあげ、がくりとのけぞった頭の下に膝を入れて支えた。ホートンが足を動かすたび、まるでわれわれのしていることに無言で同意しているかのように、夫人の頭がひょこひょことうなずく。わずかに泡を吹いた唇は、力なく開いたままだった。ホートンが肩を支えている間に、わたしはクッションを引っつかみ、頭の下に入れてやった。いまや、夫人はちょうど死者の蓄音機が置かれている低い台のかたわらに横たわっている。ホートンは目をつぶったまま、そっと夫人の頭を探り、やがて右耳の後ろ斜め上のあたりで指を止めた。二度、三度とその部分に触れ、そっと押してみる。熟練の指先に伝わってくる感覚に、ホートンはじっと神経を集中させていた。

「ちょうどこの部分の頭蓋骨が、いくつもの破片に砕けてしまっている。完全に分離してしまった破片が中ほどにあり、割れた部分の縁が脳を圧迫しているようだ」

夫人の右手は、手のひらを上にして床に伸びている。ホートンは手を伸ばし、指先で手首を探った。

「脈は触れない。一般的な定義にしたがうなら、夫人はすでに死んでしまっている。だが、きみも知ってのとおり、生命とはとてつもなく粘り強いものだ。夫人は、まだ完全に死んではいない。どんな人間であれ、内臓のすべてがばらばらに吹き飛ばされでもしないかぎり、即座に死んでしまったりはしないんだ。だが、脳を圧迫しているものを取りのぞかないかぎり、夫人はまもなく真の死を迎えることとなる。まずは、そこから取りかからなくてはなるまい。ぼくがこっちの作業に手をとられている間に、きみは窓を閉め、火をおこしてくれないか。こんなとき、生命維持に必要な熱は、あまりにも早く身体から抜け出していってしまうものだからね。この部屋を、できるだけ暖めてほしい――灯油ストーブを運んできて、電気ヒーターも点け、そして暖炉の火を激しく燃えたたせてくれ。室温が上がれば上がるほど、生命の熱が夫人の身体にとどまっていてくれるんだ」

ホートンはすでに手術器具の戸棚を開き、まばゆく光る鋼鉄の器具が詰まった引き出しをふたつ、夫人のかたわらの床に並べていた。長い灰色の髪を、はさみで切る音。わたしは手早く暖炉の火をおこし、教えられたとおり食料貯蔵室から灯油ストーブを運びこみながら、髪を刈った頭皮にメスが忙しく走るのを見た。夫人の頭のそばにはアルコール・ランプが点り、何やら噴霧器が温められている。ホートンがそのノズルから薬液を噴射すると、あたりにすっきりした芳香がただよった。その間にも、あいつはわたしに何かと指示を飛ばしていた。

「その電気ランプに長いコードをつなげて、こちらに持ってきてくれ。手もとがまだ暗いんだ。吐きそうになるくらいなら、こちらを見ないでおくんだな。きみが卒倒しても、ぼくは面倒を見てやれないぞ」

だが、わたしは狂おしいほどの好奇心に駆られ、吐き気などにひるむことなく、あいつが何をしているのかを肩ごしにじっとのぞきこまずにはいられなかった。言われたとおりランプを近づけると、切りひらかれた皮膚が周囲に垂れさがる、暗い穴の奥に光が投げかけられる。その中にホートンはピンセットを差し入れ、血まみれの骨の破片を引っぱり出した。

「よし、いいぞ。部屋もよく暖まっているな。だが、まだ脈は戻ってきていない。さあ、もっと火を焚いてくれ、部屋の温度計が三十八度になるまで」

地下室から石炭を運んできたところで、ふたたびあいつの手もとを見ると、さっき摘出した骨片の隣に、さらにふたつのかけらが並んでいた。まずは灯油ストーブと燃えさかる暖炉と電気ヒーターに囲まれた温度計に目をやりながら、指示された気温にまで部屋を暖める。ほどなくして、ホートンはじっと切開した部位を見つめながら、夫人の脈を探った。

「生命徴候の戻る気配はないな。可能なかぎり、手は尽くした。夫人を蘇生させる方法は、もう何も残ってはいない」

その言葉とともに、当世一の手腕を誇る外科医は、すっと緊張を解いた。ため息をつき、肩をすくめると、立ちあがって顔の汗を拭う。だが、ふいに、ぎらぎらと燃えるような表情がその顔によみがえった。「蓄音機だ！　言語中枢は、いま切開した部分のすぐ近くにあり、しかも損傷を受けていない。ああ、こんな機会はまたとないさ。生前、夫人はぼくによく尽くしてくれた。そして、死んでからもなお尽くしてくれるんだ。二台めの蓄電池で、神経中枢を刺激することもできる。今夜、われわれは新たな驚異を目にすることとなるかもしれないな」

めまいがするほどの恐怖に、わたしはおののいた。

「だめだ、やめてくれ！　そんな怖ろしいことを――夫人はいま、息をひきとったばかりじゃないか。そんなことをするなら、わたしは帰るよ」

「だが、ずっと願ってきた機会がついに訪れたんだ、すべての条件を兼ねそなえてね」ホートンは言いかえした。「きみを帰すわけにはいかない。きみには見とどけてもらわないと――ぼくには証人が必要なんだ。考えてもみてくれ、英国のどんな外科医も、どんな生理学者も、いまのきみと取って代わるためなら、喜んで片目や片耳を差し出すだろうよ。夫人はすでに死んでいる。ぼくの名誉を賭けて誓ってもいい、もしも生けるものたちの助けになれるなら、死者となるのも喜ぶべきことなんだ」

またしても狂おしい好奇心が、胸の中で恐怖とせめぎあう。

「わかった、それなら急いでくれ」わたしは答えた。

「ああ！　よく言ってくれたな」ホートンは叫んだ。「さあ、蓄電池の脇の台に、夫人を寝かせるのを手伝ってくれ。そのクッションもだ――それがあれば、頭を少しもたげた状態にしておける」

ホートンは蓄電器の電源を入れ、電気ランプを近づけて、手もとをこうこうと照らし出した。そして、頭蓋骨のぎざぎざした開口部に、蓄音機の針を差し入れる。静寂の中、数分にわたってホートンは慎重に手探りを続けた。そのとき、ふいに聞きちがえようもないガブリエル夫人の声が、生きていたときと同じくらいの音量で、ラッパの開口部から流れ出した。

「そう、いつも言ってたでしょ、あたしはあんな男にも負けはしないって」はっきりとした口調だ。「あの人はいつもあたしを殴った、そうよ、酔っぱらって帰ってきたときはね。身体にはいつも、黒あざや青あざが絶えなかったものよ。でも、黒や青に染められたお返しに、いつかあの人を赤く染めてやるって、あたしはいつも言ってたの」

夫人の声は、そこで不明瞭にぼやけた。はっきりと聞きとれる言葉の代わりに、ごろごろと喉を鳴らすような音。しだいにくっきりと再生されるにしたがい、その音は聞くに耐えない、押し殺した怖ろしい笑い声であることに、わたしたちは気づいた。えんえんと、いつ終わるともなく続く笑い声。

「どうやら、深く刻まれたわだちを探りあててしまったようだ」ホートンがつぶやいた。「夫人はきっと、いつもひとりで笑いつづけていたんだろう」

それから長いこと、わたしたちはさっきの言葉、そして笑い声をくりかえし聞かされるはめになった。やがて、ホートンはもうひとつの蓄電池に向きなおった。

「今度は運動神経中枢を刺激してみよう。夫人の顔を見ていてくれ」

蓄音機の針を患部に残したまま、ホートンはもうひとつの蓄電池から伸びる金属棒を頭蓋骨の内部に差しこみ、細心の注意をはらいながら動かしていった。夫人の顔をじっと観察していたわたしは、背筋が凍るような恐怖とともに、その唇が動きはじめたことに気づいた。

「唇が動いている」大声で叫ぶ。「まだ生きているんだ」

ホートンは、視線をちらりと夫人の顔に走らせた。

「馬鹿なことを。これは電流の刺激による反応にすぎない。夫人が死んでから、もう三十分にもなるんだ。おっと！　今度はどうした？」

夫人の唇がすっと横に伸びてほほえんだかと思うと、ふいに下あごが開き、いましがた蓄音機から流れてきたばかりのあの笑い声が、今度は口から飛び出してくる。そして、なんとも判別しがたい言葉、ちぐはぐな音節を、死者の唇はつぶやいた。

「電流の出力を最大にしてみよう」と、ホートン。

夫人の頭ががくりとのけぞり、何かを言おうとするように唇が蠢く。そして、早口ながらはっきりと聞きとれる言葉が、その唇から飛び出してきた。

「あの人が剃刀を手にしたときのことよ」夫人はつぶやいた。「あたしは後ろから近づくと、あの人の顔にかけた手に渾身の力をこめ、椅子の背に頭をのけぞらせた。剃刀を取りあげて、すっぱりと――あはは、あれであの人も思い知ったでしょうよ。そのうえ、あたしの首は、こうしてつながったままだもの。あの人のひげを剃ってやって、剃刀を手に握らせると、あたしは階下であの人のために夕食を作ったの。でも、一時間も待ったのに下りてこないから、いったいどうしたのかと思って、あたしは様子を見にいったってわけ。下りてこないのも当然、あの人の首には、ぱっくりと傷口が開いてて――」

蓄電池につないだ金属棒を、ふいにホートンが抜くと、夫人の言葉はそこでとぎれ、唇は開いたまま動かなくなった。

「これはこれは！　まさに、死者の唇はかく語りき、というわけだ。さて、まだまだ話してもらうこととしよう」

そのとき何が起きたのか、正確なところはもはや知りようがない。わたしの見ていたかぎりでは、ホートンは蓄電池につないだ金属棒を手にしたまま、台の上にかがみこんでいた。そして、ふいに足を滑らせ、その上に倒れこんだのだ。びしっと鋭い音がして、目もくらむ青い光がひらめく。ホートンはうつ伏せに倒れ、両腕を震わせていた。倒れこんだとき、瞬間的に触れあってしまったのであろう二本の金属棒は、いまは手から離れていたから、わたしはあいつの身体を抱えあげ、床に寝かせた。だが、あいつの唇は、いましがた最後の思いのたけを語った夫人の唇と同じように、もはや動くことはなかった。

忌避されしもの

The Outcast

長いこと空家となっていたタールトンの門楼《ゲートハウス》を買いとったエイカーズ夫人は、この朗らかで活気のある小さな町の住人となった。夫人の身の上については誰もがよく知っていたから、この新たな住人を温かく思いやりをもって迎えようとしたのも当然のなりゆきだろう。こんな悲劇的な話もあるまい。なにしろ、結婚からたった一ヵ月後、新妻の目の前で拳銃自殺をとげた夫の審問検死が行われたのは、つい最近のことなのだ。一部始終を綴った記事を読み、事件のあまりの無残さに、この小さな町タールトンの住民たちは、想像をふくらませて尾ひれをつけることさえ控えていた——普段なら、みないそいそと、そうした噂話を楽しんでいたことだろうに。

事実を手短に説明しておこう。ホレース・エイカーズという人物は、どうやら情のない、金目当ての男だったらしい——男前で口先だけの卑劣漢が、十歳上の女性をつかまえたというわけだ。相手には何の愛情もないが、とてつもない財産を持った女性だから結婚するのだと、友人たちには何はばからず公言していたという。だが、結婚するやいなや、そんな妻への無関心は、強烈な嫌悪感と、どうにも説明のつかない奇妙な恐怖に変わったのだ。ホレースは妻を嫌悪し、怖れた。ついに自分の生命を絶った日の朝のこと、ホレースは妻に、どうか離婚してくれと懇願したのだという。別れてくれるなら何も要求するつもりはない、弁護士などつけないから、と。だが、哀れな夫人は、そんな願いを聞き入れようとはしなかった。友人や召使たちの証言によると、夫人はホレースを心から愛していたのだという。この試練に際し、夫人はつねにもの静かな、高潔な態度を崩そうとはしなかった。あなたは一時的に落ちこんで混乱しているだけであり、いまにきっと正気に戻ってくれるはずだと答えたのだそうだ。ホレースはその夜、新婚一ヵ月の妻をひとり残し、クラブで夕食をとった。ひどく酔いつぶれて帰宅したのが、夜十一時から十二時くらいのこと。拳銃を手にしたホレースは、妻の寝室へ上がっていき、扉に鍵をかけた。中からは、妻に向かってわめき、どなる声が聞こえてきたという。そして、一発の銃声。ホレースの着替え室には、その日の日付を記した紙切れが残されていたという。そこに書かれていた文章は、検死審問の場で読みあげられることとなった。「ぼくの立場に置かれたものの恐怖は、けっして言葉では言い尽くせないし、とうてい耐えられるものではない。もう、これ以上は無理だ。魂が吐き気にさいなまれて……」陪審は別室で協議するまでもなく、一時的な錯乱による自殺であるとの評決を下した。そんなホレースに対し、不幸な夫人はどこまでも優しさと愛情をもって接していたと、さまざまな方面から証言があったという。陪審から、そして検視官自身からも、夫人に対しては慰めの言葉が並べられた。

それから六ヵ月にわたり、バーサ・エイカーズは外国を旅していた。そしてその秋、タールトンの門楼を買うと、そこに腰をおちつけて、小さな田舎町ならではのささやかな楽しみの数々にふける生活を送りはじめたのだ。

わたしのこぢんまりした質素な住まいは、その門楼から石を投げれば届くほどの距離にある。二ヵ月にわたるスコットランド滞在からわたしと妻が戻ってきてみると、エイカーズ夫人はすでにご近所に住んでいたというわけだ。さっそく、妻のマッジは夫人を訪問しに出かけていき、あれこれとすばらしい印象を受けて帰ってきた。四十歳から始まるという人生の高原をめざし、いまだその手前の日当たりのいい坂道を歩いているにすぎないエイカーズ夫人は、はっとするような美貌、温かい心、魅力的な物腰の持ち主で、才知にあふれて人あたりもよく、身なりもすばらしく洗練されている。いとまを告げるにあたり、マッジは田舎ならではのうちとけた口調で、夫人にこう申し出たのだそうだ。正式な礼儀作法など忘れ、堅苦しく訪問のお返しをする代わりに、明日にでも気楽なお食事にいらっしゃいませんか、と。ブリッジはなさいます？　だったら、どうか四時にいらしてくださいな、兄のチャールズ・アリントンも、ちょうど訪ねてくることになっていますし……

わたしはマッジの話に耳をかたむけ、大筋をざっと呑みこんではいたが、実のところ、頭の中は、ちょうどとりくんでいたチェスの問題《プロブレム》でいっぱいだった。だが、それまでエイカーズ夫人のすばらしい人柄について、楽しげに語っていたマッジがふいに口をつぐみ、石のように黙りこんだのに気づき、はっとわれに返る。まるで水道の栓を閉めたかのように静かになったマッジは、じっと暖炉の火をにらみつけていた。しきりに手の甲をもう片方の手の指でこすっているのは、途方にくれたときに妻がよくやるしぐさだ。

「どうした、話してごらん」わたしは促した。

マッジはふいに立ちあがり、そわそわと歩きまわりはじめた。

「いまの話はみんな、ひとこと残らず真実なのよ。わたしから見て、エイカーズ夫人は魅力的で、機知に富んでいて、美人で、気さくなかただわ。新しくお近づきになるのに、これ以上のかたはいないくらい。それなのに、食事にお誘いしたとたん、ちゃんとした理由なんて何もないのに、わたし、自分があのかたをひどく嫌っていることに気がついたの。とうてい我慢できないくらい」

「夫人はすばらしく洗練された身なりをしていたと、さっき、きみは言っていたね」あえて、そんな言葉をかけてみる……そう、もしも女王《クイーン》であの騎士《ナイト》を取ってしまえば——

「馬鹿なことを言わないで！」マッジは声をあげた。「わたしだって、負けないくらい洗練された恰好をしていたわ。でも、あのかたの感じのよさや魅力、美貌の後ろには、何かぞっとせずにはいられない怖ろしいものがひそんでいると、ふいに思えてしまったのよ。それが何かなんて訊かないで、わたしにもまったくわからないんだから。その正体がわかりさえすれば、説明はつくんだけれど。とにかく、怖くてたまらなかったの——何かはっきりした理由が目の前にあるわけじゃないのに、わかるでしょ、何かが背後に隠れているのよ。ねえ、心にも吐き気がこみあげるってことはあるのかしら、頭がくらくらしたときみたいに？　どうも、そういうことじゃないかと思うのよ——そうよ、きっとそうだわ！　でも、あのかたを食事にお誘いしてよかった。あのかたを好きになりたいのよ。ねえ、もう吐き気なんかこみあげてこないわよね？」

「ああ、だいじょうぶさ」わたしは答えた……逆に、もしも女王で騎士を取りたい誘惑をこらえて——

「ねえ、チェスなんてくだらないこと、考えるのはやめて！」と、マッジ。「この人を噛んでやってよ、ファンガス！」

ヒューモアとグスタフ・アドルファスの息子として、ファンガスと名づけられた愛犬は、いつもの居場所である炉端の敷物の上から立ちあがると、しわがれた笑い声をあげながらわたしの脚に鼻面を押しつけてきた。大好きな相手にこうするのが、ファンガスならではの〝噛みつき〟なのだ。人間が好きでたまらない、このうえなく愛情にあふれたこのブルドッグは、わたしの足もとに寝ころぶと、大きなため息をついた。だが、まだまだ話を続けたがっているマッジのために、わたしはチェス盤を脇に押しやった。

「何がそんなに怖かったのか、詳しく話してみてくれないか」

「どうにも怖いとしか説明できないのよ」マッジは答えた――「魂が吐き気をもよおす、とでもいうのかしら」

その言葉を耳にした瞬間、記憶の中で何かがうごめく。エイカーズ夫人にかかわることで、何かそんな言葉を聞いたおぼえがなかっただろうか。だが、次の瞬間、わたしの思考は別の方向へぐいと舵を切った。マッジの語った恐怖と、あの門楼にまつわる昔の悲惨な伝説が、ふいに結びついたのだ。エリザベス女王の統治下でカトリックが弾圧された十六世紀末のこと、建築されたばかりだったあの門楼には、ふたりの兄弟が住んでいたという。屋敷の所有者である兄は、毎週日曜に聖餐式を行っていたことを弟に密告され、拷問にかけられて生命を落としたのだそうだ。すぐに弟はひどい自責の念にかられ、羽目板張りの居間で首を吊った。それからというもの、あの門楼には、梁にぶらさがった弟の幽霊が出るという言い伝えがある。いちばん最近の住人も(夫人が越してくる前には、三年間にわたって空家となっていた) ほんの一ヵ月ばかり暮らしただけで、屋敷を出ていってしまったのだ。どうにも説明のつかない怖ろしいものが見えてしまう屋敷だと、人々はみな噂している。子どものころから超自然現象や心霊現象に敏感だったマッジが、その感度の高い〝受信機〟で何ものかのささやきを受けとってしまうというのも、そう考えればありそうな話ではないか。

「だが、あの門楼の言い伝えはきみも知っているだろう。あの話に出てくる例のやつが、きみに働きかけていたのだとしたら？　そもそも、きみはそのときどこに坐っていた？　羽目板張りの居間じゃなかったのか？」

マッジの顔が、ぱっと明るくなった。

「ああ、あなたって、なんて頭がいいの！　そんなこと、わたしは思ってもみなかったわ。それですべての説明がつくわね。すばらしい頭脳を働かせてくれたご褒美に、もうチェスに戻ってもいいわよ」

それから三十分ほど後、わたしは本通りの百メートルほど先にある郵便局に出かけていった。その夕方に、どうしても出しておきたい書留があったのだ。黄昏はしだいに深まりつつあるものの、西の空にはいまだ夕焼けが赤く輝き、すれちがう知り合いの顔も充分に見てとれる。郵便局の道向かいにまでたどりついたとき、反対方向から背の高い、すらっとした身体つきの女性が歩いてくるのに気がついた。まちがいなく、これまで一度も目にしたことのない顔だ。わたしと同じく郵便局に用があるらしかったので、入口で足を止め、先にその女性を中へ入れてやる。その瞬間、ごくかすかな、ぼんやりとした感覚が身体を走り、これがマッジの言っていた〝魂の吐き気〟というやつだろうかと、わたしは思いあたった。まるで頭の中に流れた曲が、実際に耳に聞こえたかのように思える感覚。そんなにも突然に妻の言いたかったことを理解できたのは、その件がずっと頭に引っかかっていたからだろうと、とっさにわたしは考え、その理由がどこか外にあるなどとは夢にも思ってみなかった。だが、次の瞬間、ふと別の思いが頭をかすめる。ひょっとして、このご婦人こそが……

女性はわたしよりわずかに早く用事をすませ、わたしが通りに出たときには、もう十数メートル先の舗道を、わが家とあの門楼のある方向へ歩いているところだった。自宅の前で、わたしはわざと歩調をゆるめ、その女性が本通りからの階段を下り、門楼の玄関へ向かうのを見とどけた。そして、わが家の玄関に向きなおろうとしたそのとき、先ほど頭に浮かびかけて消えていった記憶が、ふたたび頭をのぞかせる。今度こそ、わたしははっきりと思い出した。あの女性の夫が拳銃で自らの生命を絶つ直前、着替え室に残した不可解な書き置きの「魂が吐き気にさいなまれて」という一節を。まったく奇妙な話ではないか、まったく同じ言葉を、ほかならぬマッジが口にするとは。

妻の兄、チャールズ・アリントンは、翌日の午後わが家に到着した。こんなにも幸福な人間に、わたしはいまだ出会ったことがない。根深く断ちがたい野心にも、いわゆる現世の欲望にも、長く心をむしばむ失望にも、もともと無縁な精神の持ち主なのだ。嫉妬や敵意、意地の悪さといった感情にも縁がないのは、チャールズが他人のものを手に入れたいと思ったことがないからだろう。所有欲というものを持ちあわせていないのは、その人並みはずれた裕福さを思うと、なんとも奇妙な話だ。何も怖れず、何も望まず、憎悪も愛着も抱くことなく、身体と頭脳のすべてを、知的好奇心を満たすためだけに使う生活。何に対しても、倫理的判断を下したこともない。ただひたすら、未知のことを探求したい、知りたいと願っているだけなのだ。チャールズが重要視しているのは、後にも先にも知識だけ。化学や医学といった分野では、すでに素人の手の届かない範囲まで、すべての薬品や微生物を専門家たちが探りつくしてしまっているため、およそ計量できるもの、培養できるものには、さほどの興味を抱いてはいない。夢中になって没頭しているのは、意識の境界線上に位置する世界のできごとだ。とはいえ、これぞという研究対象は、いまだ見つかっていない。どんなものであれ、現実的で揺るぎない基盤が姿を現しかけるたび、チャールズはすぐに興味を失ってしまうからだ。たとえば、あんなに熱中していた無線電信も、結局は実用科学の範囲内にあることをグリエルモ・マルコーニ氏が証明してしまったとたん、そんなものは退屈だと研究をやめてしまった。二ヵ月前に会ったときには、チャールズは混乱しないのが不思議なほどの活躍ぶりだったものだ。その日の朝は、英国人こそはイスラエルの失われた十支族のひとつであると信じる人々の会合に出席し、いまは戴冠の椅子としてウエストミンスター寺院に置かれている〝スクーンの石〟は、実は創世記に登場するヤコブがベテルで神の啓示を受けたとき、枕として頭を乗せていたものだと主張する。午後は心霊現象研究協会の会合で、自動筆記により死者からの呼びかけを受信する研究について講演を行い、夜は余暇として、輪廻転生についての講義に耳を傾ける。こうした事柄はどれもみな、いまだ確実に証明されているわけではない。だからこそ、チャールズはこんなにも夢中になっているのだ。没頭できる超自然現象や空想じみた説が手近に見あたらないときは、すでに五十を超え、しわが目立つようになってきた風貌にもかかわらず、まるで休暇を迎えた十八歳の少年のように、はちきれそうなエネルギーを持てあましているのが常だった。

翌日の午後、ゴルフを一ラウンド終えたわたしが帰宅したときには、チャールズはもうわが家に到着していた。その日の義兄は、真剣な研究のさなかとも、休暇中ともつかない中途半端なご機嫌で、マッジにはちょうど輪廻転生についての専門雑誌を読んでやっているところだったが、わたしにはずいぶん辛辣だった……

「ゴルフとはね！」まるで鼻で笑っているかのような口調だ。「あんなものには、何ひとつ学ぶべきことがないじゃないか。ただ、ボールを引っぱたいて宙に飛ばし――」

わたしのほうは、ゴルフの結果がさんざんだったため、いささか機嫌が悪かった。

「そんなことは、わたしはしていないがね。ただ、地面に沿って転がしているだけさ！」

「ふん、どこへボールを打とうと、そんなことはどうだっていいんだ。すべてはみな、すでに解明されている自然法則にしたがっているだけだからね。推論、仮説――人生のおもしろみや興奮があるのは、まさにそんな部分じゃないか。がんに効く新療法を掲げた医者もどき、死者の声を伝えるという触れこみの自動筆記者、自分こそはナポレオンの、あるいはキリストを信じる奴隷の生まれかわりであると主張する輪廻転生論者——そんな人々こそが、知識を発展させていくんだ。真実を知るには、まず仮説を立てなくてはならない。かのダーウィンでさえ、仮説を立てることなしに研究はできないと言っていたんだぞ！」

「それで、いまきみが考えている仮説は？」わたしは尋ねた。

「われわれはみな、かつて別の生を生き、この人生が終われば、いつかまたこの地球上に生まれかわることになると、いまぼくは考えていてね。それ以外の来世など、とうてい不可能じゃないか。この世界が混沌から生成されて以来、およそこの地球上に生を享け、死んでいったものたちすべてが、どこか別の来世の住人となりうるだろうか？　考えてもごらん、マッジ、どれほどぎゅうぎゅう詰めの来世になってしまうことか！　だが、そうなると、きみたちの訊きたいことはわかるよ。もしもわれわれが過去に別の生を生きていたとしたら、どうしてその記憶は残っていないのか、というんだろう？　その答えは、ごく単純さ！　もしもきみがクレオパトラの生まれかわりで、その記憶が残っていたとしたら、きみはクレオパトラのようにふるまわずにはいられまい——それを見て、タールトンの住民たちはどう思うだろう？　あるいは、もしもきみがキリストを裏切ったイスカリオテのユダの生まれかわりだとしたら？　そんな記憶が残っていたら、さぞかし衝撃だろうな！　そもそもそんな事実には、とうてい耐えられまい！　きみは自殺を図るだろうし、きみとかかわりのある人間たちも、きみに対する恐怖のあまり自殺を図るかもしれない。あるいは、かつてジュリアス・シーザーだった記憶を持ったまま、雑貨商の下働きに生まれかわってしまったとしたら……もちろん、生まれかわりに性別は関係ない。ぼくの知るかぎり、魂に性別はないからね——生命のきらめきが、肉体という容器に収まる。その容器が、ときに男であり、ときに女であるというだけなんだ。マッジ、きみだって、かつてはダビデ王だったのかもしれないよ。そして、こちらの哀れなトニーは、その妃のひとりだったかもな」

「まったく、こんな素敵な話もないいな」と、わたし。

チャールズははじけるような笑い声をあげた。

「いや、本当にそうなんだがな。しかし、きみたち冷笑家にこれ以上の理を説こうとするのはやめておくよ。実のところ、ぼくはいま、考えることにつくづく疲れてしまっていてね。とりあえず、美しいご婦人と食事をして、前世も来世もないそのご婦人自身、ぼく自身として会話を楽しみたいな。それから、ブリッジでさんざん長考したあげく、半クラウン儲けてみたいし、明日はたっぷりした朝食をとって、《タイムズ》紙を読み、トニーの行きつけのクラブへ出かけていって、今年の作物の取れ高やゴルフ、アイルランド問題、講和会議といった、わら一本の値打ちもないような事柄についてのおしゃべりに興じたいね！」

「その遠大な計画には、今夜さっそくとりかかれるわよ、お兄さま」マッジが答えた。「きょうの晩餐には、とびきり美しいご婦人を招いてあるの。そして、食後にはブリッジをするつもり」

エイカーズ夫人が到着したときには、マッジとわたしはすでに準備を整えていたが、チャールズはまだ自室から下りてきていなかった。ファンガスはチャールズのことが大好きなので——チャールズのほうは犬にまったく興味がないのに、いったい義兄のどこをそんなに気に入っているのやら——どうやら着がえを手伝っているらしい。そんなわけで、マッジ、エイカーズ夫人、そしてわたしの三人は、チャールズの登場を待っていた。昨日の夕方、郵便局の入口で見かけたのはたしかにエイカーズ夫人にまちがいない。だが、夕暮れどきの淡い光のせいで、夫人がどれほどの美貌の持ち主なのか、昨日ははっきりと見えていなかったようだ。その横顔には、かすかにユダヤ人めいた雰囲気があった――秀でた額、はっとするほど豊かな唇、鼻梁の高い鼻、しっかりしたあご、どこを見ても、祖先は東方の出であることを示している。いったん口を開くと、その柔らかく豊かな声の出しかたは、けっしてしわがれてはいないものの、北方の人間の澄んだ明晰な話しかたとは異なっていた。どこか南方を思わせ、そしてどこか東方をも思わせる女性……

「そういえば、ひとつお訊きしようと思っていたことがあったんですよ」ごく月並みな挨拶を交わし、暖炉の前でチャールズを待っていたとき、ふとエイカーズ夫人が切り出した――「こちらのお宅では、犬は飼っていらっしゃいます？」

マージは呼鈴を鳴らそうと立ちあがった。

「ええ、でも、もし犬がお嫌いなら、下りてこさせないようにしておきますね。とっても人なつこい犬ですけれど、そういうことなら――」

「あら、ちがうんです」エイカーズ夫人は答えた。「わたし自身は、犬が大好きなんですよ。でも、お宅の犬をいやな気分にさせたくなくて。こんなに犬が好きなのに、犬には嫌われてしまうんです。それどころか、ひどく怖がられてしまうの。どこか、よっぽど犬に嫌われる部分があるんでしょうね」

それ以上の話をするひまはなかった。外の短い廊下からチャールズの足音が響き、上機嫌なファンガスのしわがれた声が交じる。次の瞬間、扉が開き、ひとりと一匹が姿を現した。

先に立って入ってきたのはファンガスだった。いかにもはずんだ足どりであたりの匂いを嗅ぎ、挨拶代わりに鼻を鳴らしながら、部屋の中央までよたよたと進み出る。と、ふいに尻尾が下を向いた。足を滑らせ、転びそうになりながらも、ファンガスは寄せ木張りの床を走って部屋を飛び出した。続いて、台所の階段をばたばたと下りる音が聞こえてくる。

「不作法な犬でごめんなさい」と、マッジ。「チャールズ、エイカーズ夫人をご紹介するわね。エイカーズ夫人、こちらがわたしの兄、サー・チャールズ・アリントンです」

たった四人の晩餐のために小さな食卓を囲むとなると、ふたりずつ別れて会話を楽しむ余裕はなく、みなが参加できる無難な話題をとりあげるほかはない。その夜の食卓では、そんな話題がキノコのように顔をひょこっとのぞかせるたび、あっけなくしなびて朽ちていった。ほかの三人がどんな気分だったのか、そのときのわたしは知りようがなかったが、わたしは自分の右側に坐っている美しく賢い女性に対し、腹の底から湧きあがってくるような嫌悪を意識せずにはいられなかった。エイカーズ夫人のほうは、どんどん気まずくなっていくばかりの雰囲気にも、いっこうに動じる様子はなかったが。目には美しく、耳には快く、気品と優雅さにあふれる物腰の女性だというのに、それとはまったく関係なしに、何かがどうにも厭わしくてたまらない。だが、わたしがこうして嫌悪をつのらせていくにしたがい、義兄のほうは、どんどん夫人に興味を惹かれているようだ。それは〝美しいご婦人〟と食事をしたいという願いがかなえられ、その美しさや魅力に惹かれているというよりも——わたしが見るところ、どうやら夫人を研究対象としてとらえているらしい。夫人のユダヤ人めいた美貌に、英国人とイスラエル十支族を結びつける説の例証を見出しているのか、それとも美しい茶色の瞳に、未来予知や透視能力のひらめきを感じているのか、あるいは夫人の前世を透かし見て、そこに高名な偉人か稀代の悪党を発見してしまったのか、わたしは考えをめぐらすほかはなかった。明らかに、その並はずれた美貌の魅力とは別の部分に、チャールズはひどく興味をそそられているらしい。

「ところで、門楼の住み心地はいかがです？」ふいに話題を変え、まるでその答えがきわめて重大なことでもあるかのような口調で、義兄は夫人に問いかけた。

「あら！　ええ、とっても住みやすい屋敷ですわ——本当に温かい雰囲気なのよ。こんなに安らいで、心からくつろげる屋敷は初めて。それにしても、ある屋敷に安らぎを感じたり、あるいは別の屋敷に不安や恐怖を感じたりするのって、わたしたちが空想をふくらませすぎているだけなのかしら？」

チャールズはふと黙りこみ、じっと夫人を見つめたが、やがてまた、いつもの礼儀正しさをとりもどした。

「いや、実際に何かあると考えていいんじゃないかな」チャールズは答えた。「何世紀にもわたって平穏だった屋敷は、平和な霊気とでも呼べるもので満たされていても不思議はないでしょう。敏感な人間なら、それを感じとることができるかもしれない」

夫人はマッジをふりかえった。

「とはいえ、あの屋敷には幽霊が出るというおかしな言い伝えも聞きましたわ。だとしたら、きっと心の温かい、満ち足りた幽霊が住んでいるのね」

晩餐が終わる。マッジは立ちあがった。

「トニー、あなたも早くいらしてね。ブリッジを始めるのが待ちきれないわ」

だが、妻の目はこう語っていた。「お願い、エイカーズ夫人とずっとふたりだけなんて、わたしにはとうてい耐えられないの」

女性ふたりが食堂を出ていくと、チャールズは意気揚々とこちらをふりかえった。「いや、実に興味ぶかいご婦人だ」

「すばらしい美人だな」と、わたし。

「そうだったかな？　それは気づかなかったよ。あの人の心、あの人の精神――そこらあたりに、どうにも好奇心をそそられるんだ。いったい、あの人は何ものなんだろう？　どんな背景を持っている？　いったいなぜ、ファンガスはあんなふうに尻尾を巻いたんだろうか？　あの門楼の雰囲気を〝安らげる〟と形容したのも、実におもしろいな。ぼくの記憶によれば、たしか前の住人は、そんな安らぎはまったく感じていなかったはずだが！」

「きみはどう考える？」わたしは尋ねてみた。

「説明はいくつか考えられる。たとえば、前の住人は単に想像力がたくましく、思いこみの激しい一家だったのかもしれない。それにひきかえ、いま住んでいるのは、思慮ぶかい、地に足のついた女性だからな。そう、エイカーズ夫人はいかにもそんなふうに見えるよ」

「あるいは――」水を向ける。

義兄は笑った。

「そう、きみが言いたいのは――いいかい、ぼくが言ったんじゃないからな――きみはきっと、あの屋敷の幽霊がエイカーズ夫人を心の通じあう同志だと認め、ずっとこのまま住んでほしいと願っているとでも言いたいんだろう。だからこそ、幽霊たちはおとなしくしていて、料理人を脅かしたりもしないわけだ！」

どうしてか、わたしはその言葉にどうしようもなく苛立った。

「どういう意味なんだ？　あの屋敷に住みついている幽霊は、たしか兄を密告し、首を吊って死んだ男だろう。そんな幽霊がエイカーズ夫人のような魅力的な女性を、心の通じあう同志などと思うはずがないさ」

チャールズはてきぱきと立ちあがった。いつもなら、こんな話にはすぐに飛びついてきて、じっくりと議論を戦わせたがるのに、今夜はまったくその気がないようだ。

「早く来てくれと、マッジも頼んでいなかったかい？　きみも知ってのとおり、そういう話になると、ぼくはつい長くなってしまうからね。おかしな誘惑はせずにおいてくれ」

「だが、いったいどうしてそう思ったんだ？」わたしは食いさがった。

「ぼくはただ、らちもないおしゃべりをしただけさ。こういう話題となると、ぼくがどれだけ手に負えないかは、きみも身にしみているはずだろう」

マッジがエイカーズ夫人に抱いたすばらしい第一印象、そしてそれを追いかけるように襲ってきた嫌悪感。近隣の住民たちが礼儀正しく新入りを迎えようとして、まったく同じ経緯をたどっていくのを見まもるのは、ひどく奇妙な気分だった。誰もが、口に出しては夫人の魅力を、温かく機知にあふれた話しぶりを、美貌を、洗練された身なりを褒めたたえる。だが、口をそろえて讃歌を奏でている真っ最中にも、ふいにみなが黙りこんでしまう瞬間が訪れるのだ。そして、言葉を尽くした賛辞より、なぜかそんな沈黙のほうが雄弁にすべてを語る。どうにも不思議な、説明のつかない小さなできごとの数々は、ひそひそと口伝えで近所に広がり、いつのまにか共通の認識となっていった。ファンガスがエイカーズ夫人に怯えた、あれとまったく同じ反応を、近所の犬も次々と見せていったという。訪問の返礼として、エイカーズ夫人がわれらが教区牧師夫人を訪ねたときにも、よく似た事件が起きた。ドウレット夫人は客間の窓辺に、カナリアの鳥かごを掛けていた。エイカーズ夫人が客間に足を踏み入れたとたん、小鳥たちは恐怖におののき、鳥かごの柵に体当たりをくりかえしたり、怯えた悲鳴を絞り出したりしていたのだそうだ……エイカーズ夫人に出会ったものは、みな説明のつかない恐怖が心の奥底から湧きあがってくるのを感じるらしい。文明や礼儀作法によって自らを縛り、律することのできるわれわれ人間は、どうにかその恐怖を押し隠すことができる。だが、動物にはそんな自制が効くはずもなく、ファンガスさえも耐えられなかったように、一匹残らずその恐怖に屈してしまうのだ。

エイカーズ夫人も、近隣の人々の歓待に応えようとした。総勢八名の小規模ながら魅力的な晩餐会を何度か開き、食後にはブリッジのテーブルもふたつ用意して。だが、そんな夜にも陰鬱な、どす黒い影が人々の上にのしかかる。羽目板張りの居間にまつわる怖ろしい言い伝えも、みなの恐怖に拍車をかけていたのはまちがいない。

みなが自分を怖れているという、この奇妙な秘密には、わが家ですごしたあの最初の夕べと同じく、エイカーズ夫人自身はまったく気づいていないようだ。そして、みなの反応も、人によって大きなちがいがある。たいていの人間は、たとえばわたしのように、その恐怖を意識してはいても、それはかすかな胸のうちのざわめきにすぎない。門楼での晩餐会に招かれれば、不安を押し殺しながらもごく普通にふるまうことができる。しかし、マッジを初めとするごく少数の人々にとって、その恐怖はもはや強迫観念にまでふくれあがっていた。そんな理不尽な感情をどうにかねじ伏せてしまおうと、マッジも意志をしっかりと固め、懸命に努力してはいたものの、抗えば抗うほど恐怖の力に呑みこまれていってしまう。何よりも哀れで胸が痛むのは、エイカーズ夫人は最初から、マッジを心から好きでいてくれていたことだ。夫人はしょっちゅうわが家に立ちより、あのおちついた柔らかい声で、窓辺からマッジに呼びかける。そして、そのたびにファンガスは怖ろしい敵の襲来に怯えることとなった。

時が過ぎ、マッジとわたしはクリスマスの夜、門楼で開かれたパーティに招かれた。エイカーズ夫人のもてなしを受けるのも、これを最後に当分は機会がなくなる。パーティの後、夫人はすぐに旅立ち、二ヵ月ほどエジプトですごすことになっていたからだ。このしばらくの猶予を前にして、マッジはいそいそと招待を受けた。だが、実際にその夜を迎えてみると、ひどい吐き気と悪寒が止まらなくなり、とうてい約束をはたすことはできなくなった。医師の診察を受けても、これといった原因が見つからない。パーティの時間がじわじわと迫ってくるのを、あまりに気持ちを張りつめて待っていたためとしか考えられなかった。気立てがよく、魅力的なわれらがご近所さんから、マッジが心ならずも逃げてしまった経験のうちでも、これがもっともひどいできごとだろう。マッジがわたしに話してくれたのは、これだけだった――パーティに備えて着替えはじめたとたん、まるですやすやと眠っている最中、眠気に朦朧とした頭のどこかで、いまにもゆっくりと悪夢が頭をもたげてくるような感覚が襲ってきたのだ、と。自分の意志ながら、どうにも自分の自由にならない部分が、目の前に迫るものから必死に逃げようと抗ったのだろう……

ぼんやりとしか理解できず、身の毛もよだつような憶測をするしかない、この薄衣ごしに見ているかのような劇の第二幕が始まったのは、春がようやく冬のふところにもぐりこみ、四肢をいっぱいに伸ばしはじめたころのことだった。そして、ついに白昼のもと、悪夢がみるみる頭をもたげる。それは、こんななりゆきだった。

もうすぐ復活祭というころ、またしてもチャールズ・アリントンがわが家にやってきて、五日ほど泊まっていった。あんなにも好奇心をかきたてられた門楼の住人が、いまだ帰宅していないのは残念だと、いかにも冗談めかした口調で述べたものだ。復活祭前の土曜の朝、たっぷりと寝すごしたチャールズがようやく朝食に下りてきたときには、すでにマッジは出かけていた。義兄のため、わたしは呼鈴を鳴らし、お茶を淹れなおして持ってきてくれと頼んだ。お茶を待つ間、チャールズは《タイムズ》紙を手にとった。

「ぼくが読むのは、もっぱらこの外側のページだけなんだ。ほかのページは、あまりに唯物的で退屈だからね――政治だの、スポーツだの、相場だの――」

ふいに言葉を切り、わたしに新聞を差し出す。

「ここだ、これを読んでみてくれ――死亡欄のところだよ。いちばん最初だ」

そこには、こんな記事が載っていた。

バーサ・エイカーズ、三月三十日（木）の夜、航海中に死す。遺体は故人の希望により、水葬に付された。――《P&O汽船》ペシャーワル号より無線連絡――

チャールズは手を伸ばし、ふたたび新聞を受けとると、ページをめくった。

「ロイズによると、ペシャーワル号は昨日の午後、ティルブリーに到着している。水葬が行われたのは、イギリス海峡のどこかだろうな」

復活祭の日曜の午後、マッジとわたしは五キロ先のゴルフ場へ車で出かけた。わたしが一ラウンド回っている間に、マッジは海岸の砂丘を散歩したいというので、二時間後にクラブハウスでお茶にしようと約束する。このうえなく透きとおった春の一日だ。暖かい南西の風に白い雲が押し流され、その影も砂丘の上をうららかに流れていく。エイカーズ夫人の死については、わたしと義兄からマッジに話してあった。その知らせを耳にした瞬間、昨年の秋からマッジの心にかかっていた暗くもやもやしたものも、この雲の影といっしょに吹き飛ばされてしまい、後は陽光がさんさんと降りそそぐだけに思える。クラブハウスの扉の前でわたしと別れ、妻は散歩に出かけていった。

三十分ほどして、わたしと対戦相手が五番ホールのティーを打とうと、前を回っているふたりが移動するのを待っていたときのことだ。ちょうどこのホールを横断する道を、クラブハウスの係員が自転車で走ってくるのが見えた。わたしたちの姿に気づいたとたん、係員は自転車を飛びおり、こちらに駆けよってきた。

「どうか、クラブハウスに急いでください」わたしに向かって呼びかける。「浜辺を散策していたカーフォード夫人が、浜辺に打ちあげられていたものを発見したんです。遺体でした。袋に入っていたのですが、裂けていたせいで、奥さまも見てしまって――ひどく動揺されていらっしゃいます。とにかく、ご主人をお呼びしなくてはと思いまして」

わたしは係員の自転車を借り、できるかぎりの速さでペダルを踏んで、クラブハウスに急いだ。マッジが見つけてしまったものが何か、わたしには確信があった。だからこそ、妻がどれほど衝撃を受けたかも理解できる……五分ほどの後、マッジはしゃくりあげながら、ささやき声で一部始終を語ってくれた。

「ちょうど潮が引いていくところだったの。わたしは高潮線に沿って歩いていて……きれいな貝殻が落ちていたから、それを拾いながらね……そのとき、行く手にそれが見えたの――形もよくわからなかったし、ただの袋に見えた……でも、近づいていくにつれ、形がはっきりしてきたのよ——膝やひじの形が突き出していたわ。袋が動き、転がって、ちょうど頭のところが破れていたから、あの人の顔が見えてしまったの。目を開いたままだったのよ、トニー、だから、わたしは逃げ出して……あれがごろごろと転がって追いかけてくるんじゃないかって、ずっと怖かった。ああ、トニー！　あの人は亡くなったのよね？　もう門楼には戻ってこないわよね？　まちがいないって、約束してちょうだい……ああ、どうしてこんなに怖いのかしら！　その理由がわかったらいいのだけれど。海さえも、あの人を受け入れようとはしなかったんだわ。あの人が永遠の眠りにつく、安住の地となるのがいやだったのよ……」

この発見の知らせは、すでに電話でタールトンに伝わっていた。四人の男たちが、すぐさま担架を持って駆けつける。遺体が誰なのかは、確かめる必要もなかった。三日間も海水に浸かっていたにもかかわらず、まったく傷んでいなかったからだ。水葬のときくくりつけたはずの重石が、どうしてか外れてしまったことも奇妙だが、その袋がたまたま故人の自宅のすぐそばの海岸に流れつくというのも、まったく奇妙な話ではないか。その夜は、死体保管所が遺体を預かり、翌日は銀行休日だったにもかかわらず、さっそく検死審問が行われた。そして、門楼に運ばれた遺体は棺に納められ、羽目板張りの居間で翌日の葬儀を待つこととなった。

マッジは最初こそとりみだし、昂ぶった気持ちを爆発させたものの、その後はすっかり理性をとりもどしていた。月曜の夜には庭に出て、早春の暖かさでつぼみをつけた春の花を摘み、小さな花輪をこしらえる。妻の作ったその花輪を手に、わたしは門楼へ向かった。エイカーズ夫人が亡くなったこと、遺体がまた見つかったことは、広く告知されたにもかかわらず、親戚からも、友人からも、いまだ何の反応もない。中に横たわるものの怖ろしいほどの孤独を思いやりながら、わたしは棺の上に、たったひとつの花輪を置いた。次の瞬間、息を呑むようなできごとが目の前で起きる。摘んだばかりの花が、棺の上に置かれたとたんにぐったりとしおれ、しなびはじめたのだ。ラッパスイセンの茎は曲がり、その明るい色をした杯型の花びらも閉じ、ニオイアラセイトウの香りは絶え、みるみるうちにしぼんでいく……これは、いったいどういうことなのだろう？春の花々さえもしりごみし、枯れていってしまうとは。

このことを、わたしはマージには話さずにおいた。妻は、まるで良心の呵責に耐えかねたかのように、翌日の葬儀には出席しようと心を決めていたのだ。結局のところ、友人も、親戚も、ひとりとして姿を現さなかった。門楼の使用人も、誰ひとり葬儀に来ることはなかった。棺が運び出されるのを、玄関のポーチに並んで見おくった召使たちは、それが霊柩車に運びこまれるのを見とどけることさえせず、すぐに屋敷に引っこんで、扉を固く閉ざしてしまったのだ。そんなわけで、タールトンの丘の上の墓地に会葬者として並んだのは、マッジとその兄、そしてわたしだけだった。

その午後の空は暗くどんよりとしていたものの、雨が落ちてくることはなかった。厚く垂れこめた空の下、海から流れてきた霧が墓石の間をただよう。墓地の礼拝堂で告別式を終えたわたしたちは、埋葬の場に立った。だが、しかし――いま、こうして書きしるすことさえためらわれるが――棺が地中へ下ろされようとしたそのとき、どうやら計測を誤っていたのか、掘った穴が狭すぎて、棺を下ろせないことが判明した。

わたしたちに寄りそうように立っていたマッジの、すすり泣く声が聞こえる。

「そして、心広き大地でさえも、あの人を受け入れてはくれないのね」妻はささやいた。

埋葬は、ひどく遅れることとなった。ふたたび墓掘り人たちを呼びにやっている間に、生温かい雨が激しく降りはじめる。自分でも理由はわからないが——おそらくはマッジの強迫観念が、そっとわたしに触手を回してきたのだろう——土は土に還るところを、わたしはどうしても見とどけずにいられなかった。だが、かといって、マッジをこのまま待たせておくわけにはいかない。このみじめな小休止の間に、マッジを家に送りとどけてくれとチャールズに頼み、また現場に戻る。

つるはしやシャベルがせわしなく土を掘り、墓穴の準備はほどなく整った。中断されていた儀式が再開し、ひとにぎりの濡れた土が棺の蓋にかけられる。埋葬が終わり、わたしは墓地を後にしたものの、どうしたわけか、まだこれで終わったわけではないと、何かが心にささやきかけてきた。どうにもおちつかず、不安を拭い去りたい一心で、家に向かうのはやめ、田舎の丘陵に広がる森に足を踏み入れる。周囲をぱたぱたと飛びまわるコウモリめいた恐怖を、歩くことで振り落としてしまいたかったのだ。雨はすでに止んでおり、ぼんやりとした陽光が、いまだ草地や森を包む海霧の合間から射しこんでくる。三十分ほどの間、わたしはせわしない足どりであたりを歩きまわり、胸に鉤爪を食いこませてくる空想じみた確信を、必死で振りはらおうとしていた。確信の正体を直視することさえ拒みながら、そんなものはただの空想だ、まったく筋が通っていないと自分に言いきかせる。だが、その空想の息の根を止めてしまおうと手を伸ばすたび、耳にマッジの言葉がよみがえった——「海さえも、あの人を受け入れようとはしなかった——心広き大地でさえも、あの人を受け入れてはくれないのね」。そうした言葉に耳をふさいでも、今度は夫人の死が復活祭の三日前、つまりキリストが裏切られて死を迎えた日だったことや、迷信としか思えない輪廻転生を信じるチャールズの、なかば忘れかけていた言葉のあれこれを思い出す。結局のところ、ひとつひとつはどれほど馬鹿げていても、全体として見ると、怖ろしいほど一貫しているのは確かだった。

やがて雨がふたたび降りはじめ、ようやくきびすを返したわたしは、墓地の一キロほど外側を大きく迂回する街道をたどって、タールトンへ帰ることにした。だが、野原を抜ける小径に近づくにつれ、こちらを通りたい気持ちに逆らえなくなる。こちらなら、墓地のすぐ近くを通り、切り立った斜面を下りればすぐ町に出られて、街道をたどるよりはるかに近いのだ。雨に濡れて歩く時間など、短かいほうがいいに決まっていると、わたしは自分に言いきかせた。だが、心の奥底でおぼろげながら意識していたのは、つい先ほど埋葬を見まもったあの墓所で、エイカーズ夫人の亡骸が地中に安らかに眠っていることを、どうしてもこの目で確かめておきたいという、やむにやまれぬ思いだった。墓地をまっすぐ突っ切れば、町へはさらに近道だ。そんなわけで、わたしは薄暗がりの中、門のかんぬきを手探りで外し、墓地に足を踏み入れて、また門を閉めた。ますます激しく降りそそぐ陰鬱な雨にもかまわず、ぼんやりと薄暮の下りる盛り土の間を、濡れた草に足を滑らせながら進んでいく。やがて、前方に掘りおこしたばかりの墓が見えてきた。何もかも、すべて片づいた後だ——仕事を終えた墓掘り人たちの姿はすでになく、掘りかえされた土は元に戻されて、何ごともなくなだらかな盛りあがりを形作っている。

それを見て、わたしの心はどれほど軽くなったことだろう。だが、いまにもきびすを返そうとしたとき、ふいにその盛り土から、かすかに揺れ動く音が耳に届く。墓の上に盛りあがった土の斜面を、粘土交じりの小石が転がっていくのを、わたしの目はとらえていた。これは、激しい雨で土がゆるんでしまったせいにちがいない。しかし、そうしている間にも、ひとつ、またひとつと小石が転がりおちていく。胸をつかまれるような恐怖とともに、わたしは悟った。土の表面が雨でゆるんだわけではない、ぼろぼろと四方に土が崩れていくのは、内部から何かが土を押しあげているからだ。土が崩れていく勢いはみるみる増していき、盛り土のてっぺんは、さっきよりもさらに高くなっている。どこか見えないところから、木がきしみ、裂けるような音。次の瞬間、盛り土のてっぺんから、棺の端が顔をのぞかせた。蓋はすでに砕け、木の破片はあたりに散らばっている。ぽっかりと空いた空洞から、大きく目を見ひらいた顔がわたしと向きあった。あまりの怖ろしさに身じろぎもできないまま、ひたすらその顔を見つめる――次の瞬間、ついに限界に達してしまったのだろう、およそ人間が感じたことのないような恐怖に理性を失い、わたしは転がるように墓の間を走りぬけて、人々が温かい灯をともす町へ駆けおりていった。

午後の葬儀をとりおこなった教区牧師を訪ねたわたしは、この信じられないような話をすべてうちあけた。一時間の後、教区牧師、チャールズ・アリントン、そして葬儀屋の社員が二、三人、そろって墓の様子を見に行く。そのときには、棺はもう完全に土の外に押し出され、墓の上に横たわっていたそうだ。棺が埋まっていたはずの墓穴は、すでに四分の三ほどの土が勝手に埋めもどされていた。こうなっては、さらに埋葬を試みても意味はあるまい。翌日、遺体は荼毘に付された。

さて、この物語を読んで、棺が地中から押し出されるなどありえないと片づけることも、そのほかの奇妙なできごとのあれこれを、偶然という便利な言葉ですべて説明することも、それは読者の自由である。復活祭前の木曜、バーサ・エイカーズという女性が航海中に亡くなり、水葬に付された――これをおかしいと思う人間はいまい、ここには何の不思議もないのだから。屍衣代わりの帆布袋から重石が外れ、遺体がタールトンの岸辺に流れついたのも（そう、海沿いのどの町に流れつく可能性もあったのだから、それがたまたまタールトンだったとしてもかまうまい）、けっしてありえないことではない。墓に最初に掘った穴は、棺が納まるほど大きくはなかった、これだって何も不思議なことはないのだ。同じ人間の遺体をめぐり、こんなにも多くの偶然が重なったのは、たしかにいくらか奇妙かもしれない。だが、偶然というのはもともと奇妙なものなのだ。ときとして偶然が驚くほど続くことはあるが、とくに不思議とも思わなければ、そのまま見すごして終わってしまう。この最後のできごとも、小さな地殻変動だとか、地震だとか、たまたま墓の下に地下水が湧いたとか、そんな理由をつけて説明しさえすれば、あとは偶然という名のクッションに、心地よく身体を預けてしまえる……

わたし自身はといえば、この一連のできごとについて、いまだどうにも納得のいく説明ができずにいる。だが、チャールズはどうにかひとつの解釈をひねり出し、その結論に心から満足しているのだそうだ。つい先日、義兄はわたしに、自説を裏づける輪廻転生についての中世の論文の引用をいくつか添え、謎が解けた喜びを長々と綴ってよこした。論文の原文はラテン語だそうだが、わたしの学識が信用ならないと見てか、引用は親切にも翻訳してあったものだ。義兄から送られてきた引用文を、ここではそのまま紹介するとしよう。

「これらは、この悪名高き裏切りものの輪廻転生を示す実例である。あるときは男性に、あるときは女性に生まれかわった。女性に転生したときは、美しい外見と人を楽しませる話術を持ちながら、少しでも深くかかわったものたちに、恐怖と嫌悪を味わわせずにはおかなかったという……女性としての人生を終えたのは、そもそもの裏切りを悔いて、ユダ自身が首を吊ったのと同じ日だと言われているが、それについては確証がない。はっきりとわかっているのは、女性の埋葬に際し、心広き大地もその亡骸を受け入れようとしなかったということだ。墓穴をどれだけ深く掘っても、亡骸は地表に吐き出されてしまったという……この呪われた魂が転生した男性は、航海中に死を迎えた。遺体は重石をつけて海に投げこまれたが、海はその亡骸を海底で眠らせることを拒み、遺体から重石を外して、ふたたび岸に打ちあげた……とはいえ、いつかこの極限の罪の長きにわたるあがないを終えるときが来たならば、呪われた魂の器となった現世の肉体もまた炎によって浄化され、その魂は全能の神のかぎりない慈悲に救われて、二度とさまよい出ることなく安らかな眠りにつくだろう」

恐怖の峰

The Horror Horn

この十日間というもの、アルフーベルの地は標高千八百メートルならではの、真冬の燦然と輝く空を満喫していた。日の出から日没まで（太陽といえば、英国のくすんだ空に薄ぼんやりと力なく光る円盤を思い浮かべる人々はさぞ驚くだろうが）、太陽は青くきらめく空をぎらぎらと輝きながら渡っていき、夜となれば風もなく降りる霜が、まるでダイヤモンドの粉をまぶしたように星々を飾りたてる。クリスマス前には、スキーにはもってこいの量の雪が降った。大きなスケート・リンクには、毎夜欠かさず水をまくと、朝には真新しい銀盤がよみがえり、よろけたり転んだり、危なっかしくも滑稽な遊びを楽しむ人々でいっぱいになる。長い夜の暇つぶしには、ブリッジやダンスというところだろうか。スイスのエンガディン地方で冬を楽しむのは、わたしにとって初めての経験だったが、明るく、活気にあふれ、わたしと同じく賢明にも休暇を冬に残しておくような人々にとっては、このうえなくすばらしい寒さにめぐまれた、まさに新たな楽園、新たな世界というべき場所に思われた。

だが、そんな理想の日々も、ひとまずお預けとなった。その午後は太陽が靄に覆われ、何キロにもわたって氷に閉ざされた丘陵を吹き抜けてきた、凍りつくような北西風が、この楽園の穏やかな社交場を探りまわりにかかったのだ。たちまち、あたりには雪が舞いはじめた。最初は粉雪が、しだいに白鳥の羽毛ほどの雪片となり、凍える風に乗って、ほとんど真横に飛ぶような勢いで叩きつけられてくる。それまでの二週間というもの、わたしにとってはスケートの刃が銀盤に描く線の形や大きさのほうが、国家の運命、生や死といった問題よりはるかに重要だったのだが、いまや頭の中にあるのは、早くホテルに戻って吹雪を避けなくてはという思いだけだった。氷にじっくり円など描いていては、その途中で凍りついてしまいかねない。

この地をともに訪れたわたしの従兄のイングラム教授は、高名な生理学者であり、アルプスの登山家でもある。穏やかな天候に恵まれたこの二週間、イングラムはすでにふたつほど名の知れた冬山の登頂に成功していた。だが、山の天候を読みつづけてきた経験から、その朝は空模様に不穏な気配を嗅ぎつけ、ピーツ・パッスークに登る予定をとりやめて、この懸念が的中していたかどうかを見さだめることにしたのだという。そんなわけで、わたしがホテルに戻ってみると、イングラムはこのすばらしいホテルのロビーで、足を暖房の温水管に乗せ、英国から届いたばかりの郵便を手にしていた。送られてきたものの中にはエベレスト遠征報告の小冊子があり、ちょうどひととおり目を通したところだったらしい。

「非常に興味ぶかい報告だ」わたしに小冊子を差し出す。「来年には登頂に成功しても不思議はないよ。だが、そうは言っても、最後の千八百メートルを登るのに何が必要となるか、誰にわかる？　すでに七千メートル登っているのだから、あと千八百くらいたいしたことはなかろうと思うかもしれないが、その高度で激しい運動を行うことに人間の肉体がはたして耐えられるかどうか、現代の科学ではまだわかっていないんだ。肺と心臓ばかりか、おそらく脳にも影響があるだろう。譫妄による幻覚を見ることになるかもしれない。もし、ぼくがこうした高峰のことを何も知らなかったら、この遠征隊員たちもそんな幻覚を見ていたと結論づけてしまっていただろうな」

「それは、どんな幻覚だったんだ？」

「かなりの高度まで登ったところで、一行が人間の裸足の足跡を発見したという記述があってね。一見して、いかにも幻覚らしい例だ。こうした極限に近い高度の地で、脳が異常な刺激を受けて興奮状態となり、雪に残された何らかの跡を見て、人間の裸足の足跡と誤認したと考えるのがもっとも自然な解釈だろう？　これほどの高地では、すべての器官はとてつもない負荷に耐えながら、それぞれの機能をこなしているんだ。雪の上についた跡を見て、脳はこんなふうに言ってよこしたのさ──『ええ、わたしは正気で、きちんと役目をはたしていますとも。雪の上に何らかの跡を発見、人間の足跡と断定します』とね。そんな高度にあっても、脳がどれほど勤勉に、熱心に働いているか、どれほど鮮明な像を描き出すかは、きみもかつて言っていたとおり、夜に見る夢を考えればわかる。脳に加わる刺激、そして勤勉さと熱心さを三倍にすると、幻覚を見るのも自然ななりゆきというものだ！　譫妄はしばしば高熱のときに起きる、高熱という負荷に耐えながら、必死に働いているときにね。そんな状態で必死に知覚を働かせていると、存在していないものまで知覚してしまうのだよ！」

「だが、きみはその裸足の足跡が幻覚だったとは思っていないんだろう」わたしは口をはさんだ。

「何も知らなかったら幻覚と結論づけていてしまっていたと、さっききみは言っていたじゃないか」

イングラムは椅子の上で身体をねじり、一瞬、じっと窓の外を見やった。うなりをあげる北西風に無数の大きな雪片が舞い、いまやほとんど見とおしが利かない。

「ああ、そうなんだ。それは、おそらく本当に人間の裸足の足跡だったと思ってまちがいない。人間にきわめて近い何かの足跡、というべきか。どうしてそう思うかというと、そういうものが存在することを、ぼくは実際に知っているからさ。すぐ近くから、実際にこの目で見たことがあるんだ――この強烈な好奇心の持ち主であるぼくでさえ、その足跡を残した生きものに、さらに近づこうなどとはさすがに思わなかったよ。こんなに吹雪が激しくなかったら、どのへんで見たか、きみに示してやれたんだが」

そう言いながら窓の外に目をやり、谷の向こうにそそり立つ、頂上がまるで巨大なサイの角のように湾曲したウンゲホイアーホルンの峰を指さす。この山は、わたしの知るかぎり、四方のうち一方からしか登ることができず、それも一流の登山家のみにかぎられている。残る三方は岩棚と絶壁の連続で、とうてい進むことはできないのだ。そびえたつ角の部分は高さ六百メートルあまりにおよぶ岩山であり、そこにたどりつくにはカラマツやモミの密生した森を抜け、崩れおちた大岩がごろごろと転がる地帯を百五十メートルほど登らなくてはならない。

「ウンゲホイアーホルンの上か？」わたしは尋ねた。

「そうだ。二十年前まで、あの山はまだ誰も登頂したことがなかった。ぼくを含めて何人かが、頂上へのルートを見つけだそうと挑戦をくりかえしていたんだ。そのとき、ガイドとぼくはブルーメン氷河のそばの山小屋で三晩をすごし、その周囲を探索しているところだった。あのルートを見つけたのは、まさに幸運としか言いようがなかったよ。あの山はこちら側よりも、向こう側のほうがさらに登りにくそうに見えていたからね。だが、ある日たまたま氷河を横断する長い亀裂を見つけたんだ。それをたどるとどうにか登れる岩棚があり、その先には斜めに伸びる氷の峡谷があるんだが、そこは足を踏み入れてみないと見えない地形になっていてね。まあ、ぼくはもうそこに足を踏み入れたいとは思わないが」

わたしたちのいる広いロビーには、ふいの雪交じりの突風に追いたてられて屋内に戻ってきた人々が何組もいて、活気のある陽気な話し声はにぎやかになっていくばかりだ。スイスの行楽地では、お茶の時間に楽団の演奏がつきものなのだが、いまはちょうどプッチーニのメドレーを演奏しようと音合わせをしているところだった。次の瞬間、甘く感傷的な旋律があたりに流れはじめる。

「実に奇妙な対比だな！」イングラムが声をあげた。「われわれはここに腰をおちつけ、暖かい場所でくつろぎながら、愛らしい音楽に気持ちよく耳をくすぐられている。いっぽう、外では強大な嵐が荒れくるい、あの山の険しい絶壁の周りで渦を巻いているというわけだ。ウンゲホイアーホルン――〝恐怖の峰《ホラー・ホルン》〟とも呼ばれているが、ぼくにとって、あそこはまさにそのとおりの場所なんだ」

「その話をぜひ聞かせてほしいな」わたしはせがんだ。「微に入り細をうがって、たとえ短い話でもたっぷり引き延ばしてくれ。きみにとって、いったいどうしてあそこが〝恐怖の峰〟になったのかをね」

「そう、シャントン――そのときのガイドだ――とぼくは、いつも何日もかけて断崖の周囲を探索し、片側をほんの少し登っては行き止まりになり、反対側を百五十メートルほど登ったところでどうしても越えられない障害物にぶつかる、といったことをくりかえしていた。そして、ついにその日、幸運にも先へつながるルートを見つけたんだ。シャントンはガイドという仕事を嫌っていたが、ぼくにはその理由がどうにもわからなくてね。登山の難しさ、危険さがいやだったわけではない。シャントンほど氷と岩のあつかいに長け、怖れを知らない男に、ぼくはまだ出会ったことがないくらいだ。だが、やつはいつも日没前に峰を下り、ブルーメンの山小屋に戻ろうと言いはってきかなかった。そして、たとえ山小屋に戻り、扉にかんぬきをかけてしまっても、めったにくつろぐことはなかったな。いまでもよく憶えているが、ある夜のこと、夕食を終えたころに動物の鳴き声が聞こえてきた。おそらくはオオカミだろう、夜をうろつく獣が遠吠えする声さ。シャントンはひどく怯えてね、夜が明けるまでまどろみもせずにいたようだ。そのとき、ぼくはふと思いあたったんだ、もしかしたらこの山には、その呼び名の由来となる、何か身の毛もよだつ怖ろしい伝説があるのではないかとね。翌日、ぼくはシャントンに尋ねてみたよ、なぜこの山が〝恐怖の峰〟と呼ばれているのかを。やつは答えをはぐらかし、やはり〝恐怖の峰〟という意味のシュレックホルンと同じく、絶壁や落石が多いからだとごまかしたよ。だが、さらに問いつめてみると、やはりそんな伝説がある、自分は父から聞かされたと認めた。この山には怪物がひそんでいて、洞穴に棲み、人間のような姿をしているが、顔と手以外の部分は黒く長い毛に覆われている、と。背丈は小柄で、せいぜい一メートル二十センチくらいだが、すさまじい力を持ち敏捷に動きまわる、原始時代の獣の生き残りなのだそうだ。だが、どうやら連中はいまだ進化の最中らしい。ぼくがそう考えたのは、伝説によると、ときおりその怪物どもに娘がさらわれるというんだ。餌としてではない、食人種につかまった人間のお定まりの運命をたどらせるためではなく、子を産ませるために。若者もさらわれ、連中の女どもとつがわされる。まるで、その怪物どもは人間になることをめざしているかのようじゃないか。だが、もちろん、現代のこの世の中にそんなことがありうるなんて、ぼくはひとことたりとも信じる気持ちにはなれなかった。何世紀も昔なら、そういう怪物が存在していてもおかしくはない。言い伝えというのはそう簡単に消えてなくなるものではないから、そんな怪物の話が代々受け継がれ、いまだ田舎家の暖炉の前で語られているのだろう。その怪物どもの数については、かつて三匹がいっしょにいるのを目撃されたことがあると、シャントンが話してくれた。目撃者はたまたまスキーをはいていたおかげで、どうにか怪物どもから逃げおおせ、その体験談を伝えることができたらしい。その目撃者というのは、実は自分の祖父であると、シャントンは断言していたな。ウンゲホイアーホルンのふもとに広がる密生した森を通りぬけようとして、冬の日が暮れてしまったのだそうだ。厳しい冬のさなかに餌となるものを探して、そんな低い地点まで下りてきていたのでは、というのがシャントンの推測だ。その例をのぞいては、目撃はみな頂上にいたる岩山の範囲にかぎられているのだとか。怪物どもは最初はやつの祖父を追いかけ、次に別の若者に標的を変えた。おそろしく敏捷な動きで、ときに人間のように身体を起こして二本足で走り、ときに獣のように四本の足で走る。そうして、ブルーメンの小屋でわれわれが耳にしたような遠吠えをあげるのだという。そう、シャントンが語ったのはそんな言い伝えで、ぼくはいまのきみと同じく、馬鹿げた迷信だとしか思わなかったよ。だが、まさにその翌日、そんな意見を変えざるをえないできごとが起きてね。

その日、ぼくたちは一週間にわたる探索の後、いまのところ頂上へいたる唯一の道であるルートを発見した。そして夜が明け、ぎりぎり登れるだけの明るさになったと見るや、小屋を出発したんだ。きみにもわかってもらえるだろうが、かなりの難所の岩場となると、カンテラや月の光では登りきれないからな。さっきも話した長い亀裂にたどりつき、下から見るかぎり虚空へ伸びていくだけに見える岩棚を探索する。足がかりを一歩ずつ刻みながら、一時間ほど登ったところで、ぼくたちは山腹に走る峡谷にぶつかった。そこからは岩登りだ。難しい岩場が続いたが、心折れるような障害物に行く手をはばまれることはなく、ついに山頂に到達したのは朝九時ごろのことだった。頂上に長居はしなかったよ。あちら側の山肌には、ぐらぐらした石がいっぱいある。日が高くなると、日射しに温められて氷が融け、そんな石が外れて落ちてくるんだ。そんなわけで、ぼくたちはもっとも落石の多い岩棚を急いで通りぬけた。そこから氷河の長い亀裂を伝いおりるのは、それほど難しくはない。正午にはあとひと息というところまでたどりついて、わかるだろう、ぼくたちはもう、これ以上ないほど意気揚々としていたよ。

その先は、断崖の下にごろごろと転がっている大岩の間を抜けていく、長く面倒な道が続く。その斜面の岩肌には穴が多く、山の奥深くに入りこんでいく洞穴もいくつかあるんだ。氷河の亀裂を抜けたところで、ぼくたちはお互いを結びつけていたザイルをほどき、転がっている大岩の間をそれぞれの判断で進んでいった。中には、普通の家よりも大きな岩もたくさんあってね。そんな大岩のひとつの角を曲がったところで、シャントンの話がけっして昔からの迷信、ただの絵空事ではなかった証拠がぼくの目に飛びこんできた。

目の前、もう二十メートルもないところに、シャントンの言っていた怪物の一匹が寝そべっていたんだ。仰向けになって四肢を広げ、細い目をまたたきもせずに陽光を浴びていた。身体の形はまったく人間と同じだったが、手足と胴体の日に焼けた肌は、びっしりと毛に覆われていたよ。顔だけは、頬の下とあごをのぞいて肌が露出していた。生々しい欲望があらわになった、いかにも邪悪な獣じみた顔つきに、ぼくは背筋が冷たくなるような恐怖をおぼえたものだ。もしも、そいつが本当に獣だったとしたら、どれだけ獣じみたところを見せつけられたとしても、さして怖ろしくはなかっただろう。それが人間であるからこそ、どうしようもなく怖いんだ。かたわらにはかじった骨が二本ほど転がっていて、おそらくは食事をすませたところだったのだろう、そいつは分厚い唇をものうげに舐めながら、満足そうなうなり声を漏らしていた。片手で毛の密生した腹をかき、もう片方の手で骨を一本つかみあげると、指の力で骨が半分にぽきりと折れる。とはいえ、ぼくが怯えていたのは、この怪物どもにつかまった人間たちの運命を聞いていたからじゃない。こんなにも人間じみて、同時にこんなにも悪魔じみた化けもののすぐ近くにいるということが、ただひたすら怖ろしかったんだ。ついさっきまで、あんなにも高揚した気分を味わわせてくれた山は、いまやぼくにとって、まさに〝恐怖の峰〟に変わりはててしまっていた。熱に浮かされた悪夢よりも怖ろしい、こんな怪物どもを棲まわせているんだからな。

シャントンは十歩ほど後ろにいたから、ぼくは後ろに向かって手を振り、その場で足を止めさせた。それから、日光浴をしている怪物の注意を惹かないように細心の注意をはらいながら、じわじわと大岩の後ろに戻り、何を見たかをシャントンにささやいてやったんだ。ぼくたちは青ざめた顔のまま、大きく遠回りをして山を下りにかかった。岩陰を出るたびに周囲をうかがい、身体を低くし、いまにも別の怪物に出くわさないか、山肌に穿たれた洞穴のどこかから、いまにもまた毛の生えていない怖ろしい顔がのぞかないかと、一歩踏み出すごとに怯えながら。次に出くわす怪物は、ひょっとしたら女のしるしのふくらんだ乳房を持っているかもしれない。それが、何よりもぼくたちの恐怖をかきたてた。

だが、幸運はぼくたちに味方してくれたんだ。石を踏みながら大岩の間を歩き、石のぶつかる音にいつあの怪物どもが気づくかもしれなかったのに、あんなぞっとする経験を二度とは味わわずにすんだんだからな。いったん森に入ってしまうと、まるで復讐の女神たちに追いかけられているような勢いで、ぼくたちはひたすら走りつづけた。ああ、そのときになってやっと、あの怪物の言い伝えを語ってくれたシャントンの、不安な心のざわめきがぼくにも理解できたよ、誰かにわかってもらえるとは思えないがね。あの怪物どもの人間じみたところ、われわれと同じ種でありながら、あんなにも獣めいて人間らしさの感じられない、ぞっとするほど墜ちた姿を見せつけられるのがどれほど怖ろしいことか。あれに比べたら、ぼくたち人間などは天使に思えるほどだ」

その物語が締めくくられるころには、もう小編成の楽団の演奏も終わっており、お茶のテーブルを囲んでおしゃべりに花を咲かせていた人々の姿も、すでにまばらとなっていた。イングラムはしばし言葉を切り、やがてまた口を開いた。

「あのときの体験は、魂を揺るがすような恐怖だったよ。ぼくはいまだ、あの恐怖から完全に立ちなおってはいない。およそ生命を持つものがどれほど怖ろしい存在になりうるか、つまりは生命そのものがどれほどの怖ろしさを秘めているのか、まざまざと見せつけられたんだからね。あの獣じみた本性の胚芽は、われわれの誰もがひっそりと祖先から受け継いでいるはずだ。だとしたら、もう何世紀もそれがおとなしくしているからといって、ふたたび目をさますことはないと誰が言える？　日光浴をするあの怪物を目にしたとき、ぼくはまさにわれわれ人類が這い出してきた底知れぬ深淵を目にしていたんだ。そして、あの怪物どもがまだ存在しているのだとしたら、いままさに連中は、その深淵から這い出そうともがいているわけさ。たしかにこの二十年というもの、あの怪物どもが目撃されたという記録は残っていない。このエベレスト遠征の報告書に、裸足の足跡を発見したと記してあるのをのぞけばね。もしも足跡がほんものだとしたら、もしも熊や人間の足跡と見まちがえているのでなければ、深淵に残されてさまよう人類の端くれは、いまだどこかに存在していることになる」

そう、たしかにイングラムは、余すところなくその体験を語ってくれた。だが、こうして文明の香りのする暖かい部屋に腰をおちつけていると、それほどまでの恐怖もさほど生々しく伝わってはこない。頭ではイングラムの言いたいことはよくわかるし、その恐怖も理解できる。だが、心の底から身ぶるいするような感覚が、魂に伝わってきたわけではなかったのだ。

「だが、どうも奇妙に思えるな」わたしは口を開いた。「きみほど生理学を熱心に研究している人間が、そんな不安を払拭できなかったとはね。きみが目にしたものは、つまり化石として残っている原始人などよりも、さらに人類から遠い種というわけだろう？『これはまたとない貴重な発見だ』と、心の中で何かがささやきかけなかったかい？」

イングラムはかぶりを振った。

「いや――ぼくはただ、ひたすらその場から逃げ出したかっただけだ。さっきも言ったとおり、やつらにつかまったらどうなるか、シャントンの話を聞いて知っていたから怖かったわけじゃない。とにかく、その怪物そのものが怖かったんだ。がたがたと震えがこみあげてくるほどにね」

その夜は、雪嵐も突風も激しさを増すばかりだった。まるでいますぐ中に入れろと要求するかのように、荒々しい風がわたしの部屋の窓枠を揺さぶるたび、不安なまどろみからはっと目がさめる。うねる突風は時おりふっと鳴りをひそめ、そしてまた笛を鳴らすような、あるいはうめくような、あるいは怒りの金切り声のような奇妙な音をたてて吹きすさんでいた。こうした音が、まどろむわたしのぼやけた意識に混じりこんだのだろう、〝恐怖の峰〟の怪物どもがわたしのバルコニーによじのぼり、窓枠を揺さぶっている悪夢を見て、はっと飛び起きたことさえあった。だが、夜が明ける前に嵐は収まり、目がさめてみると、風もなくしんしんと降る雪がみるみる積もっていくばかりだ。この雪は三日にわたって間断なく降りつづけ、ようやく止んだと思うと、わたしにとっては初めてといってもいいほどの寒さがやってきた。最初の夜に零下十度まで下がり、次の夜にはさらに冷えこむ。さらにウンゲホイアーホルンの絶壁となると、どれほどの寒さに覆われているのか、とうてい想像もつかない。あそこにどんな連中が隠れ棲んでいようと、とどめを刺されるには充分な寒さというものだろう。わが従兄が二十年前に研究対象にしそこなった生きものは、もう二度と従兄の、そしてほかの誰の目の前にも現れることはあるまい。

そんなある朝、友人から手紙が届いた。近くにある冬の行楽地、サン・ルイジにちょうど到着したところで、よかったらこちらに遊びにきて、午前中いっしょにスケートをしてから昼食をとっていかないかという。わたしの滞在しているホテルからは、モミの森の生い茂る低い丘陵を抜ける道をたどれば、せいぜい三キロほどだろうか。かたわらを仰ぎ見れば急斜面の森が広がり、その上にウンゲホイアーホルンの最初の岩場がそびえる道だ。そんなわけで、わたしはスケート靴を入れたナップザックを背負い、スキーをはいて、モミの生える斜面を抜け、サン・ルイジに向かってゆるやかな斜面を滑りおりていった。空にかかった雲は、山々の頂をも隠しており、太陽は蒼白くぼんやりとした姿をかろうじて靄ごしにのぞかせている。だが、日が高くなるにつれしだいに太陽が空を支配し、わたしはきらめく蒼天の下、サン・ルイジに滑りこんだ。友人とスケートを楽しみ、昼食をともにすると、また天候が悪化しそうな気配だったので、予定を早めて三時に帰途につく。

森に入るころには、上空には厚い雲が垂れこめ、切れ切れの靄が木々の間に降りてきて、わたしの行く手をさえぎるように流れはじめた。十分ほどのうちに視界はどんどん悪くなり、ほんの二、三メートル先も見えなくなってしまう。雪に覆われたやぶに阻まれて進めなくなり、どうやら道を外れてしまったらしいと、すぐにわたしは気づいた。だが、道に戻ろうとして引き返すうち、方向を完全に見失う。だが、正しい道を進むのは難しくても、とにかく坂を上りつづければいいことが、わたしにはわかっていた。上っていきさえすれば、やがて低い丘陵の稜線にたどりつく。そこからは、アルフーベルのある開けた峡谷に向かって下っていけばいい。わたしは転び、障害物に足を滑らせながら、必死に進みつづけた。雪が深すぎて、スキーがなければ一歩ごとに膝まで沈みこんでしまうため、どれだけ歩きにくくてもスキーを外すことはできない。いまだ上りは続き、ちらりと腕時計を見やると、すでにサン・ルイジを出てから一時間近く経っている。順調にいけば、もうとっくにホテルに帰りついていてもいい時間だ。それでも、わたしは最初の方針にしがみつき、ひたすら上りつづけた。たしかに本来の道からは遠く外れてしまっているかもしれないが、あと数分できっと稜線にたどりつき、そこからはその先の峡谷に向かって下っていけるのだと信じて。ふと気がつくと、靄がしだいにバラ色に染まりつつある。つまり、もうすぐ日が沈むのだとわかってはいても、日射しを受けてまもなく靄が晴れたら、いま自分がどこにいるのかがつかめるはずだと思うと、いくらか心が慰められた。とはいえ、すぐに夜の帷《とばり》が降りることを考えると、森や山で道に迷ったものの心をむしばむ絶望や孤独をけっして寄せつけまいと、心に柵をめぐらすしかない。さもないと、身体にはまだ活力がたっぷり残っているのに、神経をすりへらして消耗したあげくその場に倒れこみ、待ちうける運命のなすがままにされてしまう……そのとき、ふいに聞こえてきた声は、孤独がどれほど幸せなものか、わたしに思い知らせてくれた。そう、たしかに、孤独より怖ろしい運命も存在するのだ。そのオオカミの遠吠えに似た声は、いまだ前方にそびえ立つ尾根——これは尾根なのだろうか？——に広がるモミの森のどこか、さほど遠くない距離から聞こえてくる。

後ろからふと一陣の風が吹いて、垂れさがったモミの枝から凍りついた雪を振り落とし、まるで床のほこりを箒で掃くように、あたりの靄をきれいさっぱり吹きとばした。すでに雲が晴れていた空は、沈みゆく太陽に赤く染まっている。前方を見やると、こんなにも長くさまよいつづけた森の出口に、わたしはようやくたどりつこうとしていた。だが、ここはずっと進んできたはずの峡谷ではなかった。目の前には大岩がごろごろと重なる急斜面が立ちはだかり、岩壁がウンゲホイアーホルンのふもとに向かってそそり立っている。だとすると、さっき耳にして心臓が止まりそうになった声は、はたして本当にオオカミのものだったのだろうか？　わたしは目をこらした。

二十メートルも離れていないところに、一本の木が倒れている。その幹に寄りかかっているのは、〝恐怖の峰〟に棲むといわれる一族のひとり、しかも女だ。その身体にびっしりと密生する灰色の毛はもつれて房となり、頭に生えた毛は肩から胸にまで垂れさがっている。その胸には、しなびた乳房がゆらゆらと揺れていた。その顔を見た瞬間、わたしはイングラムがおぼえたという戦慄を、頭だけでなく、魂の奥底から実感した。こんな怖ろしい相貌を見せて目の前に立ちはだかる悪夢に、これまで出くわしたことはない。太陽や星、野の獣たち、慣れ親しんできた種である人間、そういったものの美しさとはまったく異質で相容れない、怖ろしくも忌まわしい肉体をまとって生きる魂。よだれを垂らした口、そして細い目には、底知れない獣じみた本性が顔をのぞかせている。その深淵をのぞきこんだわたしは、いま自分が見おろしている底知れぬ闇こそ、人間が何世代もかけてそこから這い出してきたものであることを悟った。もしもいま、この足場がもろくも崩れ、真っ逆さまにわたしを深淵の底に放りこんだとしたら?……

地面を蹴り、もがく羚羊《かもしか》の角を、女はがっちりと押さえつけている。羚羊の後ろ脚が、女のしなびた腿を蹴りつけた。女は怒ってうなり声をあげ、もう片方の手でその後ろ脚をつかむと、まるで人間が牧草の茎をちぎりとるように、その胴体からもぎとった。ぱっくりと開いた傷口の周りに、引き裂かれた毛皮が垂れさがる。女は血のしたたる脚に口をつけると、まるで砂糖菓子の筒を吸う子どものように、その血をすすった。その茶色く短い歯が肉や軟骨に食いこむ音の合間に、女が舌なめずりをし、喉を満足げに鳴らす音が交じる。その脚をかたわらに放ると、女はいまや死に瀕して身体を痙攣させている獲物に視線を移し、指で片目をえぐり出した。目玉を歯で食いちぎった瞬間、柔らかい木の実がはじけるような音があたりに響く。

わたしがその場に立ちつくし、形容しがたい恐怖に硬直したまま女を見つめていたのは、ほんの数秒にちがいない。その間も、脳はこわばった四肢に向かい、うろたえながらも必死に命令を下していた。「逃げろ、逃げろ、あいつが気づいていないうちに」やがて、どうにか関節や筋肉が言うことをきくようになるのを待って、手近な木の後ろに身を隠そうとする。だが、女は――あれをそう呼んでいいものだろうか?――視界の隅でわたしの動きをとらえたのだろう、まだ生きている獲物から目を離し、こちらを見た。首をこちらに伸ばし、獲物を落とすと、腰をかがめた姿勢のままこちらに向かってくる。口を開き、さっき耳にしたのと同じ遠吠えをあげながら。どこか遠くから、かすかにそれに応える声があがった。

足を滑らせ、よろけ、雪の下の障害物にスキーの先を引っかけながらも、わたしは必死にモミの木々の間を抜け、転がるように斜面を下りていった。落ちゆく太陽はすでに西の山の岩壁に姿を隠し、その最後の光を投げかけて雪とモミの木々を赤く染めている。スケート靴を入れた背中のナップザックは、前に後ろに激しく揺さぶられ、片方のスキーのストックは、垂れさがったモミの枝に引っかかり、どこかにすっ飛んでいってしまったが、そんなものを拾おうと足を止めている余裕はなかった。後ろをふりかえることさえできず、追っ手がどれほどの速さなのか、そもそも追っ手がいるのかどうかもわからない。いまや恐怖に駆りたてられ、頭と身体のすべての力を振りしぼって、できるだけ早く四肢を動かし、丘を下って森を出なくてはと、そればかりに集中していたからだ。しばらくの間は、必死の走りに雪がきしみ、雪に覆われた下生えが折れる音しか聞こえてこなかったが、やがてすぐ後ろ、手を伸ばせば届くほどの距離から、またしてもオオカミの遠吠えのような声があがり、わたし以外にもうひとり、雪を踏みつけて走ってくる音が耳に響いた。

ナップザックの吊り紐がしだいにずれて、スケート靴が前後に揺れるにつれ、ぐいぐいと喉に食いこんでくる。気道がふさがれ、ああ、わたしのあえぐ肺が何より必要としている空気が入ってこない。わたしは足を止めることなくナップザックを首から外し、先ほどストックをはじき飛ばされたほうの手にぶらさげた。これで、さっきよりもいくらかは走りやすくなる。行く手を見おろすと、いまやそう遠くないところに、本来たどるはずだった道が見えてきた。あの道にさえ出てしまえば、スキーでもっと速度を出して、この追っ手を振りきることができるかもしれない。この荒れた地面では怪物のほうに分があり、わたしはじわりじわりと距離を詰められていたが、眼下に帯のように伸びるなめらかな下り坂を目にして、恐怖に黒く染められていた心に、ひと筋の希望の光が射しこんでくる。そうなると、追いかけてくるものの姿をちらりとでも見ておきたいという、抗いがたい欲求がこみあげてきて、わたしはちらりと後ろに視線をやった。それはやはりあの女、いましがたあの凄惨な食べっぷりを垣間見てしまった老婆だった。灰色の長い髪を後ろになびかせ、口からは何やらわけのわからないつぶやきが漏れている。その指は、いまにもわたしを捕らえようとするかのように、何かをつかもうとする動きを見せていた。

道はもう目の前だ。だが、その近さに目がくらみ、つい不注意になってしまったのかもしれない。足もとに雪をかぶったやぶが盛りあがっており、それを跳びこえたと思った瞬間、わたしは足をとられて転び、雪の中に沈みこんだ。なかば悲鳴、なかば笑っているかのような不気味な声が響き、身体を起こす間もなく、鋼鉄の鉤爪のような指がわたしの首をがっちりとつかむ。だが、スケート靴のナップザックをつかんでいる右手は、まだ自由が利いた。吊り紐をつかんだまま、思いきり後ろ手に振りまわすと、その必死の一撃は運よくどこかに命中したらしい。ふりむくまでもなく、首をつかむ指の力がゆるみ、わたしがつまずいたやぶに、何かがどさりと沈みこむ。どうにか身体を起こして立ちあがると、わたしはそちらを見やった。

女はそこに倒れ、身体をぴくぴくとひきつらせていた。スケート靴の刃のかかと部分がナップザックのアルパカの織り地を突き抜け、女のこめかみを直撃したらしく、傷口から血が流れ出している。だが、ほんの百メートルほど後ろには、さらに同じような怪物がもう一匹、斜面を跳躍しながらこちらに走ってきていた。またしても恐怖につきうごかされ、すでに手招きするかのようにまたたきはじめている村の灯火をめざし、わたしは平らな道をただひたすらに下っていった。けっして足を止めることなく、まっしぐらに先を急ぐ。人間の統べる領域にふたたび帰りつかないかぎり、安全な場所などどこにもないのだ。ホテルの扉に体当たりすると、入れてくれと叫びたてる。扉の取っ手をひねるだけのことなのに、そんな余裕さえなくしていた。つい先日、イングラムがあの話をしてくれたときのように、楽団の奏でる旋律、そして人々のおしゃべりがわたしを包む。イングラム自身もそこにいて、騒々しく入ってきたわたしに気づき、はっとしたように視線を上げ、椅子から立ちあがった。

「わたしもやつらを見てしまったんだ」従兄に向かって叫ぶ。「このナップザックを見てくれ。血の染みがついていないか？　それはやつらのひとりの血だ。女、それも老婆だったよ。この目の前で羚羊の脚をもぎとり、そしてあの呪われた森の中、わたしをずっと追いかけてきたんだ。わたしは――」

自分が回転したのか、部屋がわたしの周りで回転したのか、それはわからない。自分が床に倒れこむ音が、耳に響く。次に気がつくと、わたしはベッドに横たわっていた。そばにいたイングラムが、きみはもう安全だと声をかけてくる。もうひとり、見知らぬ男がわたしの腕をとって注射をしながら、もうだいじょうぶですよと口を添えて……

一日か二日の後、何があったのか包み隠さず話したわたしの言葉を聞いて、三、四人の男たちが銃を手に、わたしのスキーの跡をたどった。わたしがつまずいたやぶのそばには、雪に浸みた血だまりがあったそうだ。そして、さらに跡をたどると、片方の後ろ脚をもぎとられ、目玉をくりぬかれた羚羊の死骸が見つかったという。この話の裏付けとして、わたしが読者に示せるのはこれだけにすぎない。おそらく、わたしを追いかけてきたあの怪物は、わたしの一撃を食らっても死にはしなかったのだろう。あるいは、仲間たちが亡骸をどこかへ運んでいったのだろうか……何はともあれ、それでも信じられないという向きは、いつでもウンゲホイアーホルンの洞穴のあたりをうろついてみるといいだろう。この話を信じたくなるようなできごとが、はたして起きるかどうかを確かめに。

マカーオーン

Machaon

冬期は聖ジェイムズ病院も早めの時間に閉まるので、わが家で二十年にわたり働いていた召使、パークスの見舞いに来ていたわたしは帰途につくことにした。三日前、治療のためではなく診察のために、わたしはパークスをここに入院させた。そしてきょうの午後、医師の診断を聞くためにロンドンに出てきたのだ。医師の見立てによると、パークスの内臓には腫瘍があり、まだはっきりしたことは言えないが、さまざまな徴候から見ておそらくがんだそうだ。とはいえ、これは確定診断ではない。試験的に切開して腫瘍の性質を調べ、進行度を確認し、そのうえで可能なら切除する。腫瘍が重要な組織に浸潤している場合もあり、そうなると手術はできないが、今回はそうではなく、無事に切除できることを願っていると、わたしの旧友でもあるゴドフリー・サイムズ医師は述べた。切除できなければ、治癒する望みはない。かなり早い段階で、この患者が検査を受けに送りこまれたのは幸運だった。長く放置しておいた場合に比べ、手術が成功する見こみはずいぶん高くなるだろう。とはいえ、すぐに手術を受けられるほど、パークスのいまの健康状態は芳しくはないので、一週間から十日の入院によって体力を回復させることが望ましい。こうした状況では、患者本人に見とおしを正直に話すべきではないというのが、サイムズの考えだった。

「ぼくの見たところ、あの患者は神経質な性格らしいからね。それに、ベッドにじっと横たわったまま、これから先に何が待っているかをひたすら考えつづけていたら、せっかく横になっていたところで、回復するものもしなくなってしまう。自分の身体が切り開かれるなどというのは、どれだけ考えてもいやなものだよ。むしろ、考えれば考えるほど耐えられなくなってしまうだろう。ぼくがそんな目に遭うとしたら、麻酔をかける寸前まで、絶対に知らずにおきたいね。もちろん、手術には本人の同意が必要だが、その前日までは何も言わずにおくよ。たしか、患者は独身だったね？」

「ああ。身寄りはひとりもいないらしい」わたしは答えた。「わたしのところで働きはじめて、もう二十年になる」

「そうだったな、きみと知りあったころから、パークスはきみのところにいたのを憶えているよ。とにかく、ぼくから話しておくべきことはこれだけだ。もちろん、痛みがひどくなってきたら、手術を早めたほうがいいかもしれない。だが、いまのところ、痛みはほとんどないようだからね。睡眠もしっかりとっているようだと、看護師から報告があったよ」

「それで、ほかに打てる手は何もないんだね？」

「きみが望むなら何でもやってみるが、まったく効果はないだろうな。偽医者のいんちき薬だって、きみとパークスの希望があれば試してみてもいい、それによって患者の健康が損なわれたり、手術を延期したりしないかぎりね。X線だの紫外線だの、スミレの葉だのラジウムだのと、がんに効くといわれる新療法は毎日のように登場する。だが、その結果は？　結局のところ、患者が手術を先延ばししたあげく、もう間に合わなくなるだけのことさ。もちろん、希望があれば、何でも提案してみてくれ」

ゴドフリー・サイムズはこの分野で最高の権威であり、ほかのどんな医師よりも、圧倒的に高い治癒率を誇っている。

「いや、何も新しい提案をする気はないよ」わたしは答えた。

「よし、じゃ、パークスのことは注意ぶかく経過観察をしておくよ。ところで、今夜はロンドンに泊まって、いっしょに夕食でもどうかな？　ほかにもひとりかふたり来ることになってるんだが、中のひとりがなんとまあ、腕利きの降霊術師でね。ぼくがこれまでに電話でやりとりした会話をすべてひっくるめたより多い言葉を、あの世から受けとっているとかいう触れこみだ。まさに長距離通話、というところかな？　なあ、ぜひ来てくれよ！　きみが奇人変人を好きなことは、ちゃんとわかっているんだ！」

「すまない、今夜はだめなんだ。わたしも、田舎の屋敷に客をふたり招いていてね。どっちも奇人変人のたぐいだよ――ひとりは霊媒さ」

サイムズは声をあげて笑った。

「なるほど、こっちはひとり、そっちはふたりじゃ勝ち目はないな。さて、もう病棟に戻らないと。一週間ほどしたら、また患者の様子を手紙で知らせるよ。何か緊急の事態ともなれば別だが、いまのところそんな兆しはないしな。そのときが来たらまたロンドンに出てきて、きみの口から治療方針をパークスに説明してやってくれ。では、またな」

　わたしはチャリング・クロス駅からの列車に、あと三秒というところでぎりぎり間に合った。列車は冷たく煙った外気の中をごとごとと走り出し、鉄橋を渡る。雪は朝から降っては止み、降っては止みをくりかえしていたが、ロンドンを覆うすすけた霧から出てみると、野原にも生垣にも分厚く積もった雪が、しだいに迫りつつある夕闇に残光を映し出し、風景に超然とした孤独な厳しさを添えていた。雪の日はいつもそうなのだが、きょうも朝からずっと、ともすれば眠気が頭に忍びこんでくる。時おりふっとまどろむたび、まるで夜の闇にまぎれて這いまわる生きもののように、わたしの意識はくりかえしゴドフリー・サイムズから聞いた話に戻っていった。これだけの長きにわたり、召使としてだけではなく友人としても、誠実に、献身的に仕えてくれたパークスに対し、わたしがしてやれることは、せいぜい病状の説明くらいしか残っていないとは。さっきの話から察するに、おそらくその説明が厳しい内容になることは、サイムズにもわかっているのだ。こんな状況におちいった友人は、これまでにもふたりいるが、〝試験的切開〟がどんな結果に終わるかは、そのときの経験から身にしみている。前のふたりのときも、今回と同じだった。体内に腫瘍があるというはっきりとした徴候が見つかり、悪性ではない可能性もあると言われつつも、結局はそこから坂道を転げおちるような経過をたどったのだ。腫瘍を摘出することはできたが、それから二ヵ月ほどの間に再発。結局のところ、外科医の振るうメスは植木屋の剪定ナイフと同じく、腫瘍を刺激して逆に成長させることしかできない。だからこそ、もっと早く発見していたら根絶できたのにと、外科医も悔しがることになるのだろう。それでも、サイムズが言うとおり、望みをかけるとしたら手術しかないのも確かなのだ。ほかの治療法はどれも意味がなかったり、いんちきにすぎなかったり……

いつしか、わたしは別のことを考えはじめていた。きょう迎える客はふたり、チャールズ・ホープが霊媒を連れてくることになっている。ふたりとも、おそらくはこの同じ列車に乗っているのだろう。その霊媒、フォレスト夫人について、チャールズが語っていたことをあらためて思いかえす。二日前、チャールズは実に奇妙な話を持ちかけてきたのだ。フォレスト夫人は霊媒として、心霊術のさまざまな集まりでかなりの評判を博している人物だという。心霊の力を借りたという仮説に基づかないかぎり、誰に訊いても説明のつかない、ある種のテレパシーのような現象を実演してみせるのだが、いんちきだという非難は、いまだ誰からも浴びせられたことはないのだという。肉体を持たない知性に身体を〝支配〟され、催眠状態のままその霊の指示でしゃべったり書いたりするのは、世の霊媒の常ではある。最近になって、これまでとちがう、新たな支配霊が夫人に憑依するようになったのだが、その霊の正体については、名前も素性もいまだ明かされてはいない。そして、さらに奇妙なできごとが起きたのだ。

先週、催眠状態におちいったとき、明らかにその新たな支配霊の指示によって、夫人はある家の特徴をこと細かに挙げはじめ、この家でやらなくてはいけないことがあるという霊の言葉を伝えた。その家の描写を聞いても、最初のうちチャールズ・ホープは何も思いあたらなかったが、それはティリングにあるわたしの家のことではないかと、ふいにひらめいたのだそうだ。その家は丘の上の小さな町に位置し、塀に囲まれた庭があるのだと、夫人は大まかな描写から語りはじめた。そして、しだいに驚くほど詳細に、その家の様子を語っていったのだという。庭の中、母屋から数メートル離れたところに、大きな部屋がひとつある離れが建てられていること。離れの入口は母屋から直角の向きにあり、そこには六段の石造りの階段が掛けられていること。階段には両側に手すりがあり、そこには蛇のように木の蔓がからみつき、薄紫色の花をつけている。わが家の庭を望む離れ、そして入口の上り段の手すりにからみつくフジの花の、まさに正確な描写だ。さらに、夫人は部屋の中についても描写を始めた。片側の壁には暖炉が、その向かいの壁には大きな弓形の張り出し窓があり、そこからは街路と母屋の玄関が見える。もう一対の壁にもそれぞれ窓があって、片方の窓辺にはテーブルが置かれているし、もう片方の庭を望む窓は、手すりにからみつく蔓を伸ばしている木が生い茂り、日射しをさえぎっている。壁ぎわには本棚が並び、暖炉の前には直角に大きなソファが……

たしかに、ここまでの描写はすべて正しいし、確認できるかぎり、フォレスト夫人がわが家を見たことがないのはまちがいない。ただ、もしかしたら夫人はチャールズの心を読んだのかもしれないという可能性は残る。チャールズはしょっちゅうわが家に泊まっていて、離れのこともよく知っているからだ。だが、夫人がさらにつけくわえた描写について、それは当たっていないとチャールズは信じていたのだから、これが読心術のはずはあるまい。弓形の張り出し窓のそばにピアノがあると夫人は言ったが、そんなものは存在しないと、チャールズは思いこんでいた。だが、ほんの一週間ほど前、わたしはピアノを借り、まさに夫人の言葉どおりの場所に置いたところだったのだ。支配霊は、どうしてもその家でしなくてはならないことがあるとくりかえした。そこに何か困難な状況、こみいった問題があり、自分はその手助けがしたい、霊媒がその家で降霊会を行いさえすれば、もっとよく〝見せる〟（つまり、もっと詳しい説明をする）ことができるという。そこで、チャールズは支配霊に向かい、自分はその家を知っている気がする、そこで降霊会を開けるよう尽力してみると約束したのだそうだ。まもなく、フォレスト夫人は催眠状態から目ざめたが、いつものとおり、自分が何を言ったかはまったく記憶に残っていなかった。

そこで、チャールズはわたしを訪ね、いまの話をすべてうちあけた。わたしのほうは、困難な状況も、こみいった問題も、会ったこともない霊媒の支配霊に手助けしてもらえそうなことは何も思いつかなかったが、このなりゆきは（とりわけピアノのくだりが）いかにも奇妙だったので、ぜひわが家へその霊媒を連れてきて、一回でも数回でも降霊会をやってみようと、チャールズにもちかけたのだ。そして、ふたりが訪ねてくる日にちも決めていたのだが、三日前にパークスが入院してしまったので、実はこの約束も延期してもらおうかと考えていた。ところが、ちょうど一週間ばかり留守にするという隣人が、快く客間メイドを貸してくれたので、結局はそのまま客を迎えることにしたというわけだ。支配霊がいったい何を手助けしてくれるのか、ありとあらゆる可能性をじっくり考えてみたところ、ただひとつ思いついたのは、いまわたしが書こうとしている（本当に書けるものなら）心霊現象についての物語にかかわりがあるのだろうか、ということだけだった。いまのところ、執筆はまったく進んでいない。五、六回は書きはじめたのだが、これまでのところ、すべてくずかご行きとなってしまっている。

結局のところ、ふたりの客はわたしと同じ列車には乗っていなかったが、晩餐のちょっと前にようやく到着した。フォレスト夫人が客用寝室へ案内されている間に、チャールズはあらためて、今回のなりゆきを詳しく語ってくれた。

「こういうたぐいの話をきみがうさんくさく思い、あら探しをしたくなるのはよくわかるよ。だから、フォレスト夫人が言いあてたこの家の特徴のことも、なぜここに来ようと誘ったのかも、夫人には何ひとつ話していないんだ。ただ、ぼくのごく親しい友人が心霊現象にとても興味を持っているが、田舎暮らしが好きでなかなかロンドンに出てこない、とだけ話してある。もしも夫人がその友人の家に何日か滞在し、降霊会を開いてくれたらさぞ喜ぶだろう、とね」

「それで、夫人はこの家を見て、何か気づいた様子はあったかい?」わたしは尋ねた。

「いや、何も。前にも話したとおり、夫人はいったん催眠状態から目ざめると、さっきまで自分が何を話し、何を書いたのか、まったく記憶していないらしいんだ。とにかく、晩餐がすんだら、今夜さっそく降霊会をやってみようじゃないか」

「それがいい、夫人がやってくれるならね。場所は庭の離れがいいな、霊が詳しく描写したのは、まさにあの離れだったんだから。セントラル・ヒーティングと暖炉で、部屋は充分に暖まっているよ。母屋から、ほんの数メートルだしね。石段の雪かきもさせておいた」

フォレスト夫人はごく頭がよく、ユーモアのセンスがあり、人生の楽しみを健全に満喫するすべを知っていて、楽しい話題の豊富な女性だった。いくらか恰幅がよくなりつつはあるものの、物腰はきびきびしている。見た目からも、性格からも、まさか目に見えない存在と交流している人物だとは誰も思うまい。陰のあるところ、神秘的なところはまったく感じられないのだ。夫人の考えかたはどちらかというと現実的に思えたし、晩餐のなかばに降霊術の話が出たときの、夫人の反応はいかにも興味ぶかいものだった。

「わたしのそういう才能はね、おふたりの目の前に坐り、飲んだり食べたりおしゃべりしたりしているこの人格とは何のかかわりもないんですよ。ホープ氏からお聞きになっているかもしれませんけれど、いまのこの人格は、わたしの潜在意識が——たしか、最近ではそういう言いかたをするのよね？——叡智ある霊と接触する前に、どこかへ消え去ってしまうの。接触が始まるまでは、扉はきっちり閉まっているし、接触が終わると、また扉は閉まってしまうから、自分が何を言い、何を書いたのか、わたしは何も憶えていないんです。支配霊はわたしの手を使って書き、わたしの声を使って話す、それだけのつながりにすぎないの。言ってみれば、自分を使って演奏された曲について、ピアノ自身が何も知らないようなものかしら」

「それで、最近は新たな支配霊が、あなたを使っているということですね？」わたしは尋ねた。

夫人は声をあげて笑った。

「それについてはホープ氏にお訊きになって。わたしは何も知らないんです。氏によると、どうやらそういうことみたいですけれど、ただ、その新たな支配霊の正体については、なんとも見当がつかないんですって——そうだったわね？　さらにどんな新しいことがわかるか、楽しみですわ。その支配霊は、まずはわたしに慣れなきゃいけないんじゃないかしら、新しい楽器になじむようにね。早く慣れて、いろいろなことを伝えられるようになってくれるのを、わたし、本当に楽しみにしてるんですよ。ね、今夜さっそく降霊会をしましょうよ」

やがて、話題はまた別のことに移っていった。フォレスト夫人はこれまでティリングを訪れたことはなく、狭い街路に古い家が建ちならび、そこに降り積もった雪を月光が照らす風景に、すっかり魅せられたという。わが家の雰囲気も気に入ってくれたらしい——おちついていて居心地がよく、とくに晩餐の前に三人で顔を合わせたこぢんまりした客間が素敵だそうだ。

わたしはちらりとチャールズを見やった。

「降霊会は、庭の離れでやろうかと思っていたんですよ」夫人に持ちかける。「五、六歩ばかり外を歩くことになりますが、それでもかまわなければ。母屋のすぐそばです」

「どちらでもかまいませんわ」夫人は答えた。「まあ、わざわざ外に出なくても、ここも申しぶんのない場所だと思いますけれど」

たしかに、夫人は催眠状態のときに自分が話したことを憶えてはいないようだ。憶えていたら、庭の離れと聞いて、きっと自分が描き出した建物のことを思い出しただろうに。晩餐が終わり、三人で離れに向かったときも、夫人が演技によって神秘的な現象を演出しているのでもないかぎり、手すりにからみついたフジの蔓を見ても、何ひとつ思いあたった様子はない。離れに入ると、夫人がいつも慣れている形で降霊会を行えるように、わたしたちはごく簡単な準備をした。

こうした降霊会の手順について、さほど詳しくない読者もいることだろうから、ここで手短に説明しておこう。どんな形で霊が降りてくるのかはわからないので——まずは降りてくるかどうかが問題だが——チャールズとわたしは、臨機応変に記録できる準備を調えた。燃えさかる暖炉から二メートルほどのところに小さなテーブルを置き、それを三人で囲む。フォレスト夫人が坐るのは、大きなひじ掛け椅子だ。夫人の目の前、テーブルの上には鉛筆と紙の束を置き、もしも自動筆記――つまり、催眠状態の夫人が文字を書くということだ――が始まった場合に備える。チャールズとわたしはそれぞれ鉛筆と紙を手に、夫人の両脇に陣どって、もしも支配霊が（弁護士のような言いかたをするなら）夫人を占有し、何かを語りはじめたときには、その言葉を記録するのだ。これまで夫人の降霊会では前例のないことではあるが、もしも霊が目に見える姿をとったとしたら、その姿をざっと紙に描く。何か叩く音が聞こえたり、家具が動いたりしたら、やはりその現象について、自分の印象を書きとめておくことになっていた。準備が調ったところでランプの灯心を下げ、小さな炎が灯心をわずかに包むだけにする。それでも、降霊会が始まる前に確かめておいたとおり、暖炉の炎だけでもかなり明るく、手もとの紙に書きつけたものを見るには充分だった。赤い炎の照らし出す中、何にせよ起きたことを書きとめるときには、チャールズが腕時計を見て、時間も書きそえておくことを取り決める。時おり石炭が発するわずかなガスが燃えあがり、部屋の隅々にまでぎらぎらする光を投げかけた。この集まりをけっして邪魔してはいけないと、召使たちには固く言いふくめてある。ただし、誰かが呼鈴を鳴らしたときだけは、それに応えて離れに来るように、と。最後に、これから降霊会を始めるにあたり、わたしたちはすべての窓を閉めて内側からかんぬきをかけ、扉にも鍵をかけた。自分を椅子に縛りつけるべきではないかと、フォレスト夫人から提案があったが、暖炉の炎に照らされて、夫人の動きはすべてはっきりと見えるので、そこまでの予防措置をとる必要はあるまい。降霊会の間に書きつけたチャールズとわたしのメモは、後でお互いの書いたことをつきあわせ、どちらかひとりしか書かなかった事柄は削除することにした。こうしておけば、今夜、そして明日の降霊会の記録はすべて、わたしとチャールズの証言がそろった記述だけが残ることになる。そして、降霊会が始まった。

フォレスト夫人はゆったりと背もたれに身体を預け、目を開いたまま両腕をひじ掛けに置いた。やがてまぶたが閉じ、身体が激しく震えはじめる。震えが止まると、まもなく夫人の頭はがっくりと前に垂れ、呼吸がみるみる浅くなっていった。しばらくして、呼吸の速度が通常に戻ると、夫人がついに唇を開く。最初は聞きとれないくらいのささやき声で、やがて、普段とは似ても似つかない耳ざわりな甲高い声で。

それからの三十分ほど、英国じゅうでわたしほど拍子抜けしていた人間もいまい。現れたのは〝星影〟と名のる支配霊だったが、これが実に陳腐な人格だったのだ。ヘンリー七世の時代の尼僧だそうで、いまはこの世を去ったばかりの人々の手助けをしているという。美しい音楽のあふれる第三層で、ごく忙しく、ごく幸せに暮らしているのだとか。人間はみな善良なものであり、賢いか賢くないかはたいした問題ではないのだと、〝星影〟は告げた。愛こそは偉大な力であり、われわれはお互いに愛しあい、助けあわなくてはならない。死は人生に設けられた門にすぎず、世界はすばらしく楽しいことばかりに満ちている……実のところ、〝星影〟の話はすべてたわごとといってよく、わたしはいつしかパークスのことを考えはじめていた……

だが、ふいにわたしの意識はパークスから引きもどされた。〝星影〟の金切り声のお説教が止み、フォレスト夫人の声がまたしても変化したのだ。陳腐な言葉の垂れ流しが止まったかと思うと、今度は低いバリトンの声が流れはじめたが、何を言っているのかはほとんど聞きとれない。チャールズはこちらに身を乗り出し、そっとささやいた。

「これが新たな支配霊だ」

その声はひっきりなしに言いよどみ、ためらっている。まるで、よく知らない言語で懸命に話そうとしているかのようだ。ときにはぷっつりと声が止んでしまうことさえある。そんな沈黙をとらえ、わたしは尋ねた。

「あなたの名前を教えてもらえますか？」

答えはなかったが、やがてフォレスト夫人の手が鉛筆のほうへ伸びるのが見えた。チャールズが鉛筆を夫人の指に握らせ、紙を書きやすい位置に動かしてやる。夫人の手が大文字を綴っていくのを、わたしはじっと見まもった。ためらいがちではあるが、はっきりと読める文字だ。

〝ツバメ《スワロー》〟、そしてもう一度〝ツバメ〟、と夫人は綴った。

「鳥の？」わたしは尋ねた。

さっきの声が、その問いに答えた。低いバリトンの声は、今度は聞きとれる言葉を口にしたのだ。

「いや、鳥ではない。鳥ではないが、飛ぶ」

わたしは、まったくわけがわからずにいた。結局どういう意味なのか、どう考えても何も浮かばない。やがて、鉛筆はまた文字を綴りはじめた。〝ツバメ、ツバメ〟そして、まるで支配霊が何か立ちふさがっていたものを乗りこえたかのように、ふいにてきぱきと鉛筆が動く。

〝ツバメの尾《スワローテイル》〟

これはさらに難解で、さっぱり意味がわからなかった。ツバメの尾で思い出すものといえば、せいぜい燕尾服くらいだが、空飛ぶ燕尾服などというしろものを、いったい誰が知っているというのだろう？

「わかった」チャールズが声をあげた。「キアゲハ《スワローテイル》だ。そうですね？」

ふいに、テーブルを三度叩く音がした。大きな、はっとするような音だ。三度というのは、こうした場合、「はい」という意味に使われる。いったいそれが何を意味するのかは、依然としてさっぱりわからなかったが（実のところ、何の意味もないとしか思えなかったが）、こうして次々と意表を突かれるだけでも、ふいにこの降霊会はとてつもなく胸躍るものとなってきた。この支配霊は、同時に三つの手段を駆使して何かを伝えようとしている――声、自動筆記、そして叩く音。だが、いったいキアゲハがわが家のどんな問題を手助けしようとしているのか、まったく見当がつかない……だが、そのとき、ある思いつきがひらめいた。キアゲハには学名があるはずだ。しかも、それはいま手軽に調べられる――学生のころ、昆虫学で賞を取ったときに授与されたニューマンの著書『大英帝国の蝶と蛾』が本棚にあるのだ。本はすぐに見つかり、わたしは炎の明かりを頼りに、キアゲハの項を索引で探した。キアゲハの学名は、パピリオ・マカーオーンという。

「あなたの名はマカーオーンですか？」わたしは尋ねた。

はっきりと聞きとれる声で、支配霊は答えた。「そう、わたしはマカーオーンだ」

そこで、今夜の降霊会は終わりとなった。およそ一時間足らずというところだろうか。フォレスト夫人に男の声で語らせ、ツバメ、キアゲハ、マカーオーンと、さんざん苦心して回り道をしながら名乗りをあげた支配霊の力は、いまや薄れはじめている。夫人は手にした鉛筆でいくつか読めない文字をのたくるように書き、その唇からいくつか聞きとれない言葉をささやくと、やがて口を大きく開いてため息をついて、催眠状態から目をさました。わたしたちは支配霊が明かした名前を教えたが、どうやらマカーオーンと聞いても、夫人は何も思いあたるふしはないらしい。ひどく消耗している様子の夫人を見て、わたしはすぐに母屋へ連れ帰り、寝室へ送りとどけると、またチャールズのもとへ戻った。

「それにしても、マカーオーンというのは何ものなんだ?」チャールズは尋ねた。「古典文学に出てきそうな名前だな——ぼくより、きみのほうが詳しい分野だ」

わたしはアテネについての文献を探したことがあったので、ギリシャ神話の基本的なところは頭に入っていた。

「マカーオーンというのは、アスクレピオスの息子だよ」チャールズに説明する。「アスクレピオスは、ギリシャ神話に登場する医学の神だ。その聖域は水治療を行う治癒所とされ、病を患った人々が訪れる場となった。ローマ神話ではアイスクラピウスだな」

「だが、そんな人物がきみに何をしてくれるというのかな? きみは健康で、どこも悪いところはないんだろう?」

チャールズの問いに、わたしははっとした。きょうはずっと、こんなにもパークスのことを考えていたというのに、そう尋ねられるまで結びつきに気づかなかったのだ。

「ああ、だが、パークスは病気だ。関係あるかな?」

「それだ!」チャールズは叫んだ。

わたしは本を探し出し、アテネにあるアスクレピオスの聖域について述べられている箇所を開いた。

「そう、アスクレピオスにはふたりの息子がいた――マカーオーン、そしてポダレイリオス。ホメーロスの時代には、アスクレピオスはいまだ神ではなく、医師にすぎなかった。そして、ふたりの息子も医師だったんだ。アスクレピオスを神とする神話が生まれたのは、もっと後のことで――」

わたしは本を閉じた。

「これ以上は読まないほうがいいな。われわれがアスクレピオスについて何もかも知ってしまったら、霊媒の意識に影響を与えてしまうかもしれない。マカーオーンが何を話してくれるのか、まずはその言葉に耳を傾けてから、後で確認すればいい」

そんなわけで、マカーオーンについて調べるのはここまでにしておいて、わたしたちは翌日の降霊会を待つことにした。翌日は午前中ずっと、身を切るような寒さに雪が舞い、ただでさえ交通の少ないこの町でも、せいぜい脇道にすぎないわが家の前の通りに目をやると、歩道こそ二、三人の足跡が残っているものの、車道はまっさらな白い雪に覆われている。フォレスト夫人は朝食に下りてこなかったので、わたしは昼食まで庭の離れにこもり、書かなくてはならない手紙が溜まっていたのを片づけにかかった。暖房の温水管が据えつけられた張り出し窓のそばに坐り、雪の舞う空から射してくる光に頼って文字を連ねていると、雪の日のいつもの眠気がずっしりとのしかかってくる。だが、何をおいてもこれだけは断言できる、そのときわたしは眠ってなどいなかった。手紙をすべて書きおえてしまうと、これで六回か七回めになるだろうか、またしても例の物語を書きはじめる。今回はいままでよりも順調に滑り出したが、ふと浮かばない言葉をひねり出そうとして、わたしは窓の外を走る通りに目をやった。とくに何かを見ようと思ったわけではない。頭の中は、とにかく物語のことでいっぱいだったのだ。それまでも、きっと無意識のうちに何度となく目をあげ、無人の通りと、そこに分厚く積もる雪に目をやっていたにちがいない。

だが、そのときばかりは、通りは無人ではなかった。道の真ん中を、誰かがこちらに歩いてくる。信じられないような身なりの人物だったにもかかわらず、わたしは驚きもしなかった。どうして驚かなかったのか、自分でもわからない。とにかく、その光景がごく自然に思えてしまったのだ。それは、くるくると縮れた黒い髪が額に落ちかかっている青年だった。膝までの長さの白いマントのようなもので身体を包み、マントの端は片方の肩に投げあげるように掛けられていた。裾からのぞく膝から下は、まったくの裸足だ。やはり何もまとっていない腕をひじまであらわにし、マントを押さえながら、青年は軽やかな足どりで雪の積もった通りを歩いてきた。わたしの坐っている窓辺の前まで来ると、顔をあげてこちらの顔をまっすぐ見つめ、にっこりする。いまや、わたしにも青年の顔がはっきりと見えた。目のすぐ上に伸びる眉、まっすぐな鼻、ほがらかな弧を描く唇、すっきりしたあご。プラクシテレスの手になるオリンピアのヘルメス像は、目にしたものすべてを若返らせたというが、まさにそのヘルメスが動き出したかのような姿だと、わたしは心の中でつぶやいた。とにかく、そこには少年めいた風貌のギリシャの神がいて、いかにも快活な軽い足どり、はっとするほど優雅な身のこなしで通りを歩いてくると、ふいに顔をあげ、ただぽかんと目を丸くしているだけの中年男にほほえんだのだ。そして、まるで自宅に帰るかのような確信に満ちた様子で向きを変え、わが家の玄関に向かって階段を上ると、閉まった扉をそのまま通りぬけて姿を消す。たしかに、もはや通りのどこにも青年の姿はなかった。あんなにもしっかりとした、現実の存在のように見えていたのに。わたしは椅子から飛びあがり、数歩で庭を渡ると、母屋に駆けこんだ。玄関ホールにあの青年が立っていたとしても、けっして驚かなかっただろう。だが、そこにはやはり誰もいなかった。玄関の扉を開けると、青年がここまで歩いてきたはずの街路の真ん中は、いまだ何の跡もなく、まっさらな白い雪が積もっているばかりだ。ふいに、昨夜の降霊会の記憶がまざまざとよみがえってきた。あのときはどこか胡散くさく、あやしげな気さえしていたできごとが、いまや現実のこの世界に、ふっと溶けこんでしまっている。それもそのはず、ここに救うべき人間がいるのはわかっているといわんばかりに唇に笑みを浮かべ、いましがたわが家に入ってきたのは、ほかならぬマカーオーンではなかったか？

その午後、まだ陽光が射しているうちに、わたしたちは降霊会を始めた。おそらく、支配霊はさらに力を増し、足場を固めたのだろう。フォレスト夫人が催眠状態に入るやいなや、あの声は昨夜よりも朗々と、はるかに明瞭な声で話しはじめた。支配霊は――マカーオーンと呼んでかまうまい――自分が何ものなのかを証明し、疑念をすべて払拭してしまいたいと懸命な様子だった。なんとか信用を得ようと必死になる新参者のように、アテネにあったアスクレピオスの聖域について語りはじめる。英語の単語が出てこずに口ごもることも、代わりにギリシャ語の単語をはさむこともしょっちゅうだった。耳を傾けていると、アテネで考古学を学んでいた学生のころの記憶があれこれとよみがえる。屋根付き柱廊のこと、神殿のこと、泉のこと、何もかもすばらしく正確な描写だ。疑うというのなら、怒るも焦れるもずたずたに破り捨てるも、好きにすればいい。これらすべてに現実的な説明が可能なのは、わたしにもわかっている。こういった知識を潜在意識に蓄えていたわたしが、それを霊媒に読みとらせた。そして、霊媒の口からあらためて語られるのを聞いて、自分がそんな知識を持っていたことにいまさらながら気づく、ということか……そう、これらの忘れていた事柄、そしてギリシャ語の知識が、次から次へと記憶によみがえってくる。いまや、マカーオーンはなかばギリシャ語、なかば英語でわたしたちに語りかけていた。治してくれと神に祈願しにやってくる病人たちが、どんなふうに聖なる泉で身体を清め、屋根のある柱廊に身体を横たえて眠ったか。病人たちはしばしば夢を見て、翌日その夢を神官に告げる。神官はその夢を解釈して、とるべき治療法を見つけだすのだ。ときには、神がその手をじかに差しのべることもある。聖なる蛇を連れ、眠っている患者たちの間を歩いて、触れたものすべてを癒していくのだ。神殿には、癒された患者たちの捧げる奉納物がずらりと飾られていた。そして、アテネだけではなくエピダウロスにもアスクレピオスの神殿はあり、そこにもやはり、そんなふうに癒された患者たちの記録が刻まれた巨大な石板が……

やがて、その声は口をつぐんだ。そして、まるで別の方法で自分が誰なのかを証明しようとするかのように、霊媒の手が紙と鉛筆を引きよせ、フォレスト夫人自身は知っているはずもないギリシャ文字を連ねはじめる。〝マカーオーン、アスクレピオスの息子〟……

しばらく沈黙があったところで、わたしはずっと心にかかっていた、核心に踏みこむ質問をぶつけてみた。

「あなたはパークスのことで、わたしに手を貸すために来たのですか？」さらに言葉を継ぐ。「どうしたらパークスの病気を治すことができますか？」

またしても鉛筆が動き出し、ギリシャ文字を綴っていく。φεγγος ξ、そしてもう一度。それがどういう意味なのか、とっさにわからなかったので、説明してほしいとわたしは頼んだ。だが、それに対する答えはない。やがて霊媒は身体を震わせ、脱力したように唇を開いてため息をつくと、催眠状態から目ざめる。いま鉛筆を走らせたばかりの紙を、夫人は手にとった。

「これ、支配霊が書いてよこしたんですか？」と、夫人。「どういう意味なのかしら？　こんな文字、わたしは知らないけれど……」

ふいに、φεγγος ξ が何を意味するのかが頭にひらめき、わたしは自分の鈍さにあきれはてるばかりだった。φεγγος は光線を意味する。そして、最後のξはアルファベットのXだ。これは、どうしたらパークスを治すことができるかというわたしの問いに、そのまま答えてくれたものにちがいない。わたしはためらうことなく、すぐさまサイムズに手紙を書いた。患者にとって害がないかぎり、どんな療法であろうと希望があれば試してみてもかまわないと、先日の面談でサイムズがかけてくれた言葉をとりあげ、それならぜひX線療法を試してみてほしい、と。すばらしく説得力のある、この一連のできごとを目にしたなら、どんなに疑いぶかい人間でも、わたしと同じ行動をとったことだろう。

きみにこの件を報告するにあたっては、できるだけ公平を期したいと思っている。つまり、成長が止まり、そしてどんどん小さくなっていった。

た手術も不可能となってしまうんだ。だが、パークスの場合、最初の照射でぴたりと腫瘍の術を引き延ばしたあげく、腫瘍があまりに大きくなりすぎてしまって、成功する可能性のあっ度もない。だまされてこうした療法に飛びつく哀れな患者たちは、ともすればずるずると手

パークスに施したこの療法は――うちの病院では、これまで患者に効果があったことは一らかくなりつつある。このまま体内に吸収され、消失してしまうと見てまちがいないだろう。のところどう考えるべきかわからないが、きょう検査してみると、腫瘍は着実に小さく、柔効き目もないだろうときみに話したとおり、まったく期待はしていなかったがね。だが、実てくる必要はなくなったよ。きみの求めに応じ、ぼくはパークスにX線療法を行った。何の

前途に待ちうける手術についてパークスに説明するために、きみがわざわざロンドンに出

かったことを証明するには、一週間後にサイムズから届いた手紙を引用するだけで充分だろう。は、少なくともわたしの解釈によれば、X線がパークスの病を治すと教えてくれた。これが正しンと呼ぶことは許してくれるだろう）いまや完全にその使命を終えたかのようだ。マカーオーンとフォレスト夫人に訴えたこの支配霊が（どれほど疑いぶかい読者でも、便宜上これをマカーオーこれを最後に二度となかった。まるで、わが家の離れの様子を描写し、ここですべき仕事があるわたしたちはそれからも何度か降霊会を行ったが、このふたりめの支配霊が降りてくることは、

逆から考えてみると、きみも憶えていることだろうが、パークスの病気ががんだったかどうか、結局は確定していないんだ。試験的切開を行わないかぎり、確定診断は下せないと、ぼくはきみに話したね。すべての徴候はがんであると示してはいたが――まあ、ぼくの面子を保つための言いわけだと思ってもらっていい――そんなぼくの診断は、ほかの医師の確認もとってはいたものの、結果としてまちがっていたのかもしれないな。もしもパークスの腫瘍が良性のものだったとしたら、これはさほど驚くべきことではない。良性の腫瘍が体内に吸収されたり何なりして、消えてしまった例はいくつもあるからね。めずらしくはあるが、けっして未知の現象ではないんだ。たとえば……

とはいえ、パークスの症例はまったくちがう。あれはたしかにがんだったと、ぼくはいまでも信じているし、生命を救うためには手術するしかないと思っていた。とはいえ、その手術もおそらくは痛みを軽減してやれる効果しかないだろうと思っていたのも事実だ。もって一年、せいぜい二年の生命だろう、とね。だが、そこにきみの提案があり、別の療法を試してみたというわけだ。いまの効き目がこのまま続くなら、あと一、二週間で腫瘍はただの小さな結節となり、そのまま消えてしまうだろう。すべてを考えあわせると、もしもX線療法がパークスを治したのかと訊かれたら、ぼくは『そうだ』と答えるしかない。X線療法など信じてはいないが、パークスが治りつつあることは信じているからね。ぼくが思うに、きみはこの療法を、どこかのいんちき霊媒に勧められたんじゃないかな。催眠状態におちいったふりをして、ローマ神話のアスクラピオスとか、何かそんなたぐいの異教の神のお告げを伝えるような連中さ。田舎でそんな会を開く予定だと、たしかきみは言っていたからな……

とにかく、パークスは治りつつある。ぼくは古い人間だから、自分の巧みなメスさばきで患者を死なせるよりは、いんちき療法だろうと何だろうと、患者が治ってくれるほうがありがたいんだ……われわれは訓練を受けているとはいえ、しょせん何も知らない。だが、知らないなら知らないなりに、最善の道を探さなくてはなるまい。あの患者を救うには手術しかないと、ぼくは心から信じていた。だが、それがまちがっていたと証明されてしまったいま、せめて自分の正直さを見殺しにすまいと、きみにこうして手紙を書いたというわけさ。お手すきのときにでも教えてほしい、きみはX線療法を自分で思いついたのか、それとも死者のいんちきなお告げに耳を傾けただけなのか。

きみの友
ゴドフリー・サイムズ

追伸――もしもこれが本当に死者のいんちきなお告げによるものだったとしたら、その霊媒の名を、どうかこっそりぼくに教えてくれ。ぼくは公平に判断したいんでね……

これが、ことの顚末だ。読者には、どうとでも好きに解釈してもらってかまわない。いまやすっかり快復し、以前のようにわたしのもとで働いているパークスが、ちょうど郵便局の集配時間前に庭の離れをのぞき、書留郵便を出してきてくれるというので、ついにこの物語を書きおえたと告げたところだ。そして、出版社宛ての原稿入り封筒を渡す。窓の外に目をやると、あの雪の朝、マカーオーンがこちらに歩いてきた街路を、今朝はパークスがてきぱきとした足どりで郵便局へ向かおうとしていた。

幽暗《くらき》に歩む疫病《えやみ》あり

Negotium Perambulans

コーンウォール西部をぶらりと訪ね、ペンザンスからランズ・エンドにかけての高く切りたった海岸線を、荒涼とした景色を楽しみながらたどっている旅人なら、ひょっとして急坂を下る小径のかたわらに立てられた、くたびれた標識に目をとめることもあるかもしれない。だが、塗装の薄れかけた手が小径を指さし〝ポラーンまで三キロ〟と告げているのに気づいても、ガイドブックにもざっとしか触れられていない場所を見物しに、わざわざその三キロを歩こうという人間はめったにいないだろう。ガイドブックには、こんなふうにそっけなく二行ほど記されているだけだ。「小さな漁村、教会あり。教会に特筆すべきところはないが、旧教会堂の遺物である彫刻と彩色をほどこした板が祭壇前の手すりに張られており、そこだけは見どころといえる」とはいえ、セント・クリードの教会にも類似の装飾はあり（と、旅行者は思いなおす）、保存状態においても、歴史的な興味においても、ポラーンの教会のものは遠く及ばない。そんなわけで、教会めぐりを愛する旅行者でさえ、ポラーンには食指が動かないのだ。思わず足を向けたくなるような魅力的な呼びものもないうえ、急坂の小径に目をやれば、晴れた日はとがった小石がびっしりと敷きつめられているのが見えるし、雨の後には泥水が勢いよく流れおちていく。人もたいして住んでいないこの土地で、たいていの旅行者は自分の車や自転車を危険にさらしたくないと考えることだろう。なにしろ、ペンザンスを出てからは、民家など数えるほどしか目にとまっていない。ほんの数枚の彩色した板を見るために、パンクした自転車をはるばる十キロも押していくはめになるとしたら、それはあまりに馬鹿馬鹿しくはないだろうか。

そんなわけで、行楽期のまっただ中でさえ、ポラーンに足を踏み入れる旅人はさほど多くはないし、そうでない時期にいたっては、この三キロの道程（しかも、歩きにくさからもっと長く感じる）をたどる人間は、一日にふたりと見かけない。郵便配達人を勘定に入れてもこの貧弱な数字なのは、そもそも配達人がポニーに曳かせた荷馬車を丘の上に残し、村まで歩いて下りることがめったにないからだ。この小径をほんの二、三百メートル下りた路肩には、船旅用のトランクのような大きな白い箱が据えつけられている。箱の横には郵便を入れるための細長い差し入れ口と、鍵のかかる扉がついているのだ。たまたま書留郵便や、箱の差し入れ口には入らない小包があったりすると、配達人ははるばる小径を下り、受取人にじかに渡して、骨折りへの感謝のしるしにわずかな心付けをもらったり、ちょっとひと口ふるまわれたりすることになる。だが、そんな機会はけっして多くはない。たいていは箱の扉を開け、中に入っている郵便を取り出して、持ってきた郵便を差し入れ口に入れておくだけのことだ。差し入れ口に入れた郵便は、その日かその翌日、ポラーンの郵便局から使いのものが取りにくる。外界とのやりとりといったら、まずは獲れた魚を売りさばくことだが、この急な小径を上り、さらにペンザンスの市場まで十キロ近い道程をたどることなど、この村の漁師たちは思いつきもすまい。海路のほうがはるかに楽で時間もかからないため、漁師たちはみな他所の埠頭に獲物を運びこむ。そんなわけで、この村の生業はもっぱら漁業だとはいっても、漁師にあらかじめ頼んでおかないかぎり、ここで魚を買うことはできない。獲物はみなロンドン行きの列車に載せられ、漁師たちは幽霊屋敷も顔負けの空っぽなトロール船を操って、村に帰ってくるのだから。

この村はもう何世紀にもわたって、こんな隔絶した暮らしを送っている。そこで生まれ育った村人たちもみな、それぞれわが道をゆく気概の持ち主なのも当然だろう。それでいて、村人どうしの結びつきは強い。まるで、さまざまな目に見える力、見えない力を借り、自らのうちに取り入れる古来からの営みを、村人みなが守り伝えつづけているかのような不思議な印象を、いつもわたしは感じていたものだ。切り立った岸辺に風雨が叩きつけられる冬、溌剌とした息吹に満ちる春、風の凪ぐ暑い夏、雨にすべてが朽ちていく秋、それぞれが何か魔法を唱えては、世界を統べる善き力、悪しき力をふるい、そこに暮らす人々に恵みや災厄をもたらしていく……

わたしが初めてポラーンにやってきたのは、身体が小さく、虚弱体質で、肺病のおそれがあるといわれていた十歳のときのことだった。仕事でロンドンを離れることができなかった父は、そんな息子をたくましい男に育てあげるには、新鮮な空気と穏やかな気候に恵まれた土地にやるしかないと考えたのだ。父の姉は、この土地で生まれ育ったポラーンの牧師、リチャード・ボライソーに嫁いでおり、わたしは三年間にわたって、伯母のところに下宿することになった。ボライソー牧師は村になかなか立派な家を持っていて、牧師館よりもそちらが気に入っていたので、牧師館のほうはポラーンの四季の魅力にとりつかれた若い画家、ジョン・エヴァンズに貸していた。庭にはわたしのために建てられたしっかりした屋根つきの雨よけ小屋があり、片側の壁は開いていて、外気が吹き抜ける造りになっていた。わたしはここで寝起きしていたので、壁と窓に四方を囲まれた場所にいたのは、一日二十四時間のうち一時間もあっただろうか。漁師といっしょに入江に出たり、深い峡谷に抱かれた村の左右に広がる、ハリエニシダの這う切り立った崖に沿って歩きまわったり、桟橋をぶらぶらしたり、村の少年たちといっしょに藪で鳥の巣を探したり。日曜と、毎日の短い勉強時間のほかは、わたしはつねに外気に触れ、好きなことをしてすごしていたものだ。勉強といっても、そうたいしたことではない。伯父はわたしに算術の密林の花咲く横道を案内してくれたし、ラテン語文法の初歩を楽しく手ほどきもしてくれた。もっとも時間を割いたのは、わたしが何を考えていたか、あるいは何をしていたかについて、文法に則った明晰な文章で、伯父に報告するという日課だ。たとえば、崖沿いに歩いたことを報告するなら、そのときどんなことに気づいたか、曖昧でいいかげんな言葉ではなく、順を追ってきっちりと説明しなくてはならない。何の花が咲いていたか、どんな鳥が獲物を探して海の上を旋回していたか、あるいは藪に巣をかけていたかを報告させることで、伯父はわたしの観察力を養ってくれた。この点について、わたしは伯父に感謝を忘れたことはない。ものごとを観察し、自分の考えを明晰な文章で表現することは、まさにわたしの一生の仕事となったのだから。

とはいえ、そんな平日の日課よりはるかにとてつもない試練が、日曜には待ちかまえていた。伯父の魂の奥底には、カルヴァン主義と神秘主義の混じりあった残り火が暗くくすぶっていたらしく、おかげで日曜はつねに恐怖の日となったのだ。日曜朝の説教を聞くたび、わたしたちは悔いることのない罪人を焼きつくすという永遠の業火のお試し体験をさせられているような気分になった。午後の日曜学校で子どもと相対するときでさえ、伯父はいっこうに手加減しない。守護天使の教理を伯父がどう教えたか、わたしはいまでもよく憶えている。自分は守護天使の庇護のもとにあると、きみたち子どもは思っているかもしれないが、と伯父は説いた。守護天使が顔をそむけてしまうような罪を犯さないよう、くれぐれも気をつけなくてはならない。われわれを守護してくれる天使がいるように、悪しきもの、怖ろしき存在もつねにわれわれを見はっていて、いつ何どき襲いかかってくるかわからないのだから、と。そうした悪しきものたちのことを語るとき、伯父の口調はいつも奇妙な熱を帯びた。また、先ほどちょっと触れた、祭壇前の手すりの彫刻をほどこした板について、朝の説教でとりあげたときのことも忘れられない。手すりには受胎告知を行う天使、そしてキリストの復活を告げる天使の姿が描かれているが、エンドルの口寄せ女の姿もあり、そして四枚めの板には、わたしにとってもっとも馴染みぶかい場面が描かれていた。この板に刻まれているのは（伯父は説教壇を下りてきて、古びた板の彫刻をなぞった）まさにポラーンの教会の墓地門なのだ。そう言われてみると、たしかにはっと息を呑むほど、それは見慣れた光景にそっくりだった。墓地の入口では、祭服をまとった司祭が十字架を掲げている。こちらに背を向け、司祭とにらみあっているのは、巨大なナメクジのような化けものだ。伯父の解釈によると、これはかつて子どもたちに説いてきかせたような究極の悪と力の権化であり、これに立ちむかうことができるのは、揺るぎない信仰と高潔な心しかない。板の下部には、〝ネゴーティウム・ペランブーランス・イン・テーネブリス〟と、詩篇第九十一篇を引用したラテン語の銘が刻まれている。そして、かすかにラテン語の味わいを残した〝幽暗《くらき》には歩む疫病《えやみ》あり〟という訳文。これは身体のみを殺すにすぎない普通の疫病とはちがい、魂にまで死をもたらすのだ。まさに悪霊であり、怪物であり、闇を這う忌まわしきもの、邪悪に対する神の怒りの化身であり……

伯父の説く言葉を聞きながら、会衆が見交わす目つきには、みなが何か同じことを考え、共通の記憶をたどっているのではないかと思わせるものがあった。うなずき、ささやき交わす様子を見れば、伯父が触れた悪しき存在について、誰もがはっきり理解しているとしか思えない。わたしは少年らしい好奇心に駆られ、翌朝、海で泳いだ後に浜で裸体に陽光を浴びる機会を待ちかねて、漁師の家に生まれた友人たちに、そんな思いつきをぶちまけたものだ。少年たちがそれぞれ知っていた断片をどうにかつなぎあわせてみると、震えあがらずにはいられないような伝説ができあがった。おおまかな内容はこうだ。

日曜が来るたび伯父が怖い話をしてわたしたちを震えあがらせている、ここから三百メートルもないところに建つあの教会よりも、さらにずっと古い教会が、かつて石切場の下の平らな岩棚に、そこから切り出した石を使って建てられていた。土地の持ち主はその教会をとりこわし、まったく同じ場所に、教会に使われていた材料を使って自分の家を建てたという。祭壇だけは壊さずにとっておき、そこで食事をしたり、サイコロ遊びに興じたりして、邪悪な喜びにふけっていたのだとか。だが、年をとるにしたがい、その男はしだいに重苦しい気鬱の病にとりつかれ、異常なほどに闇を怖れて、いくつもの明かりをひと晩じゅうこうこうと点しておくようになった。ある冬の夜、誰も憶えがないほどの激しい突風が吹き荒れて、男が夕食をとっていた部屋の窓ガラスを破り、ランプの明かりをすべて吹き消したという。恐怖の叫び声を聞き、召使たちが駆けつけると、男は床に倒れ、その喉から血が勢いよく流れ出していた。そして、部屋に飛びこんだ召使たちの目の前で、何やら巨大な黒い影が男の身体から離れ、床を這い、やがて破れた窓から出ていったのだそうだ。

「そいつは、床に倒れたまま死んでいったんだってさ」最後の断片を提供してくれた友人は語った。「でっぷり太った男だったのに、死んだときは空っぽの袋みたいに、皮膚がしわしわに萎んでたんだって。その化けものが、男の血をぜんぶ飲みほしちゃったんだ。男は最後に悲鳴をあげて、牧師さまがあの板から読みあげたのと同じ言葉を叫んだって聞いたよ」

「ネゴーティウム・ペランブーランス・イン・テーネブリス？」熱っぽい口調で、わたしは尋ねた。

「そんな感じ。とにかく、ラテン語だったんだって」

「それで、それからどうなったの？」

「あそこには誰も近づかなくなって、その古い家はそのまま崩れちゃったんだ。でも、三年前にペンザンスからドゥーリス氏がやってきて、家の半分を建てなおしたんだよ。それで、昼からウイスキーをがぶ飲みして、夜にはすっかりできあがってるんだって。おっと、夕食の時間だ。そろそろ帰らなきゃ」

その伝説がどこまで真実かはともかく、ペンザンスから来たドゥーリス氏の話はわたしも聞いていた。それからというもの、氏はわたしの好奇心を刺激してやまない存在となった。なにしろ、その石切場の家は、伯父の庭に隣接しているのだ。幽暗を歩むという化けものにはさほど想像力をかきたてられなかったし、そのころには雨よけ小屋でひとりで眠るのにもすっかり慣れてしまっていたから、わたしにとって、夜はまったく怖ろしいものではなかった。とはいえ、何時ともつかない真夜中、ドゥーリス氏の叫び声にはっと目をさまし、氏が化けものにやられてしまった声かと想像をめぐらせたりするのは、さぞかしわくわくする経験にちがいない。

だが、日々さまざまな新たなものに目移りし、興味を惹かれていくうちに、そんな物語はしだいにわたしの記憶から薄れていった。牧師館の庭の小屋で、外気にさらされながら暮らした三年間のうち、最初の一年がすぎてしまうと、わたしはもうめったにドゥーリス氏のことも、闇の化けものが忌まわしい所行におよんだ場所に住むという、無鉄砲な人物にどんな運命が降りかかるのかということも、あまり考えなくなっていたものだ。ときには庭の柵ごしに、黄ばんだ皮膚にぶくぶくと太った身体で、よろめきながら鈍重に歩くドゥーリス氏を見かけたことはある。だが、氏が自宅の門から外に出てくることはなかったし、村の通りや浜に姿を見せることもなかった。誰にも干渉せず、誰からも干渉されない生活。たとえ伝説の闇の化けものの餌食になる危険に、自ら望んで身をさらしているとしても、ひっそりと酒をすごして死んでいこうとしているとしても、それはあくまでドゥーリス氏の人生であって、他人の知ったことではないのだろう。氏がポラーンに移り住んだ当初、どうやら伯父も何度か訪問を試みたようだったが、氏は牧師などに用はなかったらしい。いつも召使に留守だと答えさせ、けっして訪問の返礼をしようとはしなかった。

三年間にわたって陽光と風と雨にさらされた結果、以前の虚弱体質はどこへやら、わたしはすっかり頑丈で大柄な十三歳の少年となっていた。イートン校、そしてケンブリッジ大学へ進学し、資格を取って法廷弁護士となる。それから二十年、年収も五桁に達し、堅実な有価証券の形でちょっとした貯えもできて、自分の素朴な好みと質素な生活習慣を考えると、この先は墓に入るまで、必要な品はすべて配当金だけでまかなえる見とおしはついた。この職業ならではの特別な名誉も、もう手を伸ばせば届きそうなところにまできていたが、わたしは自分を駆りたてる野心を持ちあわせてはいなかった。妻も子もほしいと思ったことはなく、どうやら生まれながらの独身主義者というやつなのだろう。仕事に追われつづけたこの歳月、わたしがずっと渇望しつづけたのはただひとつ、いつの日かポラーンに帰り、友人たちと遊んだ海やハリエニシダに覆われた丘陵、探検されるのをひっそりと待つ秘密からなる地に骨を埋めて、外界から隔絶された暮らしを送りたいということだけだった。ポラーンの魅力はわたしの胸に深く刻みこまれており、こうして遠く離れていても、あの地を思わずにすごした日、そんな願いに胸を焦がさなかった日は一日たりともなかったといっていい。伯父が亡くなるまで、わたしはずっと頻繁にやりとりを続けていたし、亡くなってからは、未亡人としていまだあの地に暮らす伯母と連絡をとっていたが、この職についてからというもの、ポラーンに帰ったことは一度もなかった。一度でも帰ってしまえば、どんなに意志の力を振りしぼっても、もう二度とあの地を離れることはできまいとわかっていたからだ。とはいえ、この先ずっと暮らしていけるだけの貯えができたらすぐポラーンに帰り、死ぬまでそこで暮らそうと、わたしは心を決めていた。だが、結局のところ、わたしはまたしてもあの地を離れることとなったのだ。もはやこの世界のどんなものに誘惑されようと、ペンザンスからランズ・エンドに向かう街道から、あの急坂を下る小径をたどり、そびえ立つ峡谷に抱かれた村や、入江を旋回して獲物を探すカモメたちをふたたび眺めることはあるまい。目に見えざる存在、闇の力を持つもののひとつが、ふいに光のもとに躍り出たのを、わたしはこの目で見てしまったのだから。

わたしが少年時代に三年間をすごした家では、伯母が余生を送っていた。ポラーンに帰るつもりだと伝えると、気に入った家が見つかるまで、あるいはこんな話に乗らなければよかったと思うようになるまでは、よかったら自分といっしょにここで暮らさないかと、伯母は申し出てくれた。「この家は、わたしのようなおばあさんがひとりで住むには広すぎるの」と、伯母の手紙にはあった。「もうここを出て、ひとり暮らしに用が足りる程度のこぢんまりした家に移ろうかと、何度となく考えてきたものよ。でも、帰ってくるなら、どうかいっしょに暮らしましょう。わたしと暮らすのが面倒になったら、わたしかあなたのどちらかが出ていけばいい。もしもひとりになりたかったら――ポラーンの人間はたいてい、ひとりでいるのが好きだものね――わたしを残して出ていきなさい。そうでなければ、わたしが出ていってもいいわ。わたしがずっとここにとどまりつづけた大きな理由のひとつは、この古い家が弱り、死んでいってしまうのがつらかっただけだから。知ってのとおり、住む人がいなければ、家はどんどん弱っていってしまうものでしょう。そして、じわじわと死が訪れる――家からしだいに生気が失せていって、やがて、ふっと光が消えてしまうのよ。ロンドンのような大都会に住むあなたには、こんな考えかたはくだらなく思えるかしらね？……」

このひかえめな申し出を、わたしはもちろん喜んで受けることにした。そして、とある六月の夕方、あの急な小径に足を踏み入れ、切り立った峡谷に抱かれる村に向かって、坂を下っていったのだ。まるで、ここだけはずっと時が止まっていたかのように思えた。昔どおりのくたびれた標識（もしかしたら、すでに代替わりしているのかもしれないが）は、ぼろぼろになった指で変わらず小径を示していたし、二、三百メートルほど下った路肩には、郵便の配達と回収を行うあの白い箱がある。幼いころの思い出の地を訪れると、往々にしてあれもこれも、記憶より奇妙に縮んで見えるものだ。だが、次々と目に飛びこんでくる風景は、あのころからまったく変わってはいなかった。郵便局、教会とそのかたわらの牧師館、わたしが住んでいた家と通りとを隔てる背の高い植えこみ、そしてその向こうには、あの石切場に建つ家が夕方の湿った海風を受け、灰色の屋根を光らせている。何もかもが記憶のとおりで、とりわけ、世界からここだけが孤立しているような雰囲気はあのころのままだ。この小径を木々の梢ほどの高さまで上っていけば、ペンザンスに通じる街道とつながってはいるが、そのほかの世界はみな、はるか遠くにぼんやりと霞んでいるように思える。このなつかしい門を最後にくぐってからの年月は、まるで冬の日の白い吐息のように、暖かく柔らかい空気に溶けてみるみる消えていった。法廷でのあれこれも、いまや記憶の退屈な書物のどこかに埋もれている。頭の中のそんな書物をわざわざめくってみるとするなら、わたしが法律の世界で名をなしたことも、けっこうな収入を得ていたことも、どこかには記されているはずだ。だが、ついにポラーンに帰ってきたからには、そんな書物はもはやぴったりと閉じてしまおう。この地の魔法に満ちた魅力に、わたしはいま、ふたたび絡めとられつつあった。

ポラーンが変わっていないというなら、戸口でわたしを出迎えてくれたヘスター伯母も、やはりまったく変わってはいなかった。華奢で、陶器のように色白な、かつてのままの姿。年月を重ねても、伯母は老いるというより、むしろさらに優美になったかのように見える。晩餐の後、ゆっくり腰をおちつけて、伯母はこの二十年間にポラーンで起きたことをすっかり話してくれた。だが、この歳月に変化したあれこれを聞かされても、逆にそれが変わらないことの証のようにさえ思える。なつかしい名前をいくつも耳にするうち、ふと思い出して石切場の家とドゥーリス氏について尋ねると、まるで春の太陽に小さな雲がかかったかのように、伯母の顔がうっすらと翳った。

「ああ、ドゥーリス氏ね。かわいそうなドゥーリス氏。亡くなってもう十年以上になるけれど、あの人のことはよく憶えているわ。あなたへの手紙に何も書かなかったのはね、あまりに怖ろしい事件だったから、あなたのポラーンの思い出に暗い染みをつけたくなかったのよ。あんなふうによこしまな生活を送り、呑んだくれていたら、いつかはこういうことになるかもしれないと、あなたの伯父さんはいつも言っていたものだわ。実際に何が起きたのか、誰も詳しくは知らないのだけれど、けっして思いがけないできごとではなかったのよ」

「それで、実のところ、いったい何があったんですか、ヘスター伯母さん?」

「もちろん、すべては話してあげられないの、誰も知らないことですからね。とにかく、あの人はとっても罪ぶかい生きかたをしてきたのよ。ニューリンではひどい醜聞を起こしたこともあってね。とにかく、それであの石切場の家に暮らしていたわけだけれど……ねえ、あなたの伯父さんの説教を憶えているかしら、ほら、伯父さんが説教壇を下りてきて、祭壇前の手すりの絵の説明をしたときよ。墓地の門の前に立ちあがる、忌まわしい化けものの絵があったでしょう?」

「ええ、何から何まではっきりと憶えていますよ」

「そうだったのね。つまり、あなたにとって、それだけ印象ぶかかったということでしょう。あの説教は、聞いた人すべてに強い印象を残したの。だから、例の悲劇が起きたときには、誰もがそのことを思い出し、結びつけずにはいられなかったものよ。どういうわけかドゥーリス氏も、説教の内容を聞きつけてね。あるとき、ひどく酔っぱらったまま教会に押し入り、あの絵の刻まれた板を木っ端みじんに叩き割ってしまったの。どうやらあの板に何か魔法がかかっていると思っていたらしくてね、それを叩き壊してしまえば、自分を待ち受ける怖ろしい運命からも逃れられると考えたんじゃないかしら。ドゥーリス氏はね、そんな怖ろしい神聖冒瀆をしてしまう前から、ずっと恐怖に苛まれていてね。あの板に刻まれた化けものが自分を追ってくると思いこみ、暗闇を嫌い、怖れていたの。化けものを寄せつけまいと、けっして明かりを絶やさなかったそうよ。そんなふうに病んだ心にとって、あの板は恐怖の根源だったのね。だからこそ、教会に押し入って、あの板を叩き壊してしまおうとしたの――どうして〝しまおうとした〟なんて言葉を使ったかは、すぐにわかるわ。翌朝、たしかに板は粉々に砕けてしまっていてね、朝の祈りのために教会に入ったあなたの伯父さんがそれを見つけたの。ドゥーリス氏があの板を怖れていたことを、伯父さんは知っていたから、祈りの後で石切場の家へ行き、氏を責めたのよ。ドゥーリス氏は、自分がやったとあっさり認めたんですって――いかにも誇らしげな口調だったらしいわ。まだ朝も早いのに、どっかりと腰をおちつけ、ウイスキーをどんどんあおりながらね。『あんたの化けものを、あんたの代わりにやっつけてやったんだ』と、氏は言ったそうよ。『あんたの説教も、化けものといっしょにおさらばさ。しょせん、くだらん迷信だ』とね。

そんな罰当たりな言葉には応えず、伯父さんはあの家を出たの。すぐにペンザンスへ行き、ドゥーリス氏の教会に対する破壊行為を警察に訴えるつもりで、まずは被害を詳しく調べておこうと、いったん教会に戻ったんですって。そうしたら、なぜか祭壇の手すりには、あの板が無傷のまま、元のとおりにはまっていたそうよ。でもね、板が粉々になっていたのは伯父さんも見ていたし、ドゥーリス氏も自分がやったと認めたわけでしょう。板を元どおりに直したのは、神さまの御力か、それとも何かほかのもののしわざだったのか、こればかりは誰にもわからないわよね?」

まさに、ポラーンならではの話だ。ヘスター伯母の話をすべて、まるで立証された事実のようにわたしが受けとめてしまったのも、この地の持つ力のなせるわざだったのだろう。そうか、そういうことだったのか、と。静かな声で、伯母は先を続けた。

「伯父さんはね、とにかくこのできごとには、何か警察の手のおよばない力が働いていると感じて、そのままペンザンスには行かなかったのよ。証拠も消えてしまったことだしね」

ふいに、疑念がどっと心にあふれてきた。

「でも、やっぱりそれは何か見まちがいだったんじゃないかな。結局のところ、板が壊されていなかったのなら……」

伯母はにっこりした。

「わかるわよ、長いことロンドンで暮らしてきたあなたが、そんなふうに思うのはね。とにかく、最後までわたしの話を聞いてちょうだい。その夜、どうしたわけか、わたしはなかなか眠れなくてね。とにかく暑くて、ひどく息苦しかったの。あなたならきっと、ただ蒸し暑さのせいで眠れなかっただけだと思うでしょうけれど。少しでもいい空気が吸いたくて、二度ほど窓辺に立ったときに、あの石切場の家が見えてね。最初にベッドを出たときは、あの家はこうこうと明かりに照らし出されていたの。でも、二度めには、何もかもが闇に沈んでいたのよ。どうしたのかしらと思っていたとき、すさまじい悲鳴が聞こえてね、次の瞬間、門の外の道を全速力で走ってくる足音が響いてきたの。走りながら、ドゥーリス氏は必死に叫んでいたわ。『明かりを、明かりを！』って。『明かりをくれ、やつにつかまってしまう！』あまりに怖ろしかったから、わたしはあなたの伯父さんを起こしに、廊下をはさんだ向かいの着替え室へ急いだのよ。伯父さんはすぐに後を追ったけれど、そのころには村人たちもみな、悲鳴を聞きつけて目をさましていたの。伯父さんが桟橋まで走ったころには、もうすべてが終わっていたんですって。ちょうど引き潮で、桟橋の足もとには岩場がむき出しになっていてね、ドゥーリス氏はそこに倒れていたの。桟橋から落ちたときに、鋭く尖った石にでもぶつかったんでしょうね、どこかの動脈が切れていて、ひどい出血で亡くなってしまったようよ。あんなに大柄な身体つきだったのに、遺体は骨と皮だったと聞いたわ。それなのに、予測はつくでしょうけど、周りには血だまりもできていなくてね。

まるで、何かが血だけを一滴残らず吸いあげてしまったかのように、骨と皮しか残っていなかったんですって！」

伯母は身を乗り出した。

「ね、いったい何が起きたのか、あなたもわたしもわかっているわよね。少なくとも、想像はつくわ。聖なる場所に邪悪なものを持ちこんだ人間に、神は神ならではの方法で罰をお与えになるということ。暗く謎めいた方法でね」

こんな話を聞かされて、もしもここがロンドンだったら、わたしがどう考えたかは想像にかたくない。説明など、簡単につくではないか——その男が呑んだくれだったのなら、化けものが追いかけてくる幻覚を見たところで何の不思議がある？　だが、ここがポラーンだというだけで、話はまったく変わってきてしまう。

「それで、あの石切場の家には、いまは誰が住んでいるんですか？」わたしは尋ねた。「ずっと昔、漁師の家の子が教えてくれましたよ、あそこに初めて家を建てた男が、どんな悲惨な最期をとげたかという話をね。そしてまた、同じことがくりかえされたというわけか。そんないわくつきの家に、今度は自分が住んでみようだなんて、そんな人物がいるとは思えませんが」

だが、そんな人物が実際にいたことは、尋ねる前に伯母の顔から読みとれた。

「本当にねえ、またしてもあそこに住む人が出てくるだなんて。次から次へと、無分別な人間にはかぎりがないわ……あの人のこと、あなたは憶えているかしらね。もうずっと昔、牧師館を借りていた人よ」

「ジョン・エヴァンズですね」

「ええ。とってもいい人だったのよ。あんな店子が来てくれてよかったと、あなたの伯父さんもどんなに喜んでいたことか。それが、いまは――」

言葉を切り、伯母は立ちあがった。

「ヘスター伯母さん、言いかけたことは最後まで言ってくださいよ」

伯母はかぶりを振った。

「言わなくても、自ずからわかることよ。まあ、もうこんな時間！　わたしはもう寝なくちゃね。あなたももう休みなさい、さもないと、わたしたちも闇が怖くて明かりを点けっぱなしなのかと、村の人たちに思われてしまうわよ」


ベッドに入る前に、わたしはカーテンを開き、すべての窓を開けはなって、潮の香りの暖かい空気が柔らかく流れこんでくるにまかせた。庭に目をやると、少年のころ三年にわたって寝起きしていた雨よけ小屋の屋根が露に濡れ、月に照らされて光っているのが見える。ついに帰ってきたのだという実感が、こんなにもこみあげてくる光景はなかった。こうしていると、二十年以上もの隔たりなどまるでなかったかのように、あのころと現在がひと続きに感じられる。ふたつの小さな水銀の球が、ころりとお互いに溶けあって、さまざまなものを反射しながら、謎めいてほのかに光るひとつの球となるように。やがて、ふと目をあげると、暗い丘陵を背に、石切場の家の窓はいまだこうこうと輝いている。

夜が明けると魔法が解けてしまうことも世の中にはままあるが、わたしの場合はそうではなかった。眠りからゆっくりと意識が戻ってくるのを感じながら、わたしはまた少年に戻り、庭の雨よけ小屋で目ざめるつもりになっていた。すっかり目がさめ、そんな錯覚につい口もとをほころばせながらも、ある意味ではけっして錯覚ではないことに、あらためて気づく。いま、わたしはついにこの地にいて、崖の上をさまようも、ハリエニシダの莢がはじける音に耳をすますも、波が岸辺を洗う入江を散歩するも、温かい海水に身をまかせ、浮かんだり漂ったり泳いだりするも、砂浜で日光浴するも、魚を獲るカモメを眺めるも、桟橋で漁師たちとくつろぐも、漁師たちの目でものを見、その寡黙な語りに耳をかたむけて、漁師たち自身は気づいていない、この土地の人間の本能や存在に根ざす秘密にあらためて気づくも、すべては思いのままなのだ。周囲には不思議な力、不思議な存在があふれている――峡谷から流れおちるせせらぎの岸辺に立つハコヤナギたちもその存在を知っていて、その葉の裏側をちらちらと白く光らせるように、時おりそんな秘密を垣間見せるのだ。通りに転がる小石たちでさえ、そんな不思議な力にひたりきっている……わたしがいま望むのは、そんな力のまっただ中に自分もこの身を横たえて、少年のころは無意識だったが、いまやひとつひとつを意識しながら、その感触を味わうことにほかならない。豊潤で謎めいたこの揺らめく力、昼は丘陵をそよがせ、夜の海をきらめかせる秘密の正体を、どうしてもつきとめなくては。つきとめられないはずはない、この魔法をかけたものたちは、こんなにも自由自在に力をあやつっているではないか。だが、そのものたちの存在が口の端にのぼることはない、なぜならそれらはこの世界のもっとも深奥に棲まい、永遠の生命にさえもつながっているからだ。こんなにも透きとおって柔らかい力にも、やはり暗い秘密はひそんでいる。かの幽暗を歩む疫病さえも、この輝かしい力にまちがいなく連なっているのだ。忌まわしい、悪意に満ちた力であっても、ただひたすら邪悪なものとして片づけることはできない、冒瀆や不敬への報いをもたらす役目をも、たしかに担っているのだから……そうした何もかもがポラーンの魔法の一部であり、わたしの胸の奥底にも、その魔法が植えつけていった種が長いこと眠っていたわけだ。だとしたら、その種がついに芽を吹いたいま、いったいどんな不思議な花が開くことになるか、誰にわかるというのだろう？

ほどなくして、わたしはジョン・エヴァンズにばったりと出会った。ある朝、浜辺に横たわっていると、酒びたりの半人半馬シーレーノスを思わせる風貌の、でっぷりした中年男がよろよろとこちらに歩いてきたのだ。男は近くまできて立ちどまり、目をすがめてじっとわたしを見つめた。

「おやおや、きみは牧師さんの庭の小屋で寝起きしていたあの子じゃないか」男は口を開いた。

「おれがわかるかい？」

声を聞いた瞬間、わたしはそれが誰なのかわかった。まずは声で聞き分け、そして諷刺画のように醜く変わりはてた容貌から、かつての強健で敏捷な青年の面影を探しあてたのだ。

「ええ、ジョン・エヴァンズでしょう。あのころは、ずいぶんお世話になりましたね。絵も何枚か描いてもらいましたよ」

「ああ、そうだったな。ぜひ、また描きたいね。海水浴かい？　危ないことをするもんだな。海など、何がひそんでいるかわかったもんじゃなかろうに。それを言うなら、陸地だって同じだが。まあ、おれはそんなものを気にしちゃいない。ただひたすら仕事に励み、ウイスキーを飲む毎日さ。やれやれ！　きみがここを出ていってから、おれはずいぶん絵がうまくなってね、ついでに酒の味もおぼえたよ。おれはいま、あの石切場の家に住んでるんだが、あそこはおそろしく喉が渇くんだ。ついでがあったら、ぜひおれのところを見にくるといい。伯母さんの家に滞在しているんだろう？　あの伯母さんなら、すばらしい肖像画が描けそうだな。いい顔をしてる、いろんなことを知ってる顔だ。ポラーンの住人はいろんなことを知ってるよな、おれにはとうてい及びもつかないような知識を」

こんなにも嫌悪感をこらえきれず、それでいてこんなにも興味をそそられる人間に、これまで出会ったことがあっただろうか。だらしなくゆるんだ顔のどこかに、厭わしいながらも惹きつけられずにいられない何かがひそんでいる。舌がもつれるような話しかたにも、同じ奇妙な魅力があった。こういう人物は、いったいどんな絵を描くのだろうか？……

「ちょうど家に帰るところだったんですよ」わたしは答えた。「もしもかまわなければ、ぜひお邪魔させてください」

エヴァンズはわたしを連れ、手入れされていない、雑草が伸びほうだいの庭を通って、わたしがこれまで一度も足を踏み入れたことのない家に案内してくれた。窓辺には大きな灰色の猫が日光浴をしており、扉が開いたままのひんやりした広間の片隅に、年老いた女が昼食の皿を並べている。建物は石造りで、壁にはめこまれた手彫りの繰形、壊れたガーゴイルや浮き彫りの肖像などは、これがかつて壊された教会の部品を使って建てられたものだということをはっきりと物語っていた。片隅に置かれた横長の木彫りのテーブルには、画材が乱雑に散らばり、壁には何枚ものキャンバスが立てかけられている。

マントルピースに作りつけられた天使の首をぐいと親指で示し、エヴァンズはくすくすと笑い声を漏らした。

「なかなか神聖な雰囲気だろ？　ここで普通の生活を送るためには、いろんな種類の絵でこの雰囲気を中和してやらないとな。何か飲むかい？　いらないって？　そうか、じゃ、おれは勝手にやるから、そのへんに立てかけてある絵を好きにひっくり返して見ていてくれ」

エヴァンズはたしかに、だてに絵がうまくなったと自称したわけではなかった。絵の描きかたがわかっている人物の絵だ（しかも、どんな題材でも自分のものにできるらしい）。だが、それでいて、どうしてかこんなにも忌まわしい絵を、わたしはこれまで見たことがなかった。このうえなく美しい木々のスケッチには、ちらつく影に何かがひそんでいるのがわかる。自分の猫が窓辺で日光浴をしているという、まさにいまわたしが目にしたばかりの光景を描いた絵もあったが、それはよく見ると猫ではなく、邪悪な怖ろしい獣だった。砂浜に裸の少年が横たわっているように見える絵も、その少年は人ではなく、海から上がってきたばかりの何か禍々しい生きものらしい。ジャングルのように生い茂る、この庭を描いた絵の数々では、いまにもこちらに飛びかかってこようとしている何ものかが、藪の中でじっと息をひそめていた……

「どうだい、おれの絵は気に入ったかな？」グラスを手に、エヴァンズがまた姿を現した（その大きなグラスを満たした液体の色を見るに、まったく薄めていないようだ）。「おれは目に映ったものの本質を描こうとしてる。上っ面の見た目じゃなく、それが元来どこからやってきて、何から生を享けたのか、その大本のところをね。よくよく観察してみると、たとえば猫とフクシアの低木には、いろんな共通点があるんだ。どんなものであれ、何もかもぬるぬるした奈落の汚泥から生まれ出て、いずれまたそこに戻っていく。いつの日か、きみの絵も描いてみたいな。おれは、いわば本性を映し出す鏡を掲げているのさ、昔の気のふれたもの書きの言葉を借りるならね」

最初の出会いをきっかけに、あの美しい夏の数ヵ月間、わたしは折にふれてエヴァンズと顔を合わせた。エヴァンズは家にこもり、何日かずっと絵を描きつづけていることもしょっちゅうだったが、それが一段落すると、夕方に桟橋でのんびりと、いつもひとりでくつろいでいる姿を見かける。言葉を交わすたび、あの嫌悪と混じりあった興味を、わたしはかき立てられずにいられなかった。出会うたび、エヴァンズはその先に口を開いて待ちうける邪悪な神殿に向かい、禁じられた知識の小径をどんどん奥へ踏みこんでいるようにしか見えなかったが……そして、ある日、そんな歩みにふいに終止符が打たれた。

とある十月の夕方、わたしは崖の上でエヴァンズに出会った。いまだ落日が空を赤く染めてはいたが、西から見たこともないような黒い雲が、はっとするような勢いでみるみる広がりつつある。空の残光は吸いあげられ、夕闇は刻々と深くなっていた。ふいに、エヴァンズもそのことに気づいたようだ。

「すぐに家に帰りつかないと」あわてたように声をあげる。「もう数分で暗くなるし、召使は留守にしてるんだ。明かりを点けてくれるものがいない」

いつも足を引きずり、ずるずる歩いているとは思えないほどのすばやさで、エヴァンズは身をひるがえすと、転がるように先を急いで走りはじめた。迫りくる夕闇の中、口に出せない恐怖から、その顔にはじっとりと汗が光っている。

「頼む、いっしょに来てくれ」息を切らしながら、エヴァンズは呼びかけてきた。「手分けして明かりを点せるように。明かりがないと、おれはだめなんだ」

わたしは遅れまいと全速力でついていったが、恐怖に駆りたてられた走りにはなかなか追いつけない。やっと庭の門をくぐったときには、エヴァンズはちょうど庭の小径を半分ほど進んだところだった。わたしの目の前で、エヴァンズは家に飛びこみ、玄関の扉を開けはなしたまま、震える手でマッチを点けようとする。だが、あまりに手の震えがひどく、なかなかランプの灯心に炎が移らない。

「でも、どうしてそんなにあわてているんですか?」わたしは尋ねた。

ふいに、エヴァンズはわたしの背後、開いたままの玄関の扉に目をやった。その瞬間、かつて教会の祭壇だったテーブルの脇の椅子から飛びあがり、あえぎ声と悲鳴を漏らす。

「だめだ、だめだ! そいつを追っぱらってくれ!……」

ふりかえったわたしの目に、それが飛びこんできた。いまや家の中に侵入したその化けものは、まるで巨大な芋虫のように、するすると床を這ってエヴァンズに近づいていく。その周囲はさらに闇が深くなっているというのに、その身体はぼんやりと燐光のような輝きを放っており、その忌まわしい光によって、わたしははっきりとその姿を見ることができた。まるでずっと水底に沈んでいた汚泥のような、鼻をつく腐臭がただよってくる。頭はついていないように見えたが、正面にはひだの寄った開口部があり、よだれを垂らしながらぱくぱくと口を開け閉めしているようだ。皮膚に毛は生えておらず、形も質感もナメクジそっくりに見える。前に進みながら上半身をもたげ、まるで蛇のような攻撃態勢をとると、それはいまにもエヴァンズにのしかかろうとしていた……

その光景を目にし、苦痛に満ちたエヴァンズの叫び声を聞いて、わたしは動揺のあまり、無鉄砲な勇気に駆りたてられた。恐怖に麻痺して動かない手に力をこめ、その化けものを押さえこもうとしたのだ。だが、うまくいかなかった。そこにはたしかに何かが存在する感触があるのに、どうしてもつかむことができないのだ。わたしの手は、深い泥に呑みこまれるように、その中に沈んだ。まるで、悪夢と格闘しているかのようだ。

ほんの数秒で、すべてが終わった。哀れな男があげる悲鳴は、その化けものにのしかかられて、しだいにうめき声に、そしてささやきに萎んでいく。最後にひとつ、ふたつ吐息をつくと、やがてエヴァンズは動かなくなった。何かがごぼごぼと流れる音、そして吸いこむような音がして、化けものはまた入ってきたときと同じように、床を這って出ていく。エヴァンズが震える手で必死に点けようとしていたランプを点すと、そこに横たわっていたのは、ぶかぶかの袋のようにしわの寄った皮膚、そしてその皮膚に包まれ、くっきりと形が浮き出している骨だけだった。

農場の夜

At the Farmhouse

十一月の黄昏がみるみるあたりを包みこんでいくころ、ジョン・アイルズフォードは丸石を敷いた通りに面した下宿を出ると、入江に沿って東へ向かう道を足早に歩きはじめた。陽光が射している間は仕事にいそしみ、こうして夕闇が迫ってくると画架の前から腰をあげ、新鮮な空気を吸って身体をほぐすために八、九キロほど散歩をすると、帰宅してひとりで夕食をとる、それがいつもの習慣だ。

今夜は、外を歩いているものはさほど多くはない。一日じゅうごうごうと吹き荒れていた強い南西風に背を押され、小走りに先を急ぐもの、あるいは風に逆らって、前のめりに歩を進めるもの。こんなにも荒れた海に漁に出る船はなく、桟橋の陰に舫われた漁船は、桟橋の突端に叩きつけられる大波が引くたびに、ゆらゆらとおちつきなく揺れている。いまは潮が引いていて、砂浜に引きあげられた船は、西日の最後のきらめきを受けて輝く濡れたなめらかな砂地に、点々と黒いしみのように見えた。太陽が落ちていった空は、まるで荒れる一夜を予告するように、不吉で険悪な雲が切れ切れに飛んでいる。

ジョン・アイルズフォードがこの時間、荒涼とした入江沿いに東へ歩くようになって、もう何日になることだろう。前回の高潮では、このあたりの小石や砂も波に洗われて、ちぎれて打ちあげられた海藻が、風で轍に吹きよせられている。大きな波の打ちよせる音が迫りくる黄昏に陰鬱に響くたび、岬の先の岩礁には、これでもかとばかりに白い波頭の塔がそそり立ち、またすぐに消えていく。アイルズフォードは前のめりになって風に逆らい、この道を一キロほどたどると、そこから土手の間を通るぬかるんだ小径に折れた。急な上り坂、そして下り坂を経て、この小径は内陸の広い街道に出る。その交差点にたどりつくと、アイルズフォードはもう東へは進まず、西に向きを変える。出発して三十分ほどで、いま出てきた村を見晴らす丘の上にたどりつくのだが、実を言うと、下宿を出てまっすぐ坂を上れば、ほんの五分ほどでここに到着し、ちらほらと輝く村の灯火を眺めることができるのだ。この風のおかげで、散歩好きな人々もきょうは家にこもっている。目の前の道は、人影のないこの高台を突っ切るように伸びていた。あたりにはちらほらと寂れた田舎家や孤立した農場が点在するものの、風の吹きすさぶ夕闇に人の気配もなくどんよりと沈み、ここからはほとんど見えない。

この一ヵ月というもの、アイルズフォードは何度となくこの長い回り道をしてきた。村を出てまずは東へ進み、それから大きく迂回してここにたどりつく。そして、これまでもずっとそうしてきたように、黒い生垣を吹き抜ける風音の中、風避け小屋の陰にしゃがみこみ、誰も後ろからついてくるものはいないか、行く手の道に人影はないかを確かめるのだ。このへんを歩きまわっている人々に、けっして自分の姿を見られてはならない。こうしてじっとしていると、胸の奥の憎しみはいっそう燃えあがり、これからすべきことに向かって覚悟が固まってくる。これをなし

い人間のものとは思えない悪意のこもった力で夫をつかんだまま、地獄の底へいっしょに引きずから、妻は酒を飲みはじめた。そして、魂も肉体もとめどなく堕落していったばかりか、とうて広がっていくのを、青年はその家でずっと見つめていくことになる。結婚してまだ間もないころはなかった揺らぐ炎がやがて消え、すっかり冷えきってしまった灰に、憎しみの毒苔がみるみるの伯父から買いとり、質素な造りの家屋にアトリエと二階の寝室を増築したのだ。けっして愛でうになる。夏が終わり、秋にふたりは結婚した。そのとき滞在していた小さな農場を、青年は娘た青年に笑みを含んだ視線をちらりと投げたものだ。娘は、やがて青年の絵のモデルを務めるよに顔を輝かせながら坂を上ってきた娘は、すぐそこの壁に息をはずませて寄りかかり、居あわせたとき、あの娘を初めて見かけたのは、まさにここではなかったか。夏の遅い夕陽を浴び、金色胸の中に射してくることはない。とある夏の休暇中、この先の農場にふたりの友人と滞在していきた女に対して、こんなどす黒い決意を抱いていても、いまさら優しい気持ちのひと筋の光さえ、

　あの美しかった漁師の娘、かつて自分が絵のモデルとし、さらに二十年間にわたって妻としてし、自分にとってはさらにお釣りがくる。

心の痛みも不安も感じるはずがない。あの女がいなくなるのは、世界にとってけっこうなことだれを感じる時期はもうとうにすぎてしまった。あの呑んだくれの薄汚い女が死んだところで、良てきた。その重石を、今夜ついに外さなくては。長いことずっと心に温めてきたこの計画に、怖もう何年にもわたり、自分は首に重石をぶらさげたまま、凍える水の中でひたすらもがきつづけとげないかぎり、日々の安らぎも、人生の喜びも、二度とふたたびとりもどすことはできないのだ。

りこんでいったのだ。

この悲惨な年月の間、アイルズフォードは何度となく妻と別れようと試みてきた。だが、農場は渡す、生活に困らないだけの金も送るとどれだけ言っても、妻はしがみつく手をゆるめてはくれなかった。けっして愛情からではない、それどころか、むしろ夫への憎しみからこそ、夫の破滅に舌なめずりをし、その苦しみを愉しんでいたのだ。まるで悪魔のささやきに耳を貸し、夫を自分に縛りつけることで、夫の人生を、能力を、可能性を、すべて腐らせてやろうと躍起になっているとしか思えない。こんなみじめな生活に背を向け、いっそ黙って出ていこうかと考えをめぐらすこともたびたびなのに、結局はずっと実行に移すことができずにいるのも、やはり同じ悪魔の手を借りて、妻がこちらの心を操っているからなのだろうか。ほんの数キロ先の駅から列車に乗りこみさえすれば、この古代の王国が栄えた西の地、柔らかく包みこんで人の気力を奪う薬草の匂いに満ちた空気のように、迷信や魔術への信仰がぷんと鼻をつく土地を出て、そっけなく乾いた光の注ぐ都会で暮らすことができるのに。道はつねに目の前に開かれていながら、アイルズフォードは足を踏み出すことができずにいた。目に見えず、とてつもなく強い、頑として抗えない何ものかに、どうしても引きもどされてしまうのだ……

この丘に上ってくるところは、誰にも見られてはいない。そして、これだけ暗くなってしまえば、たとえこの先で誰かとすれちがったとしても、顔を見られることはあるまい。アイルズフォードは風除け小屋の陰から出ると、荒れくるう風に潔く身を投じた。死が迫った人間は、最後の見納めに本をぱらぱらと流し見するように、自分のこれまでの人生が目の前をよぎるという。だとしたら、たったひとりで決意を固めたこの計画を実行に移しさえすれば、新たな人生がすぐそこまで迫っているアイルズフォードも、この怖ろしい嵐に耐えて一歩ずつ足を進めるたび、これまでの悲惨な歳月が一ページ、また一ページと、すでにもう他人ごとのように無感情に、目の前にくりひろげられていったところで不思議はない。まるで、見知らぬみじめな奴隷の年代記をひもときながら、破滅をもたらす輪縄に自ら首を突っこんだまま、唯々諾々とこんなにも長い年月をすごしてきた主人公に対し、なかば同情し、なかば軽蔑をおぼえているかのような感覚だ。

そう、自分の人生はずっとこんなふうだった。首に掛けられた輪縄をじりじりと締められて息が詰まり、なすすべもなくもがいているような。だが、いまやこちらも別の輪縄を手にしている。まもなく、自分のこの手で最後まできつく引きしぼり、自由を手に入れるための輪縄を。そう考えながら、アイルズフォードは思わずポケットに手をやると、白くしなやかな縄のかせを指でなぞり、軽く叩いた。この輪縄は、ひと思いに引きしぼってやろう。これまでじわじわと首を絞められ、苦しんできた長い歳月を思えば、こんなふうにすばやく復讐をとげるのは、正しいばかりか思いやりさえある行いではないか。

そもそもの最初、アイルズフォードは自ら進んで首を差し出し、いそいそと輪縄を掛けさせたのだ。どれだけ悔やんでも悔やみきれないことではあるが、あのころのエレン・トレネアの美しさといったら、男がつい道を踏み外してもおかしくはない。折にふれて忠告してくれる人はいた。ほのめかしたり、言葉を途中で呑みこんだりしながら、あんな不吉な、悪い噂のある一族の娘を伴侶にする男も、かつてメソジストの牧師でありながら、とある万聖節の夜に、これまでけっして説教したことがないような闇の福音を学んでしまったジョナス・トレネアの血を引く男を伴侶にする娘も、いつか必ず不幸になる、と。あの堕落した一族の男と結婚した娘たちは、ひとり残らず破滅への道をたどってしまったではないか。ある娘など、嫁いで一年にもならないうちに気がふれてしまい、いまや見た目もしわだらけの老婆のようだ。しかめっつらでおかしなことを口走りながら村の通りを歩きまわって、溝からごみを拾いあげては歯のないあごでくちゃくちゃと噛んでいる。ほかならぬエレンの母親は、殺風景で寒々しい自宅の階段の手すりに縄を掛け、首を吊って死んでいるのが見つかった。さらに、エレンの姉と結婚したフランク・ペンカーリス青年の例もある。ひどい気鬱にとりつかれ、坐りこんでひたすら何枚もの紙に、首のない化けもの、泡を吹く口、地獄の悪魔どもなど、目に焼きついて離れない幻を絵に描きなぐりつづけていたとか……だが、そのころのアイルズフォードは、何かと呪いや魔術に結びつける老女たちを鼻で笑っていたものだった。そんなたわごとは過去の遺物で、美しく愛らしいエレン・トレネアこそが現実なのだ、狂おしくかきたてられた欲望を、満たしてくれるのはあの娘しかいないのだ、と。明るく輝くあの瞳を見てさえいれば、そんな不吉な影や迷信に用はない、あの娘のほほえみがすべての呪いを解いてくれると、心から信じていたのだ。

やがて、暗く凍りつく闇のような真実が目の前に突きつけられる。最初はあやしげな薄闇がみるみる広がりはじめ、気がつくと深淵の底のような暗黒があたりをすっぽりと覆っていたのだ。この二十世紀という時代に、まさか呪いや魔術が生きのこっているはずはあるまいと、笑いとばしていたアイルズフォードも、もはや口をつぐむしかなかった。怒らせてはまずいという噂の人物を怒らせてしまった隣人の牛が、牧場には草が生い茂っているというのに、しだいにどんどん痩せ衰えていって、まるで打ちあげられた難破船のように肋骨が突き出すまでになってしまったのを、たしかに自分は目にしていたのではなかったか。また、エレンと同じくジョナス・トレネアの血を引いた、マロイスの魔法使いと呼ばれている人物に、分別のある住人たちは収穫の分け前を渡していたのだが、やはり呪いなど信じていなかった別の農場主が何も渡さなかったところ、春の羊の出産期に牧場の草が枯れるという事件もあった。アイルズフォードの当初の軽蔑と嘲笑は、やがて不安と疑念に揺らぎはじめ、ついには確信に変わっていく。闇に蠢きはびこる神秘的な力や秘密、人間や動物に病をもたらすことのできる魔術、身体を不自由にさせてしまうほどの呪文というものが、この世にはたしかに存在する。そんな力を駆使できるものはごくわずかだが、ほかならぬ自分の妻もそのひとりなのだ、と。理性はくだらないとはねつけようとしても、理屈がおよばない胸の奥底に、もはや動かしようのない確信があった。その見かたからすれば、これから実行に移そうとしている計画も、けっして犯罪ではない。むしろ〝魔術を使う女を生かしおくべからず〟という聖書の教えを、忠実に守っているだけのことなのだ。そのせいか、こうしてあれこれと意識の表面ににじみ出してくる記憶さえ、どこか他人ごとめいて心が動かない。誰かが——アイルズフォード自身ではなく——すべてを慎重に計画し、これからの一時間でそれを実行に移して、この首に掛けられた輪縄をついに外してくれるのだ。

自ら飛びこんだぬかるみは深くなるばかりで、もがきつづけているうちに何年もがすぎた。妻が生きている間は、けっしてこのぬかるみを這い出すことはできないのだ。昨年、妻のほうも夫がずっと同じ家にいることに疲れはて、村に部屋を借りることを許してくれた。だが、けっして束縛をゆるめたわけではない。喉の渇きはこれでしか癒やせないという強い酒を買うため、毎日のように小銭をせびりにやってくるのだ。北向きの部屋で小さな中庭に向かって絵を描いていると、ふいに小径から妻が現れ、ぶよぶよした赤ら顔としわだらけの首をのぞかせて、鳥の鉤爪のようにしなびた指で窓を叩く。胴体と四肢は痩せこけて、まるで骨の上にしわの寄った皮膚を張っているかのように見えるのに、顔だけは不気味に脂肪がひだを作っているのだ。こうなると、とりあえず持ちあわせを渡すしかないが、その額が足りないと見ると、妻は根を生やしたように窓辺から動かなくなる。にやにやと笑いかけたり、甘い言葉を連ねたり、あるいは金切り声をあげて毒づき、自分に逆らった人間がどんな運命をたどることになるか、あんたもよくわかっているはずだと脅しにかかったり。だが、たいていはアイルズフォードも、その日、ひょっとしたら次の日まで、どうにか妻が満足できそうな額を渡している。酒を重ねれば重ねるほど、妻が死ぬ日も近くなるだろうからだ。だが、死はまだ当分やってきそうにない……

妻を殺そうと初めて思いついたときのことは、いまだにはっきりと憶えている。最初はごく小さな、辛子の種のような思いつきが、不毛の地に芽も出さず横たわっているばかりだった。なんの具体的な考えもない、漠然とした思いつき。それが、さまざまな思いのたぎる心の闇の養分を吸いあげていつのまにか発芽し、まだ白く柔らかい巻きひげが、ほどなくぽつんと陽光のもとに顔を出したのだ。初めのうち、アイルズフォードは必死にそれを押しもどそうとした。妻がおそるべき魔術を使い、自分の心を読みとるにちがいないと怯えたからだ。だが、次に妻が金をせびりに現れたとき、その縁の赤らんだ目には何か気づいた様子はうかがえなかった。金を受けとり、そのまま帰っていった妻を見て、さらに新たな葉が伸び、茎もみずみずしく育ちはじめる。秋がすぎていく間に、芽はぐんぐんと伸びて木のように生い茂り、まるで鳥たちがにぎやかにさえずりながら巣をかけているかのように、新たな思いつき、具体策、用心すべきことのあれこれがどんどん集まってくる。アイルズフォードはその木陰にしゃがみこみ、希望に満ちたさえずりにじっと耳をかたむけてきたのだ。こんなにも美しい旋律を、これまで耳にしたことはない。鳥たちもすっかり歌がうまくなり、これ以上の練習は必要ないだろう。

すべてが終わり、吹きつける風にもはや逆らうことなく家路につくまで、あとどれくらいだろうか。さほど時間はかかるまい――肝心のところはほんの二分ほどで終わるし、その準備にも長引く理由は見あたらない。アイルズフォードの知っているかぎり、夜七時には妻はもうすっかり酔いつぶれ、意識を失っていびきをかいている。たとえ、まだそこまで酔いつぶれていなかったとしても、こちらが手こずるほどの抵抗はできないだろう。そして、後始末に十五分ほど。けっして露見しないよう手を打ってから、あの農場を後にする。この十日間というもの、毎夜アイルズフォードはここに通い、暗闇から妻の坐る明るい部屋をのぞきこんでいたのだ。やがて妻が二階に上がっていき、ベッドに転がりこむ音に耳をすませたり、あるいは一階の椅子で眠りこけている妻のいびきを確認したりするために。灯油は、納屋にたっぷり蓄えてある。持参すべき道具は縄とマッチだけだ。すべてが終われば、来た道を逆にたどり、最初にめざした方向、東から村に帰ればいい。

この時間に散歩に出ることは、すでに毎日の習慣であり、村でもよく知られている。黄昏が迫って絵の描けない時間になると、アイルズフォードが入江沿いの道を東に向かって歩いていき、二時間ほどしてまた戻ってくるのを、村人の半数くらいは暖かい靄の出た夕方にそのへんをぶらついたり、タバコを吸ったりしながら、この一、二週間のうちに見かけているはずだ。途中からまた西へ逆戻りする街道に出て、村を見おろす丘の上から、いま強風に逆らって歩いている、この荒涼とした高台へ回り道をしていることは、誰ひとり知るはずもない。いつも八時をすぎるころには、ふたたび東側から村に戻り、ぶらついている村人に出会えば足を止めて言葉を交わす。今夜もまた、いつもと同じくらいの時間にあの丸石を敷いた通りに戻り、酒場の前でたむろしている人々に「こんばんは」と声をかけていくこととしよう。こんなに風の吹き荒れる夜は、誰も外に出ていないかもしれないが、それならそれでかまわない。今夜もいつものとおり、入江に沿って東へ歩きはじめているのだから、戻ってきたときに誰もいなければ、回り道をしているところも誰にも見られていないということだ。八時の夕食には、けっして遅れないようにしなくては。塩漬けのニシンにチーズがひと切れ、そしてウイスキーのお湯割りのために、コンロの上でやかんが歌をうたいながらアイルズフォードの帰りを待っている。そんなお楽しみが、いまからもう待ちきれない。呪われしもの、いまは亡きものに、末永い健康を祈って乾杯してやろう。農場はぽつんと離れているし、周囲をモミの林に囲まれているから、何が起きたか知らせが届くのは明日のことになるはずだ。どれほど炎が高くあがろうと、背の高い木々に囲まれていては西の空が染まることもなく、切り立った丘陵のふもとの村からは何も見えないにちがいない。

やがて道の東側にモミの林が現れると、荒れくるう風もしばしさえぎられる。すべての枝が風にざわめいて、まるで頭の上で海が時化ているかのようだ。それを支える幹はきしみ、嵐の激しさにうめき声をあげている。流れの速い雲の後ろに月が出たのだろう、かすかな光を受けてさっきよりも道はよく見えるし、灰色の荒れた空を背に、黒い枝が激しく揺れているのもわかる。この嵐の向こうで、月は穏やかな空を渡っているのだろう。静かな殺意に澄みわたった心の中で、アイルズフォードは自分をこの月になぞらえていた。この大荒れの空の下、あと半時間ほど辛抱し、必死に計画を遂行しさえすれば、まるで空に放たれた風船のように、雲を抜けて穏やかな世界にたどりつくのだ。あと二百メートルほど歩けば、モミの林を抜ける。そこから道を外れ、ぬかるんだ小径をたどれば、ついに農場だ。

近づくにつれ、アイルズフォードはさらに足を速めた。吠えたける嵐にもかかわらず、まるで記憶をよみがえらせようとするかのように、モミの林がささやきかけてくるのだ。結婚前の夏はよく、黄昏どきにこのあたりをぶらついていたものだった。さほど遠くまで行かないうちに、乾いた小枝を踏む音が静かな林に響き、木々の間を軽やかに近づいてくる姿が見えることがわかっていたからだ。それが、ふたりのいつもの逢引きだった。船が漁から帰ってくると、魚を農場に届けるという口実で、エレンはいつも村からこの台地に上ってきた。そして街道を離れ、近道をしようとこの林に入ってくるのだ。まるで遠い稲妻のように、心の片隅にそんな記憶がひらめくたび、振りはらおうとするかのように、思わず歩調が速くなる。あれから重ねた年月が、そんな思い出の息の根を止め、葬り去ってしまったのは事実だ。だが、ここでぐずぐずしていて、死んだはずの記憶がうごめき、乾いた骨がかたかたと起きあがりはじめてしまったら？　ポケットに収めた縄に触れながら、アイルズフォードは林を抜けて、ふたたび荒れくるう風に身をさらした。

いまや農場はすぐ目の前で、雲を背に家全体が黒く浮きあがって見える。ブラインドを下ろしていない一階の窓からは光が漏れていたが、ほかの窓は真っ暗だ。この時間、ここには何度となく来ているからこそ、どんな光景が待ちうけているかはよくわかっている。窓に歩みよってみると、今夜もやはりいつもと同じく、妻は増設したアトリエにいた。暖炉とテーブルの間に陣どり、酒瓶をすぐ近くに置いて、しなびた手を炎に伸ばし、脂肪のついた顔をゆらゆらと揺らしている。今夜は、かたわらに壊れた椅子の残骸が積みあげてあった。最初に目に飛びこんできた光景は、どうやら椅子の部品を火にくべていたところらしい。蓄えてある薪を運びこむのが面倒で、その代わりに手近な椅子を壊したのだろう。

妻は身じろぎし、身体を起こすと、すぐそばに置いてあった酒瓶を手にとり、瓶の口かららっぱ飲みした。ひと口流しこんで唇を舐め、さらにもうひと口流しこむと、椅子からよろよろと立ちあがり、暖炉の前の敷物につまずく。それに腹を立てたのか、歯がみをして敷物を指さし、何やらつぶやいているのが見えた。それからもう一度、酒を喉に流しこむと、ぐらりと身体をかがめ、テーブルに置いてあったランプに手を伸ばす。ランプを持って妻が扉をくぐると、部屋を照らし出すのは暖炉の明かりだけとなった。一瞬の後、二階の寝室の窓がぱっと明るくなり、長方形の光が闇に輝く。

そこまで見とどけると、アイルズフォードは足音を忍ばせ、玄関に向かった。そっと取っ手をひねってみると、鍵はかかっていない。玄関を入ると短い廊下があり、左側はアトリエの上の寝室へ向かう階段だ。あたりはしんと静まりかえっているものの、この位置からでも、寝室の扉が開いているのが見える。妻が持って上がったランプの光が、扉の隙間から踊り場に漏れているのだ……何もかもが好都合に進んでいる。この強風さえも、炎を煽りたて、こちらの味方となってくれるにちがいない。靴を脱ぎ、靴拭いの上に置くと、ポケットから縄を取り出す。先端に輪を作っておいて、アイルズフォードは階段を上りはじめた。しっかり乾燥させた楢材を丁寧に組みあげた階段は、足を乗せてもきしみはしない。

最上段で立ちどまり、何か動く音はしないかと、寝室の中の気配に耳をすます。扉の左側、ここからは見えないベッドから深い呼吸が聞こえてくるばかりで、ほかには何の動きもない。おそらく、妻はランプを燃えつきるままにまかせ、服を着たままベッドに倒れこんでしまったのだろう。扉の隙間から、すでにランプの炎がちらつきはじめているのが見える。後ろの壁には、自分が描いた二枚の水彩画が飾ってあった。一枚はこの農場の壁に囲まれた小さな庭、もう一枚はふたりがいつも逢引きしていたモミの林の絵だ。どちらも、描いたときのことはよく憶えている。かたわらにはいつもエレンが坐り、おしゃべりをしたり、歌をうたったりしていたものだった。いま、こうして客観的に見てみると、どちらもすばらしい作品だ。作者のみずみずしい、鮮やかな技術が羨ましくなってしまうほど。この二枚は後で壁から外し、持って帰ることとしよう。

音をたてずに部屋に入り、扉の陰をふりかえる。そこには服を着たままの妻が、広いベッドにだらしなく手足を投げ出し、仰向けに横たわっていた。目を閉じ、口は開いたまま、つやのない灰色の髪を枕に広げて。どうやらきょうはベッドを整えてさえいなかったらしく、身体の下にはしわくちゃの毛布がめくれあがっている。かたわらの床にヘア・ブラシが転がっているのは、おそらく手から滑りおちたのだろう。アイルズフォードはすばやく妻に歩みよった。

壁から外した二枚の絵とランプを手に階段を下り、靴をはいてアトリエに入る。テーブルにランプを置き、ブラインドを下ろしたアイルズフォードは、さっき妻が飲んでいた、中身が半分ほど残った酒瓶を見やった。手は震えてなどいないし、頭も冷静でおちついているように思えるが、それでも心の奥底から、何かがゆっくりとこみあげてきそうな気配がある。強い酒をぐっとあおれば、こんなものは簡単に抑えつけてしまえるにちがいない。瓶に残っていた酒の半分ほどを、生のまま薄めずに飲みくだすと、口あたりはまるで水のように感じられたものの、すぐに効きめが広がって、心に焼きついて離れない光景をスポンジのように吸いとってくれる。二分ほどすると、すっかりいつもの自分に戻り、いま心に忍びよりかけていたものも、ただのおかしな幻にすぎないと笑いとばせるようになった。実のところ、縄をぐっと引きしぼったことも、しだいに黒ずんでいく顔を見つめていたことも、もがき、痙攣するうちに、しなびた四肢がやがて動かなくなったことも、いまだはっきりと憶えている。それなのにどうしたわけか、二階のベッドに横たわっているのは骨と皮のような手足をし、首を絞められた死体ではなく、なめらかな肌と黄金に輝く髪、口もとにはものうい笑みを浮かべた若い娘だと、そんな幻を頭から追いはらえなかったのだ。さっき部屋に入ったときは、娘はまだ眠っていたものの、いまはなかば目ざめかけ、ベッドの上で伸びをしている、と。いったい心のどんな薄闇からそんな幻がさまよい出てきてしまったのか、とうてい見当もつかないが、とにかくいまは、酒が幻を打ちはらってくれたことがありがたい。これなら、おちついて計画どおりに手順を踏み、無事に後始末を終えることができそうだ。だが、まずはもうひと口、喉に流しこんでおくとしよう。今朝、妻が村にやってきたとき、たまたまふところが暖かかったのは、いま思うと幸運だった。こうして活を入れてくれる酒がなかったら、自分はいったいどうなってしまっていたことか。

腕時計に目をやり、まだやっと七時を回ったところなのを確かめて安心する。帰りは強風に背中を押され、回り道をして東側から村に入っても、三十分もあれば部屋に帰りつくだろう。これからすべき後始末も、十五分あれば充分なはずだ。どんなに気が逸っても、自分の身の安全をおろそかにしてはいけないが、一刻も早くここを出たいのも確かだった。だとしたら、さっさととりかかるほかはない。まずは、庭の薪小屋からそだと焚きつけを運びにかかる。両腕いっぱいに抱えて三往復もすると、充分な量が集まった。そのほとんどは、とりあえずアトリエにざっくりと積みあげ、残りは寝室に運びあげて、床の中央に固めておく。それからカーテンを外し、灯油を吸いこませるために、そだの間に詰めこんだ。寝室を出る前にもう一度だけ、ベッドに身体を丸めて横たわっているものを確認しようと、そちらに視線を投げる。さっき、ウイスキーが追いはらってくれた幻がどれほど常軌を逸していたか、あらためて驚嘆せずにはいられない。眺めているうちに、ついに自分は自由の身になったのだと、強烈に実感が湧きあがってくる。そこに横たわっているのが人間だなどとは、とうてい思えない。この化けものからようやく解き放たれることができた、そんな思いに鼓舞されるうち、さっさと片づけて一刻も早く農場を出たいなどという思いは、いつしか消えてしまっていた。こんな後始末も、すべては自分がなしとげた化けもの退治の過程のひとつなのだと思うと、どうにも誇らしくてたまらない。もうすぐ準備が調ったら、この部屋にまた戻ってきて、灯油をまいて火を点ける。ベッドに横たわった忌まわしいものを、いまこそ火で浄化するときなのだ。

すっかり夜となり、荒れくるう風はさらに激しさを増していた。階段を下りていく途中、屋根の瓦ががたがたと外れ、庭の石畳に叩きつけられて割れる音があたりに響く。不意をつかれて不安がふくれあがり、アイルズフォードは喉が詰まって息ができなくなった。すさまじい突風が壁に叩きつけられ、震え、揺らいでいる家の姿が目に浮かぶ。家がこのまま崩れてしまったら、残骸の下からどうにか這い出すことができたとしても、自分はいったいどうなってしまうのだろう？　当然、崩れた家の中の捜索が行われ、縄で首を絞められた妻の死体が発見されることは避けられない。ゆっくりとした、容赦のない司法の歩みが目に浮かぶようだ。村の雑貨店であの縄を買ったのはつい昨日のことだった、丈夫で強いものをと店員に念押しまでして……いっそ、妻の首からあの縄を外し、そのまま持ち帰るか、そだの中に突っこんでしまうほうが賢いのだろうか？……階段の途中で足を止め、じっと思いをめぐらせているうちに、ふいに身体ががたがたと震えはじめる。たしかに、さっきは暴れてもがく妻を押さえつけ、なんとか目的をはたすことができた。だが、もはや二度ともがくことはないとわかっていても、あの首から縄を外す気力など、とうてい自分に残っているとは思えない。だが、必死に勇気を奮いおこそうとしていたそのとき、ふいにすさまじい突風がいくらか凪ぎ、家の揺れも収まった。そう、何も怖れることはないのだ。この風はけっして敵ではない、炎を煽り、燃えあがらせてくれる友なのだから。頭上から響く風の音も、手を貸しにきてくれた味方の歓声にすぎない。

二階は、後は灯油をまいて、そだに火を点けるだけとなっている。アトリエも、同じように準備を調えなくては。けっして自然に消えたりしないよう、炎がしっかりと燃えひろがるまではこの場にとどまり、燃料をくべてやる必要がある。そうなると、どこから逃げ出すか、その道筋も考えておかなくてはならない。アトリエには、扉がふたつあった。ひとつは暖炉の脇から、小さな庭に出る扉。もうひとつは二階への階段、そして玄関に通じる廊下に出る扉だ。庭に出る扉のほうから逃げようと、いったん心を決めたものの、実際に開けようとしてみると、鍵穴が錆びついてしまっていて、いっこうに鍵が回らない。こんなところで時間を無駄にするわけにはいかないし、どちらの扉から逃げようと、たいしたちがいはなかろう。アイルズフォードはそだを抱え、片側の壁に沿って積みあげた。ランプはもう炎が弱まりかけていたが、ほんの数分前に妻が壊れた椅子をくべた暖炉は、いまだあかあかと燃えあがっている。ここから火を拾えば、大火事の火付けには役に立ちそうだ。暖炉の前のわらを編んだ敷物も、焚きつけにはちょうどいい。二階の寝室とここ、二箇所に火を放てば、まちがいなく家も、その中のすべてのものも焼けおちる。自分が犯した罪も、もしもこれを罪と呼ぶなら、家といっしょに焼失するのだ。証拠はすべて、この手を下した死体も、縄も、罪業と憎しみを宿したこの家の壁といっしょに消えていく。なんというすばらしい行い、胸躍る冒険だろう。さっき喉に流しこんだ酒も、いまや勢いよく血管をめぐっている。大願成就を目の前にして、とにかく嬉しくてたまらない。つらく悲惨な過去の歳月から抜け出して、まるで不要な服を処分するかのように、すべてをかがり火に放りこむ。その点火のときが、いよいよ目前に迫っているのだ。

そだもすっかり積みあがり、あとは灯油をまくだけとなった。家を出て、灯油の樽が置いてある庭の納屋へ。樽の脇にあったブリキの大きな水差しに、灯油をたっぷり注ぎこむと、それを手にまた家に戻る。これだけあれば、二階のそだに振りまくには充分だろう。煙をあげ、ちらちらと揺らぐランプをアトリエから持ち出し、アイルズフォードは二階へ上がると、まるでより抜きの花を植えた花壇に水をやる庭師のような慎重な手つきで、水差しが空になるまで灯油をまいた。背後のベッドにちらりと視線をやり、それがぴくりともせず横たわっているのを確かめると、ふたたびランプを手に階下へ向かおうとする。そのとき、ふいに突風が窓を叩きつけ、入りこんだ隙間風がランプを吹き消した。気化した油の燃える青い炎が、ほやの中で小さく上がり、そのまふっと暗くなる。もう役には立たないと、灯油をまいたそだの上に、アイルズフォードはランプを放り投げた。寝室を出るとき、ふと背後でかすかに何か動いたような気がしたが、きっとそだの中に何かが滑りおちたのだろうと、自分に言い聞かせて先を急ぐ。

ふたたび外に出てみると、空を流れる雲はいくらか薄くなっていた。風の勢いはいっこうに止まないものの、霞んだ月の投げかける光はさっきよりも明るい。納屋に向かって歩いていると、ほんの一瞬、ぎょっとするほどぎらぎらと輝く月が、流れる雲の合間にまん丸い顔をのぞかせ、またすぐに切れ切れの雲に姿を隠した。目の前には、かつてふたりが甘い逢引きをくりかえしたモミの林がある。あのころのエレンを思い出した瞬間、またしてもさっきの幻が脳裏に浮かんできた。二階のベッドに横たわっているのは、しなびた手足とぶくぶく太った顔をした、老婆のような女ではなく、美しくしなやかな四肢に黄金の髪の娘なのだと、奇妙な確信が胸に広がる。さっきよりもさらに鮮やかな幻に、早くアトリエに戻らなくてはと、アイルズフォードは焦りはじめた。あそこには、さっき幻を打ちはらってくれた、頼りになる薬がまだ残っている。ブリキの水差しを使っていては、たっぷりと積み重ねた一階のそだに振りまくだけの灯油を運ぶのに、少なくとも二往復はしなくてはなるまい。時間を節約するために、樽を台から下ろし、家の中まで小径を転がしていくことにしよう。階段の下でアイルズフォードは足を止め、何か動く気配はないかと耳をすませたが、家の中は静まりかえっていた。さっきはいったい何の錯覚を起こしたのかわからないが、とりあえず、また何もかもが正常に戻ったようだ。聞こえるのは、ただ外を吹き荒れる風の音ばかり。

暖炉の炎は明るく、しかし気まぐれにアトリエを照らし出していた。まるで白昼のような明るさに室内が浮かびあがったかと思うと、次の瞬間、夕暮れの赤い残光のような、くぐもった光がぼんやりと広がる。重い樽を持ちあげて、そこから灯油を振りまくよりは、いったんブリキの水差しに移したほうが楽だろう。水差しを満たし、それをすっかり空にする作業を、アイルズフォードは二度くりかえした。もう一杯ぶん振りまけば、これでもう充分だ。残った灯油は、床に流れおちるにまかせておいてもいい。そのとき、ふと手もとが狂い、ズボンにうっかり灯油の染みをつけてしまう。だが、気にすることはない（あらかじめ練っておいた、いざというときの対策を、脳はすばやく引っぱり出してきた）――夕食をとりに下宿屋の食堂に入るとき、うっかりランプを取り落としさえすれば、この不運な染みの説明はつくのだから。あるいは、強風に吹かれながら村に戻るうち、こんな染みなどすっかり乾いて見えなくなっているかもしれない。

ようやく準備が調い、マッチを手にしたアイルズフォードは、まずは二階に火を放とうと階段を上っていった。二度めに呷《あお》ったウイスキーも、いまは朗らかに頭の中をめぐっている。自分の機知ににやりとしながら、アイルズフォードはつぶやいた。「あいつはいつだって、火をおこした暖かい寝室が好きだって言っていたっけな。さあ、あいつの望みをかなえてやろう」これは、いかにも笑える話ではないか。この思いつきのおかしさを味わいながら、妻のためにマッチを擦る。だが、にやにやしたまま、ふとベッドをふりかえった瞬間、その口もとから笑みがすっと消えた。恐怖がけたたましいシンバルの音となって、頭の中で打ちならされる。ベッドには誰もいない――さっきまでうずくまるように横たわっていた死体は、いつのまにか消えていた。

恐怖に混乱したまま、火の点いたマッチを灯油の浸みたそだに突っこむと、炎がぱっと燃えあがる。もしかしたら、妻の身体はベッドの向こう側に転がりおちたのかもしれない。どちらにしろ、消えてしまうはずはない、どこかにあるに決まっているのだから、この部屋が炎に包まれてしまえば、何も怖れることはないのだ。いぶった炎が高くあがり、アイルズフォードは部屋を飛び出した。扉を叩きつけるように閉め、階段を駆けおりる。一階のそだに火を点けてしまえば、あとはここを出ていくだけだ。いったい、どんな途方もない見まちがいをしてしまったのかは知らないが、妻がまだ生きていて、ベッドから起きあがって出ていくなどということはありえない。

あの輪縄をきつく引きしぼったとき、妻の呼吸はたしかに止まった。そして、生きよう、空気を吸いこもうと懸命にもがいていた身体も、動かなくなってだいぶ経つ。たとえ忌まわしい魔術の力により、妻がまだ生きていたとしても、煙を吸いこめば意識は薄れるし、そこをすぐに燃えあがる炎が包みこむだろう。かまうことはない――妻を寝室に残して、扉はきっちりと閉めてある。あとは最後の仕上げをすませて、この恐怖の家から逃げ出せばいい。くれぐれも、正気だけは保ったままで。

階段から廊下にかけての足もとは、アトリエの暖炉の炎が照らしてくれている。二階ではすでに炎が燃えさかっているらしく、ぱちぱちと乾いた音、はぜるような音があがりはじめた。両手で頭を抱えながら、アイルズフォードはよろよろとアトリエに足を踏み入れた。吹きすさぶ嵐、燃えさかる炎、忌まわしい幻の中に飛び出していこうとする脳を必死に押さえこみ、まっとうな容器の中に引きとめておこうとするかのようなしぐさだ。もうほんのしばらくの間、意志を強く保っていられさえすれば、すべてはきれいに片がつく。この不気味な呪われた場所から抜け出して、風の荒れくるう夜に身を投じてしまえば、後は燃えさかる炎が怖ろしいものをすべて呑みこんでくれるのだから。またしても、暖炉のおきが勇ましく燃えあがる。その真ん中に焚きつけを差し入れると、まるで黄色い花のように鮮やかな炎があがった。手を火傷しないように気をつけながらしばし待ち、やがて灯油をまいたそだの中に、その焚きつけを押しこむと、たちまち大きな炎がそそり立つ。炎は低い天井の梁をちらりと舐めると、自らの煙に息を詰まらせたかのように、いきなりふっと縮みこんだ。そして、背をかがめたままじりじりと先に燃えすすみ、やがてわらの敷物にまでたどりつくと、またしても激しく燃えあがる。この炎に、アイルズフォードの勇気もかきたてられた。たとえ想像力のいたずらで、どんな幻を見てしまったとしても、自分自身の恐怖心のほかに、怖れるべきものなど存在しない。その恐怖心さえも、いまは影をひそめていた。こんなにも巨大にそそり立つ炎から逃げおおせるものなど、現実の世界にいるはずはないからだ。現実でないものなど、いまさら怖れる必要があろうか。二十年間にわたり、自分をいたぶりつづけてきた呪いや魔術、迷信は、ついさっき輪縄をかけて封じこめたばかりなのだから。

さあ、ここを出ていこう。すべてが片づいたいま、アトリエはまるで天火の中のような熱さだ。だが、樽から漏れた灯油にちらちらと細い炎が走りはじめている床を、廊下に向かって歩きはじめたそのとき、頭上から扉が開く音、そして、軽くしっかりした足どりで階段を下りてくる音が響く。一瞬、アイルズフォードは狼狽のあまりその場に凍りついたが、すぐに気力を奮いおこした。立ちこめる煙の中を手探りで扉にたどりつくと、ふいに目もくらむほどの火柱が噴きあがる。戸口には、エレンが立っていた。痩せこけた身体にぶくぶくと太った顔ではなく、あのころモミの林で逢引きしていたときの姿。永遠の若さを身にまとったエレンは、すんなりした、結婚指輪をはめた手を挙げ、こちらをまっすぐに指さした。

灼熱の息詰まるこの空気から抜け出したい一心で、アイルズフォードはむなしく前に飛び出そうとした。玄関の扉は開いたままなのだから、とにかくエレンの脇を走りぬけ、安全な夜の闇へ逃げこまなくては。だが、どれだけ意志の力を奮いおこそうとしても、四肢にはまったく伝わらない。頭には、たしかに自分の叫び声が響いているのに――「走れ、走れ！　その脇を駆けぬけろ！

それはおまえの恐怖が生み出した、ただの幻影だ！」――筋肉も腱も、反乱を起こしてしまっているかのようだ。光を放つ姿は、こちらを指さしながらじわじわと近づいてくる。一歩、また一歩と、アイルズフォードは後ずさりした。床を這っていた炎が、さっきこぼした灯油の染みを見つけ、すばやく足に飛びうつってくる。

恐怖に包みこまれつつある脳の中にも、ただ一箇所、静かに澄んで考えをめぐらせている部分が残っていた。背後をふさぐこの炎の壁を突破すれば、どこかに庭へ出る扉があったはずだ。さっきは鍵穴が錆びていたため、おざなりに鍵を回してみただけだった。だが、ここしか脱出できる道がないならば、鍵を回す手にもひときわ力がこもるはずだ。じわじわと追いつめてくるエレンから目を離さず、炎をかいくぐるようにして後ろに飛びすさると、扉に向きなおって必死に鍵を回そうとする。だが、ふいに手の中で何かが折れ、柄の取れた鍵が鍵穴に残った。

喉を焼く空気を吸いこむまいと息を止め、今夜、最初に妻の姿をのぞき見た、あの窓を探してアイルズフォードは手を伸ばした。炎はすでに窓枠をも包んでいたが、どうにか掛け金を探りあて、外して窓を開けはなつ。その瞬間、まるでふいごから吹きこまれたかのように、どっと風が流れこんできた。ぎらぎらとまばゆい死にのしかかられ、床に崩れおちながらふりむくと、炎の向こうからは復讐の笑みに輝く顔が、じっとこちらを見おろしていた。

不可思議なるは神のご意思

Inscrutable Decrees

その朝の《タイムズ》紙のお堅いページにはさほど重要な記事も見あたらず、かといって、山ほど溜まっている用事を片づけにかかるのも面倒で気が進まなかったので、わたしはとりあえず第一面に戻り、七列めの記事を読みにかかった。まずは求職欄をじっくり眺め、住みこみ家庭教師の職を探しているという〝勝負ごとが好きな淑女〟に、どうかぴったりの就職口を見つかるよう祈る。それから、さまざまな主催によって学識者を集めて行われる講演の告知欄に目を走らせ、いまのところ講演を行う予定も、聴く予定もないことのありがたみを噛みしめた。続いて起業募集欄をひとつずつ吟味し、個人広告の意味ありげな文言にむなしく当て推量を重ねた後、さらに寄り道すべく死亡広告欄にたどりつく。

ここで、わたしは衝撃の知らせを目にすることとなった。故サー・アーネスト・ロークの未亡人シビル・ロークが、三十二歳の若さで突然、トーキーで亡くなったというのだ。かつてあれだけ世に知られ、燦然と輝く存在だった人物の死が、こんなそっけない形でしか報じられないことが奇妙に思えたが、訃報のところに戻ってみると、どうやら先ほどは不注意にも読みとばしてしまったらしい、故人への評価と哀悼を述べている記事があった。亡くなったのは睡眠中のことで、追って検死審問も開かれるという。こうなると、わたしの怠け癖も役に立ったというものだろう。というのは、故サー・アーネストの遠い従弟ながら、その領地と爵位を相続したアーチー・ロークが、今夜から数日わが家に滞在する予定となっていたからだ。アーチーの到着前に、このことを知っておけてよかった。はたしてあいつがどう感じているのか、そもそも何かを感じているのかどうか、わたしにはまったく見当がつかなかったが。

それにしても、なんと奇妙なできごとだったのだろう！　レディ・ロークが亡くなったいま、真相を知るのはアーチーただひとりとなってしまった。事情を聞いたものがいるとしたら、それはこのわたしだったのだが、もっとも古い友人であるアーチーは、花婿の付添人を務めるはずだったわたしに、結局のところひとことも説明しようとはしなかったのだ。そんなわけで、わたしも世間一般が知っているとおりのことしか知らない。つまり、サー・アーネスト・ロークの死後一年で、その未亡人が新たな准男爵サー・アーチボルド・ロークと婚約したこと、そして、結婚式まであと二週間を切ったところで、結婚をとりやめるという言葉少なな発表があったということだけだ。その発表を見て、わたしはアーチーに電話したが、あいつはすでにロンドンを離れたと聞かされた。数日後、リンコート――ハンプシャーにある、あいつが従兄から相続した土地だ――から、あいつの手紙が届く。婚約破棄は事実だが、それ以上つけくわえることは何もないと、そこには記されていた。今回の――ここは、何かひとこと書きこんだ言葉を丁寧に消してあった――できごとは、自分の人生にとっては刈って落とした葉のようなものにすぎない、と。一ヵ月かそこらリンコートでひとりですごしたら、人生の新しいページをめくるつもりだ、ということだった。

聞くところによると、レディ・ロークもやはりすぐにロンドンを離れ、その夏をイタリアですごしたという。そしてトーキーで家具付きの家を買い、婚約破棄から自らの死まで、その年の残りをそこで暮らしたのだ。友人たちとのつきあいもいっさい断ち――それまでは、あんなにもつきあいの広い女性はいないほどだったというのに――誰とも会わず、自宅とその庭からほとんど出ることなしに、いったい何があったのかについては、アーチーと同じく沈黙を守りとおした。そして、あの若さ、あの魅力、あの美貌のまま、永遠に沈黙することとなったのだ。

今夜アーチーがやってくると思うと、その日ずっと、レディ・ロークのことが頭から離れなくなってしまったのも無理はあるまい。まるで、かつて耳にした旋律の断片が次々と湧きあがり、頭の中でぐるぐると回って止まらなくなるかのように。あの女性と顔を合わせ、言葉を交わした機会のあれこれを思い出し、そのときのやりとりをひとつひとつ再現してみると、陽気なリズム、楽しげな旋律の下に、何か背筋の凍るような謎めいたものがひっそりと隠れているという、そのころの印象をあらためて確認せずにはいられない。いまになってそんな印象がことさら強調されているように感じられるのは、当時はそんな暗い部分から目を背け、あわよくば振りはらってしまいたいと思ううち、華々しい旋律がみるみる高鳴りはじめ、すぐにかき消してしまっていたからだ。そこに存在するだけで目を惹かれ、耳をかたむけずにはいられない女性。いや、こんな喩えでもうまく伝わらない。そうだ、この〝何かがひそんでいる〟感じを表現するなら、同じ喩えでもこちらのほうがよさそうだ。目もあやなバラの咲きみだれる茂みに日射しが降りそそぎ、甘い香りが漂っている光景を想像してほしい。その美しさにうっとりと見惚れ、胸いっぱいに香気を吸いこんでいると、ふと花やつぼみの間に、別の植物の毒を含んだ鋭い棘がのぞいているのに気づく。その毒草はバラと同じ地面から生えていて、バラの茎にしっかりと絡みついているのだ。それでも、まず注意を惹くのは美しくみずみずしい花であり、かぐわしい香りなのだが。

あらためて記憶をさかのぼってみると、いまや本人の存在に目をくらまされることなく、こうした印象が奇妙なほど鮮やかによみがえってくる場面がいくつか思い出される。そのひとつは、夫だった准男爵が亡くなる前の夏、レディ・ロークに初めて出会ったときのことだった。わたしたちは晩餐を前に、ほかならぬレディ・ロークの到着を待っていたのだが、六月のむっとする蒸し暑い空気も、あの女性が姿を現した瞬間、生き生きと活気あふれているかのように感じられたものだ。あんなにも光り輝いて、周囲に生命力を伝播していくような人物に出会ったのは初めてだった。長身で大柄、女神ユーノーのような堂々とした華やかさを持ちながら、当時そろそろ三十になろうという年齢でいて、どこか少女めいたきらめくような初々しさをも兼ねそなえている。それまであまり盛りあがっていなかった客たちは、まるでレディ・ロークの魔法の笛に踊りはじめたかのように羽目を外し、はしゃぎ、声をあげて笑うようになっていた。あの女性の呼びかけで、ジェスチャーで韻を踏む言葉を当てたりするなど、他愛もないゲームにみながうち興じ、絨毯を巻きあげて片づけると、蓄音機の調べに合わせて踊ったりまでしたものだ。そして、あのできごとが起きた。

わたしは客間の公園に面するバルコニーに出て、レディ・ロークとともに、ちょっと外の空気に当たっているところだった。ちょうど木立の上に顔をのぞかせた月に向かい、レディ・ロークは膝を曲げて深いお辞儀をすると、わたしから一シリングを借り、硬貨をひっくり返した。

「わたし、月の幸運というものを心から信じているわけじゃないのよ。でもね、念のためにやっておいても何かさしさわりがあるわけじゃないし、もし本当だったとしたら、これを見て月も悪い気はしないでしょ。あら、何かしら？」

室内の明かりに誘われたのか、一羽のツグミがわたしたちの間を飛び、窓ガラスにぶつかった。ぽとりと地面に落ち、いまやひくひくと震えている。たちまち、レディロークの心は哀れみと思いやりでいっぱいになったらしい。そっと小鳥を拾いあげると、けがの様子を調べ、翼が折れていることを見てとった。

「あら、可哀相に！　見てごらんなさい、翼の骨が折れてしまっているわ。ほら、つけねのところ。ああ、こんなに怖がって！　どうしてあげたらいいかしら？」

実のところ、いますぐ苦しみを楽にしてやることが、もっとも慈悲ぶかい行いなのは確かだった。だが、そう答えると、レディ・ロークはもう片方の手で小鳥を覆い、一歩わたしから後ずさった。その目はぎらぎらと輝き、口もとには笑みが浮かんでいる。そのとき、すっと舌先がのぞき、唇の上をすばやく走ったのをわたしは見のがさなかった。まるで、舌なめずりをするかのように。

「だめよ、そんな怖ろしいことをしてはいけないわ。わたし、この子を連れて帰ります。気をつけてそっと運んで、看病してやるつもりよ。あまりひどい痛みを感じていないといいのだけれど。もしかすると、助かるかもしれないわ」

ふいに――ひょっとしたら、さっきのすばやい舌なめずりを見てしまったからだろうか――この女性はさほどツグミを哀れんではいないのかもしれない、むしろ楽しんでいるのでは、という思いが頭をかすめる。両手の上で弱々しくもがくツグミを、レディ・ロークはじっと見つめていた。

ふと、その顔が曇る。晴れやかだった表情が、いかにも不愉快な、厭わしげな表情に変わった。

「残念だけれど、これ、もう死んでしまうみたいね。ほら、怯えた目を閉じようとしているわ」

小鳥は最後にもう一度だけ身体を震わせると、伸ばした両脚をこわばらせ、そのまま動かなくなった。レディ・ロークは石を敷きつめたバルコニーに小鳥の死骸を放り出すと、軽く肩をすくめた。

「小鳥なんかで大騒ぎしても仕方ないわね。窓ガラスを突き抜けて飛ぼうとするなんて、馬鹿な小鳥。でも、わたしは心が優しすぎて、ああいう哀れな生きものが死んでしまうのがつらいのよ。さあ、中に入って、もうひと遊びしましょ。そうそう、あなたの一シリングをお返ししておくわね――どうか、これがわたしに幸運をもたらしてくれますように。もう少ししたら、わたしは屋敷に帰らないと。夫が――あなたはご存じだったかしら?――わたしの帰りを、いつも起きて待っているのよ。そしてね、帰りが遅すぎるって、いつもわたしを叱るの!」

そう、それがあの女性との初めての出会いであり、そして、麗しいバラの陰にのぞく毒草の棘に初めて気づいたときだった。だが、当時のわたしは、いまとまったく同じように、これはすべて何かの誤解にちがいない、レディ・ロークにかぎって、あのツグミの苦しみを楽しんでいたなどということはありえないと、自分に言いきかせようとしていたのだ。わたしはいささかの葛藤の後、あれはただの見まちがいだったと片づけた。だが、そんな印象を抱いてしまったことを正当化したいと無意識のうちに思っていたのだろうか、その後、わたしはまたしても同じような印象を抱くことになる。

この最初の出会いからほどなくして、わたしはレディ・ロークからいかにも感じのいい、近いうちにお食事にいらっしゃいませんかという誘いの手紙を受けとった。喜んで承諾の電話を返したのは、今朝こうして記憶をふりかえっているのと同じく、あのツグミの一件はすべて自分の勘ちがいだったと確認したかったからだ。自分が嫌っている相手から、甘んじてもてなしを受けるのはよくないことだと、わたしはつねづね思っている。だが、あの一件をのぞいて、わたしはレディ・ロークを大好きだったたし、唯一の例外となった印象もさっさと拭い去ってしまいたいと心から願っていた。そんなわけで、わたしはありがたく招きを受け、その前に延ばし延ばしにしていた憂鬱な用事をすませてしまおうと、あわてて歯医者に出かけていったのだ。待合室にはすでに十二歳くらいの少女がひとり、悲しげな顔に片手を当て、痛みのせいか、それとも治療が不安なのか、時おりすすり泣きを漏らしていた。この子を慰めてやるか、それとも何か気晴らしでもさせてやったら、はたして待合室でのマナーに反してしまうのだろうかと考えていたとき、ふいにまた扉が開き、レディ・ロークが現れた。わたしを見て朗らかに笑い、こう声をかけてくる。

「あらまあ！　あなたも死刑を待つひとりだったのね。もうじき、ふたりとも絞首台送りになるんだわ。わたしがどんなに臆病ものか、どんなに説明しても、あなたにはとうていわかっていただけないでしょうね。わたしたち、どうして鳥のようにくちばしを持って生まれてこなかったのかしら?――」

窓ぎわに坐り、悲しげな顔に泣き濡れた目をしている少女に、ふとレディ・ロークの視線がとまった。

「あら、わたしたちのお仲間がもうひとり。あなた、歯医者に来るのに、どなたも付き添ってくださらなかったの?」

「え――ええ」

「まあ、ひどい仕打ちね!」と、レディ・ローク。「このわたしにも、誰も付き添ってくれなかったのよ、本当に思いやりがないわよね。でもね、だいじょうぶよ、あなたをひとりになんかしないから。もしよかったら、わたしがいっしょに治療室に入って、そばに坐っていてあげる。もしも歯医者さんが痛くなんかしたら、耳に一発お見舞いしてやるわ。それとも、いっしょに歯医者さんに飛びかかって、動けないようにしてやってから、歯医者さんの歯を一本ずつ抜いてやりましょうか? お仕事のやりかたを教えてあげるのよ」

曇っていた少女の表情に、かすかな笑みが浮かんだ。

「ああ、いっしょについてきてくださる?」少女は尋ねた。「だったら、わたし、そんなに怖くないわ。あのね――あの、わたし、歯を抜かなくちゃいけないんだけれど、麻酔はしてもらえないかもしれないの」

前に見たのと同じ笑みが、レディ・ロークの顔にひらめいた。まちがいなく哀れみなどではない、あの笑み。

「あら、でも、いったん抜いてしまったらもう痛くはならないわよ。それに、抜くのなんて一瞬のことだもの。ただ、口を大きく開けていさえすればいいの、いちばん大きなイチゴを口に入れるときみたいにね。そして、わたしの手をぎゅっと握って。歯医者さんが何か道具を手にするけれど、そっちは見ないでおきなさい――」

いささか思いやりに欠けた、あまりに詳細な描写に、少女はまたすすり泣きはじめた。

「ねえ、お願い、やめて!」

治療室の扉が開き、少女はレディ・ロークの腕にしがみついた。

「ああ、わたしの番だわ!」

レディ・ロークは身を乗り出し、少女の怯えた顔にしばし視線を注いだ。

「ほら、いっしょに行きましょう。だいじょうぶ、すぐに終わるわ。こちらのおじさまが百まで数える前に、ここに戻ってこられるわよ。こちらのおじさまはね、それからさらに痛い目に遭わなくちゃいけないんだから」

今朝もやはり、わたしはどうにかして、心に焼きついてしまっている印象を消そうとせずにはいられなかった。些細なできごとでありながら、あまりに生々しく、ツグミの一件に通じる禍々しさを思わせる一幕。やがて、わたしの心はそのときの記憶からいったん離れ、またしても別の思い出にさまよっていく。次の季節へ移りゆく前に、わたしはすっかりレディ・ロークと親しくなっており、その人柄を知れば知るほど、尽きることなく精力的に次々と新たな面を見せていく多彩さに、ただただ目を奪われずにはいられなかったものだ。客をもてなすのも好きで、女主人役として天性の才能に恵まれ、盛大なパーティを開くのを楽しんでいた。乗馬の腕前もすばらしく、明けがたまで踊り明かしていても、朝の八時半にはハイド・パークの乗馬道で、とてつもなく気の荒い牝馬をいかにも涼しい顔で乗りこなしていたりする。音楽の造詣も深く、ドレスの着こなしも目を見はるほどだったし、痩せて小柄な夫に対しても優しく、何時間もトランプでピケ（妻をのぞけば、サー・アーネストがただひとつ愛していたのはこのゲームだった）の相手をしてやっていた。この現代の民主的なロンドンで、人々の声によって女王が決められるとしたら、まちがいなくこの社交シーズンに女王の冠を戴いたのはレディ・ロークだったことだろう。さほど広くは知られていなかったが、心霊現象や超自然現象についても深く学んでいて、本人も驚くほどの霊媒の才能を持っていたと聞いたことがある。もっとも、わたし自身はレディ・ロークの降霊会に参加したことはないので、これはただの噂にすぎないが。

とはいえ、そんな華々しい美点ばかりが高らかな凱歌のように喧伝されていくかたわら、少なくともわたしの耳には、ひどく醜悪な断片もいくつか飛びこんできた。これまでに挙げたふたつの例に表れていたような点よりも、むしろ夫の従弟であるアーチー・ロークに対する態度をめぐって、人々は口さがなくあれこれとささやき交わしていたようだ。誰も知っている、というより誰もが気づかずにはいられないほどあからさまに、アーチーはレディ・ロークに対し、望みのない恋に身を焼いているのだから、当の本人だけがいまだ気づかずにいるというのはありえない。女というものはたいてい本能的に、自分が応えられない、期待を持たせるつもりもない場合でも、相手の情熱を煽ってしまうものであり、それは男が、本当はたいしてその気がなくとも相手の情熱に応えてしまうのと同じだが、それにしても残酷さに限度というものがあるだろう、と。相手への思いやりから、あえてつらく当たる、ということをレディ・ロークはやらない。むしろ、相手への悪魔のような残酷さから、いかにも親切にふるまっているのだ。自分のかたわらにはつねにアーチーを坐らせ、何かにつけて意味もなく手を触れ、いかにも仲間らしいしぐさを見せて、哀れなアーチーが渇きに苦しむままにしている。それどころか、アーチーの唇にグラスを近づけてやっておいて、寸前でグラスを傾け、空にしてみせているのも同然ではないかというのだ。それよりは好意的な解釈として、レディ・ロークは夫がもうあまり長くないのを知っていて、やがてアーチーと結婚するつもりではないかと指摘するものもいた。その後の展開を見れば、たしかにそれがレディ・ロークの意図だったのかもしれない。だが、わたしが見るかぎり、アーチーに中身のない餌をやり、唇に空のグラスを近づけるのは、自分に恋する男が苦しむのを見たいという、残酷さゆえの行為としか思えなかった。こう考えるのは怖ろしいが、まさにあのツグミの一件、そして歯医者の待合室で出会った可哀相な少女の一件ともつじつまがあうではないか。とはいえ、こんなぞっとする構図を心の中で描くたび、レディ・ロークの魅力や美しさ、溌剌とした生命力がまばゆいばかりにあたりを照らし、つい意地の悪い見かたをしてしまうわたしは、心の中で懸命に言いわけを連ねるしかなかった。

翌年の早春、わたしは週末をレディ・ロークとその夫と、リンコートの屋敷ですごした。ぜひ土曜の午前中にいらしてくださいと請われ、その夜のパーティの客たちがぞくぞくと到着する前に、わたしは夫妻と三人だけで昼食のテーブルを囲むこととなった。その日のサー・アーネストはひどく寡黙で、げっそりと憔悴していたのを憶えている。ほとんどひとことも口をきかなかったのだが、一度だけ、ふいにかたわらの執事をふりむき、こう尋ねた。「例の子どものことで、何か知らせは？」だが、何もないと聞かされて、また黙りこむ。夫がそう尋ねるのを聞いて、レディ・ロークの顔によぎった奇妙な影は、不安だろうか、それとも心配だっただろうか。だが、執事の答えに、またぱっと晴れやかな表情になる。そして、そんな話題をきれいさっぱり押しやってしまおうとでもいうように、ほかの客たちが到着するまで、よかったらこのあたりの森を散歩しないかとわたしを誘った。

戸外を歩くレディ・ロークは、さながら森を司るディアーナのようだった。女神のようにすばやく、はずむような足どりで歩を進める。あたりは見わたすかぎり春が息づき、花が咲き、鳥がうたいはじめていた。春の猟犬が冬を追いつめ、ついに息の根を止める、うっとりするような瞬間が今年もめぐってきたのだ。森を眼下に見はらす丘のてっぺんに上りつめると、レディ・ロークは足をとめ、両腕を大きく広げた。

「ああ、春を感じるわね！」高らかに叫ぶ。「ラッパスイセン、西風、雲が落とす影。何もかもこの腕で、ぎゅっと抱きしめたいくらいだわ。いまやこの国のそこかしこで、片時も休まずに奇跡が花開いているのよ。まあ、ロンドンの奇跡はぬかるみだけだけれど。ああ、なんて日射し、なんて空気なの！　胸いっぱいに呑みこんでごらんなさい、これは神さまがくださったお薬なのよ。こういうお薬って、ときどきは必要よね、世界には痛みや苦しみ、衰えがあふれているんですもの。そういったものも、きっと不屈の精神や忍耐のすばらしさを告げてくれているんでしょうけれど。希望がないと知りながら、それでも懸命にもがく姿を見るのって、やっぱり胸が熱くなるわ」

その顔に輝いていた光がふっと薄れ、レディ・ロークは両腕を下ろすと、また歩きはじめた。やがて、さっきよりも柔らかい声、柔らかいまなざしで、さらに言葉を続ける。

「ここでも、つい二日前に悲しいできごとがあったのよ。幼い女の子が——名前は何といったかしら？　ええと——そうそう、エレン・ダヴェンポートだわ——村からうちの屋敷に伝言を届けにきたの。わたしは留守にしていたから、その子は伝言を渡して屋敷を出たのよ、おそらくは家に帰ろうとしてね。でも、それっきり行方がわからなくなってしまったのよ。その子の身なりや特徴はこのあたりの村々にすべて伝えられているのだけれど、あなたもお昼にお聞きになったとおり、いまだ何の知らせもないの。このへんの森や庭園の隠れ場所も探しているんだけれど、何も見つからないのよ。とはいえ、こんな状況でも目を見はるような美しいものに出会うことはあるわね。わたしは昨日、その子の母親に会いにいったのよ。悲しみにうつむいてはいても、けっして希望は捨てていなかったわ。『もしも神さまがそう思し召しなら、エレンはきっと生きて帰ってきます』と、母親は言っていたの。『死んで見つかるというのなら、それも神さまの思し召しです』とね」

レディ・ロークは言葉を切った。

「でも、わざわざ訪ねてきてくださったあなたに、そんな悲劇を嘆き悲しんでほしいとお願いするつもりはないわ。ずっとロンドンですごしていらっしゃったんですもの、どうかこの春の息吹を浴びて、気分を一新させてくださいな。ほら、こんな風に吹かれていたら、絨毯のごみを吸いとる流行りの機械にかけられたみたいに、何もかも払いおとしてさっぱりした気分になるでしょ？　それに、この日射し！　ぜひ、スポンジのように何もかも吸いこんでいらしてね、春のしずくがあふれてしたたり落ちるまで」

少なくともさらに三キロくらい、わたしたちはその高い丘の上をさまよっていただろうか。草むらからはヒバリが飛びたち、冬の間ずっと凍りついていた歌を高らかにうたい、空高く舞いあがってはまた舞いおりて、春の喜びを噛みしめながら押し黙る。やがて、わたしたちは急な坂を下り、庭園の空き地を抜け、綿毛の出たヤナギや柔らかい毛皮のような穂をつけたネコヤナギの茂みを通りすぎ、ラッパスイセンが風に揺れ、ぱさぱさに枯れた冬の堆積物を春の草が押しあげている窪地を突っ切った。赤い瓦葺きの家が並ぶ村の通りを歩いていたときには、レディ・ロークは一軒の家を指さし、あれがいなくなった少女の家だと教えてくれたものだ。やがてわたしたちは帰途につき、草地を抜けてふたたび道路に出ると、そこは屋敷の庭園のある高台の下、大きな湖のほとりだった。

これは百年ほど昔、峡谷に巨大な堰堤を築いて作った人工の湖だ。峡谷を流れおちてきた水は、ここでいったん湖に流れこみ、やがて水門を抜けてまた下流へ向かう。堰堤の中央は七メートル半ほどの高さで、上を通るこの道路沿いには、密生するシャクナゲが深い水の上に突き出している。水ぎわの土手はコンクリートで補強されているが、いまやすっかり苔や草が生い茂り、七メートルあまりの深さの暗い水底からそそり立つ堰堤の表面を覆い隠していた。湖の水位は高く、あふれた水が水門から流れおちる音があたりに響き、西に傾きかけた太陽がしぶきに切れ切れの虹を映し出す。

わたしたちは、その場にしばしたたずんだ。春の魅力あふれるこんな光景、こんな音が、もしも人の姿をとったとしたなら、まさにいまかたわらに立つレディ・ロークではあるまいか。うたうヒバリ、揺れるラッパスイセン、西の風に虹を浮かべる水しぶき、そして、この暗く深い水もけっして外せない。この女性の輝くような生命力は、こういったものすべてを純化した結晶のようにさえ思えた。

「さあ、屋敷に帰ってきたわ」急な坂を軽やかに上りながら、レディ・ロークは口を開いた。「ねえ、こんなことを考えるなんて女主人失格かしらね？　いっそお客なんて誰も来なければいいのにと思うのよ、もちろん、わたしたちの素敵なアーチーだけは別として。屋敷いっぱいの人間が、こんな静かな田舎に大都会の空気を持ちこんで、美しい奇跡を眺めるでもなく醜聞の噂にうつつを抜かし、汚い泥をかきまわして楽しむんですもの」

さらにもうひとつ、レディ・ロークについてのおぼろげな記憶が薄闇をただよっている。わたしは手を伸ばし、汚泥の中で水草の根を探りあてるようにして、その記憶を引っぱり出した。ある朝、フランスで悪名高い殺人犯が斬首刑に処せられた。翌朝のどこかの日曜版には、その死刑囚がふたりの看守にはさまれて、未明にヴェルサイユの刑務所の外に処刑のため連れ出される場面を描いた、みごとな、しかし許しがたく低俗な、小さい挿絵が載っていたものだ。さて、月曜の朝、わたしはレディ・ロークの屋敷で来訪者名簿に名前を書こうとして、うっかりインクを一滴こぼしてしまった。しみが広がるのを防ごうと、あわててレディ・ロークの書きもの机にあった吸いとり紙に手を伸ばす。と、そこには例の低俗な挿絵の切り抜きが、大切そうにはさんであったのだ。わたしはあのツグミの一件、そして歯医者の待合室でのできごとを思い出さずにはいられなかった――

その一ヵ月後、レディ・ロークの夫は三週間の耐えがたい苦痛の後、息をひきとった。熟練の看護師をふたりつけるよう医師は勧めたが、レディ・ロークはけっして夫のそばを離れようとしなかったという。結局は苦しみを長引かせることにしかならなかった、手術創の包帯を換える痛々しい場面にもつねに立ち会い、夫の伏せっている部屋のソファで睡眠をとることさえいとわなかったそうだ。

その日の夕方、アーチー・ロークはわが家にやってきた。レディ・ロークの訃報を目にしたことはすぐに認めたものの、それについて口を開いたのはしばらく後、喫煙室の暖炉の前でわたしとふたりだけになったときだった。ささやかなパーティの最後の客が寝室に向かい、扉を閉めたのをふりかえって確かめると、わたしのほうに向きなおる。

「どうしても、きみに話しておきたいことがあるんだ。三十分はかかるから、きみがもう休みたいようなら、明日でもかまわない」

「いや、だいじょうぶだ」わたしは答えた。

四肢を伸ばし、椅子に深々と沈みこんでいたアーチーは、それを聞いて身体を起こした。

「よかった。話しておきたいことというのは、シビルとの婚約破棄の顛末なんだ。これまで、何度きみに話してしまいたいと思ったことか。しかし、理由はすぐにわかるが、シビルが生きているかぎり、ぼくには誰にもうちあけられなかった。一部始終を話しおえたら、ぼくには何かほかにやりようはなかったか、ぜひ意見を聞かせてくれないか。どうか、途中で話をさえぎらず、最後まで聞いてくれ。わからないところがあれば、それは尋ねてくれてかまわない、いささかこみいった話なのでね。まあ、できるだけわかりやすく話してみるよ」

アーチーはしばし黙りこんだ。見ている間にも、その顔はぴくぴくと動き、ひきつっている。

「誰かに話さずにはいられないんだ」やがて、また口を開く。「だからきみに話したい、きみがいやじゃなければね。とにかく、もう自分ひとりでは抱えきれないんだよ」

「だったら話してくれ、水くさいことを言わずにね。わたしを選んでくれて嬉しいよ。それに、けっして話をさえぎったりはしないさ」

アーチーは話しはじめた。

「ぼくたちの結婚まで、あと一、二週間というころのことだった。ぼくは二日ほど、リンコートに出かけていったんだ。屋敷に手を入れ、模様替えもしていてね、その仕上がりを見るためにね。シビルのような女性のためなら、どれだけ手を尽くしてもまだまだ足りないと思っていたが、それでも――まあ、当時のぼくがどんな気持ちでいたかは、きみにもわかってもらえるだろう。

その一週間ほど前、あのあたりにはひどい雨が降った。うちの庭園の下に広がる湖は――きみも知っているね――おそろしく水位が上がって、ぼくも見たことがないほどだったよ。堰堤の上を通って村に向かう道も、すっかり冠水してしまってね。水圧で、コンクリートの表面にも大きな亀裂が走り、堰堤そのものが崩れる危険もあったくらいだ。そうなったら湖全体の水がいきなり流れ出すことになり、どれほどの被害が起きるか見当もつかない。いったん堰堤にかかる水圧をなくし、亀裂を補修するには、湖の水を抜かなくてはならなかったんだ。大きなサイフォンをいくつも使ってね。水抜きの作業はまるまる二日間かかった。なにしろ、亀裂は堰堤の基礎まで伸びていたから、そこを補修するには、湖を完全に干あがらせなくてはならない。ぼくがちょうどロンドンに戻ろうとしていたとき、屋敷に現場監督がやってきてね、湖の底から何かが見つかったというんだ。堰堤の足もと、水面から七メートル半の湖底の泥に埋まっていたのは、幼い少女の死体だった」

アーチーの手が、椅子のひじ掛けをきつく握りしめる。次にどんな怖ろしい話が続くか、まさかわたしが知っているとは夢にも思ってはいなかったことだろう。

「従兄のアーネストが亡くなる一ヵ月ほど前、村で謎めいた事件が起きていたんだ。エレン・ダヴェンポートという名の少女が姿を消してね。ある日の午後、屋敷に伝言を届けにやってきて、それっきりだ。生きているとも死んでいるとも、誰も姿を見ていなかったんだよ。どうして少女が姿を消したか、いまなら説明がつく。湖の底から見つかった死体には、ビーズの首飾りや朽ちた衣服の残骸が残っていてね、身元は疑う余地がなかった。ぼくは検死審問を待つことになり、こちらで用事ができたので戻るのが遅れると、シビルにも電報を打った。やがてロンドンに戻ったときにも、その用事が何だったのか、あの人に話すつもりはなかったんだ。ぼくたちの結婚はもう目前に迫っていたし、そんなときに選ぶ話題でもなかったしね。シビルがひどく迷信ぶかかったのは、きみも知ってのとおりでね、こんなことを知らせたらひどく動揺すると思ったんだよ。縁起の悪い、不吉な前兆だと思うだろうからね。だから、結局は話さなかった。

シビルには、人並み外れた霊媒の才能があってね。さほどしょっちゅう腕前を披露するわけではないし、そもそも、かなり親しい人間としか降霊会はやらないんだが。降霊会に同席する人間の魂が、心霊に影響をおよぼすと信じていてね、よく知らない人間がいると、おそろしく邪悪な霊が降りてこないともかぎらないらしい。それでも、ぼくの前では何度か降霊会をやってくれてね、実際のところ、信じられないような現象も一度ならずこの目で見ている。シビルのやりかたは、まず無心になることによって半睡状態に入る。すると、その場にいる誰かにゆかりのある死者が、霊媒を通してわれわれに何かを伝えようとしてくるんだ。あるときは、もう何年も前に亡くなった、シビルとは会ったこともないぼくの母が現れてね。シビルの唇を通して、あの人が知っているはずもない、そしてぼくさえも知らないことをいろいろ話してくれたよ。母の昔からの友人で、まだ存命のかたに尋ねてみると、それはたしかに本当だった。ごく個人的な内容だったんだがね。さらに、霊の姿をその場にいる人々に見せることもできるという話だったが、そのときまでは、ぼくは一度も見たことはなかった。シビルの能力がすばらしいのは、霊を呼び出している最中に半睡状態から目ざめ、呼び出した霊と言葉を交わすこともできるし、いったい何が起きているのか、自分でも見聞きしていられるところだったよ。霊が自分の唇を通して話す言葉を聞き、自分が何を言っているのか、しっかりと自覚していたんだ。たとえば、いま話した、ぼくの母親を呼び出したときにも、シビルはちゃんと目ざめていた。そして、これから話す降霊会のときも、やはり同じことが起きたんだ。

ロンドンに戻った夜、ぼくはシビルとふたりだけで夕食をとった。なぜか、その夜はどうしても降霊会をしなくては――ぼくたちふたりだけで――という気がしてならなくてね、シビルも同意してくれたんだ。シビルの部屋で、ぼくたちは降霊会を始めた。ランプには笠がかかっていたが、シビルの姿がはっきりと見えるくらいには明るかった。あの人は顔をランプに向けていたしね。ぼくたちの前には黒っぽい布を掛けたテーブルがあった。すぐそばの背の高い椅子にかけると、シビルはたちまち半睡状態に入ったよ。頭を深く垂れ、やがてゆっくりとした呼吸が聞こえてくるころには、もう意識がないのは見てとれた。そのまま、ぼくたちは長いことそうして坐っていたんだ。もう今夜は何も起きないのか、さほどめずらしくはないことだが、今夜の降霊会は失敗に終わるのかと思いはじめたころ、ぼくは何かが起きはじめているのに気づいた」

椅子のひじ掛けを握りしめ、アーチーは手を震わせていた。一度、そしてもう一度、懸命に口を開きかけ、三度めにようやく声が出る。

「テーブルの上に、靄のようなものが現れたんだ。それはかすかに輝きながら上に伸び、七、八十センチほどの光の柱になった。やがて、周囲のもやもやしている部分の下から、何かが形をとりはじめてね。それは、しだいに人間の姿に変わっていった。テーブルから上半身を突き出したような状態で、肩、腕、首、頭もみるみるうちに姿を現したんだ。しばらくはおぼろげな、ゆらゆらした姿だったが、しばらく前後に揺れるうち、ふいにくっきりとした形となったんだ。ぼくのすぐ目の前に現れたのは､幼い少女の上半身だった｡ずっと閉じたままの目が、そのとき、すっと開いた。首に掛かったビーズの首飾りは、湖の底から見つかった死体がしていたのとそっくりだったよ。ぼくはその霊に名を尋ねたんだ、聞くまでもなく、もうわかっていたけれどね。

ほんのかすかなささやき声だったが、少女の答えははっきりと聞こえた。

『エレン・ダヴェンポートよ』と。

どうにも説明のつかない恐怖に、ぼくは凍りついた。だが、この蒼白い小さな姿も、大きく見ひらいた目も、ひょっとしたら幻かもしれない、ぼくにしか見えていない存在なのかもしれないと、そんな可能性も頭をよぎったんだ。その日はずっと、湖底の泥から見つかった可哀相な子どもの姿が頭から離れずにいたからね。そんな内心の思いが、どうしてかこんな形をとってしまったのだと、自分に言いきかせようとしたよ。そうではない、いま目の前に現れているのは、ぼくの心とは無関係な存在なのだと、頭のどこかでわかってはいたがね。だが、だとしたら、いったい何のために、この少女の霊は姿を現したのだろう？　シビルに頼み、この降霊会を強引に開かせたのはぼくだ。そんなことをせずにすんだなら､ぼくは何だってしただろうがね！　それでも、ひとつだけありがたいことがあった。そのとき、シビルはまだ半睡状態から目ざめていなかったんだ。目がさめるころには、霊はきっと消えている、そんなふうにぼくは考えた。

だが、ふいにシビルの坐っているあたりから、身じろぎの音が聞こえてきた。ふりかえると、シビルはもう頭を起こしていたよ。目を開き、およそ人間がこんなにも怯えることがあろうかというほど、恐怖に顔をゆがめてね。それが誰なのかわからない、という表情ではなかった。たしかに、シビルはその少女を知っていたんだ。

その霊はテーブルの上で蒼白く光り、シビルのほうに顔を向けた。そして、血の気のない唇がふたたび開いた。

『そうよ、あたしはエレン・ダヴェンポート』

そのささやきは、しだいに大きくなっていった。

『その気になれば、あなた、あたしのこと助けられたのにね。助けようとしてくれてもよかったのに。でも、あたしがもがいて沈んでくのを、あなたはじっと見てるだけだった』

そして、ふいに霊は姿を消したんだ。ゆっくりと薄れていったわけじゃない、はっきりと見えていたものが、次の瞬間いきなり消えたんだよ。シビルとぼくは、ふたりだけで部屋にいた。炎を弱めたランプの薄明かりに、静けさが痛いほどだった。

ぼくは立ちあがり、電灯を点けて部屋を明るくした。胸の奥に何か冷たいものが広がりつつあること、何かがぽきりと折れてしまったことが、はっきりとわかっていたよ。シビルは椅子にかけたまま、まったく動かなかった。こちらをふりむこうともせず、ただ無表情に目の前を見つめていたな。あんな怖ろしい非難を浴びたのに、否定する言葉は出てこなかった。ぼくにとっても、それがありがたかったよ。ときとして、否定しても意味がない、恥知らずにしか見えないという場合があるだろう。ぼくのほうも、シビルを見ることはできなかったし、かける言葉も見つからなかった。ただ、真っ暗な暖炉に、まるで火が燃えているかのように手をかざしたのを憶えている。その場に立ちつくしているうち、やがてシビルが立ちあがる気配がした。あの人が何を言うつもりか、どんな無駄な言葉を聞かされることになるのかと、ぼくは身を固くしていたよ。だが、聞こえてきたのはドレスが絨毯にこすれる音、そして扉が開き、閉まる音だった。ふりむくと、部屋にはぼくしかいなかった。そして、ぼくもすぐにシビルの屋敷を後にしたんだ」

長い沈黙。だが、わたしは口を開くつもりはなかった。まだ話は終わっていないとわかっていたからだ。

「ぼくは全身全霊でシビルを愛していたんだ。あの人も、それを知っていた。おそらく、だからこそぼくはそれっきりシビルに会おうとはしなかったし、向こうもぼくに会おうとはしなかったんだろう。あの蒼白い小さな姿は、ふたりがいっしょにいるかぎり、ぼくたちの前から消えてはくれない。あの霊が姿を現したこと、語った言葉を、シビルは否定できないんだからね。ぼくの話はここまでだ。ほかに何ができたと思うかなんて、いまさら尋ねても仕方がないな。別の選択肢なんてなかったことが、ぼくにはわかっているんだから。それは、シビルも同じだろう」

アーチーは立ちあがった。

「シビルのためにも、検死審問が開かれるそうだね。自殺だったと結論が出ることを、ぼくは望んでいるんだ。良心の呵責に耐えかねてのことだったと、そう思いたい。そして、せめてもの贖罪をしたのだと」

そして、扉に向かう。

「不可思議なるは神のご意思、か」最後に、そうつぶやいて。

庭師

The Gardener

わたしのふたりの友人、ヒュー・グレインジャーとその妻が、クリスマス休暇に一ヵ月、とある屋敷を借りることにしたという。その屋敷で、われわれは実に奇妙な現象を体験することになるのだが、二週間ほどそこへ泊まりにこないかと夫妻に誘われたときには、わたしは二つ返事で応じたものだ。そのあたりのヒース生い茂る自然豊かな土地は、もともとよく知っている。何よりも熟知しているのは、すばらしいゴルフ場の絶妙なハザードの配置だ。ゴルフとなると、わたしとヒューは一日じゅう夢中になっていられるのだが、だからこそマーガレットはゴルフが大嫌いになり、その道具に手さえ触れないのだということは、わたしにもわかってはいる……

その屋敷に到着したのは、まだ夕闇が迫ってくる前だった。夫妻はまだ外出から戻ってきていなかったので、わたしはひとまず周囲を歩きまわってみることにした。この屋敷と庭園は、南に向いた台地の上にある。眼下には一ヘクタールほどの牧草地が広がり、斜面の下には、くねくねと曲がりくねった小川に徒歩用の小さな橋がかかっている。小川のほとりには茅葺きの小さな家があり、周りはぐるりと野菜畑に囲まれているのだ。わたしは屋敷の庭園のくぐり戸を抜け、牧草地を突っ切る小径をたどって、その小さな橋のたもとに出た。頭の中の地図がまちがっていなければ、これがゴルフ場への近道であり、この先はあと一キロもないはずだ。この茅葺きの家は、まちがいなく庭園や牧草地と同じ地所の一部分であり、おそらくは庭師の家なのだろうと、わたしは見当をつけた。見るからに単純かつ明白な推論に思えたが、そうなるとつじつまが合わないのは、この家に誰も住んでいないように見えることだ。この夕方はかなり寒かったのに、どの煙突からも煙は上がっていない。近づいてみると、人が住んでいない家にありがちな〝待っている〟雰囲気が、この家からも感じられた。生活の匂いはどこにもないが、きっちりと手入れは怠らず、いつか次の店子がやってきて生命を吹きこんでくれる日に、ただひたすら備えているかのような。柵だけはきれいに塗りなおしたばかりの小さな庭も、同じ空気をまとっている。花壇は放ったらかしで雑草が生い茂り、玄関の両脇に一列に植えられた菊は、茎のところから枯れてしまっていた。もっとも、これはみな通りすがりの印象にすぎない。わたしは足をとめずに小さな橋を渡り、その先に広がるヒースの生えた斜面を上った。頭の中の地図どおり、すぐにクラブ・ハウスが目の前に現れる。ヒューはまちがいなく、午後に一ラウンド回ろうと、ここに出かけてきたのだろう。だとすると、いっしょに歩いて屋敷に帰れる。だが、クラブ・ハウスに着いてみると、つい五分ほど前にグレインジャー夫人が車で迎えにきて、夫を乗せて帰ってしまったという。そうなると、わたしは来た道をひとり戻るしかなさそうだ。とはいえ、ゴルフ好きならきっとそうするように、わたしもちょっと回り道をすることにして、十七番ホールと十八番ホールのフェアウェイをなつかしい思いで見て歩いた。十八番のグリーンの手前にぽっかりと口を開け、不動の守りを固めているバンカーにも挨拶は忘れない。次にここを訪れるのは、どんな状況だろう。自分のボールを無事にその向こうのグリーンに鎮座させ、勝ちほこって余裕の足どりで登場するか、それともこれからさんざん砂地を掘りかえす運命が定まり、とぼとぼと重い足どりでやってくることになるのだろうか。

冬の日は落ちるのが早い。屋敷に戻ろうと小さな橋を渡ったときには、すでにあたりを夕闇が包んでいた。右側には、小径のすぐ脇にあの茅葺きの小さな家があり、黄昏に漆喰の壁が白く浮きあがって見える。茅葺きの家から、小川に掛けられた幅の狭い渡り板に視線を戻そうとしたとき、視界の片隅で一瞬、窓のひとつに中から明かりがひらめいたような気がした。そうなると、ここは空家だというさっきの推論は当たっていなかったということか。だが、その窓に目をこらしてみると、どうやら見まちがいだったらしい。西の空の残光が、ガラスに赤く反射したのだろう。黄昏どきの薄闇に、その家はさっきよりもいっそううらぶれて見える。それでも、わたしはそれからしばらく、低い柵の門扉のところにぐずぐずととどまっていた。こうして目に見えるかぎりでは、ここは空家としか思えないのだが、筋が通らないとわかっていながら、中に誰かいるのではないかという感覚を、どうしても拭い去ることができないのだ。そんな理屈に合わない感覚のせいで、誰もいないように見えるのは、その人物が家の裏手に身を隠しているからなのではないかという気がしてならない。さらに奇妙で、さらに理屈に合わないのは、本来はどうでもいいことなのに、なぜかそれを確かめずにはいられないという思いに駆られたことだ。五感に飛びこんでくる情報からは、ここは無人だと考えてまちがいないのに、誰かがいるとこんなにも強く感じてしまうのは、いったいどちらが正しいのだろうか。確かめないかぎりは、どうにも気持ちがおさまらない。もしも本当に誰かがいた場合は、上の屋敷に滞在しているものだと名乗り、この小径は屋敷に通じる近道かどうかを尋ねてみればいいだろう。わたしはいささか大胆な気分になり、小さな庭を突っ切ると、家の扉を叩いてみた。だが、応えはない。ふたたび扉を叩き、さらに応えを待ってから、扉を開けようとしてみたが、やはり鍵がかかっている。裏に回ってみたが、当然ながらそこには誰もいなかった。まるで、強盗がひそんでいないかとベッドの下を確かめる人間のようなふるまいだと、わたしは自分をふりかえらずにはいられなかった。それでいて、実際にそこに誰かが隠れていたら、とてつもなく仰天してしまうだろうに。

屋敷に帰りついてみると、夫妻はもう先に戻っていた。まずは晩餐の前に二時間ほど、久しぶりに会った友人どうしならではの、気まぐれながら熱のこもった陽気なおしゃべりを楽しむ。ヒュー・グレインジャーと妻のマーガレットは、どんな話題を選ぼうと、必ずどちらかが興味津々に食いついてくるのだ。ゴルフについて、政治について、ロシア革命への干渉について、料理について、幽霊について、エヴェレスト登頂成功の可能性について、所得税について、わたしたちは熱っぽく議論を戦わせた。まるで皿回しのように、いくつもの話題をいっぺんに回しながら、気の向くままあちらこちら話を展開させる。中でも、幽霊のことはくりかえしいろんな場面で話題に上った。

「マーガレットは最近ひどくご乱心でね」ちょうどまた幽霊の話になったとき、ヒューはこんなことを言い出した。「なにしろ、霊応盤《ウィジャボード》におうかがいを立てるなんてことを始めてしまったんだからな。あんなものに半年も夢中になっていたら、よっぽど慎重で良心的な医者でも、ついにらい、マーガレットもついに精神病院行きだな」と診断を下すところだぞ。あと五ヵ月この熱が冷めなかったら、マーガレットもついに精神病院行きだな」

「それで、何かお告げはあるのかい？」わたしは尋ねた。

「あるわよ、とっても興味ぶかいことばかり」マーガレットは答えた。「思いもよらなかったようなことをいろいろ教えてくれるの。さっそく、今夜やってみましょう」

「おいおい、今夜は勘弁してくれよ」と、ヒュー。「ひと晩くらい休みたいな」

マーガレットは夫を無視した。

「霊応盤に質問をしても意味がないのよ。質問をした時点で、心の中に何らかの答えが用意されてしまうでしょ。たとえば、明日はお天気かと質問したら、たぶんわたしが手を乗せた鉛筆は――わたしが動かすわけじゃないけれど――『はい』と答えるはずよ」

「それで、まあたいていは雨になるというわけだ」ヒューが口をはさんだ。

「いつもってわけじゃないわ。お願い、話の腰を折らないで。それよりもおもしろいのは、鉛筆に好きなことを書いてもらうのよ。たいていは、ぐるぐる、うねうねと線を書くだけだけれど――それだって、何かの意味があるのかもしれないけれどね――時たま、何か言葉が出てくることもあるの。思ってもみなかった、わたしが書かせるはずもない重要な言葉がね。たとえば、昨夜はくりかえし〝庭師〟という言葉が綴られたの。これ、いったいどういう意味なのかしら？　この屋敷には、あごひげのあるメソジストの庭師がいるけれど。その庭師のことだと思う？　あら、もう着替える時間だわ。遅れないようにしないと、うちのコックはスープが冷めるのをひどく気に病むのよ」

立ちあがった瞬間、ふと〝庭師〟とかかわりのあることが頭に浮かぶ。

「ところで、あの小さな橋のたもとにあるのはどういう家なんだ?」わたしは尋ねてみた。「この庭師の家かな?」

「もともとはそうだったんだ」ヒューが答えた。「だが、そのあごひげの庭師は、そこには住んでいないよ。実のところ、いまは誰も住んでいないそうだ。空家なのさ。ぼくがここの持ち主なら、あごひげのやつをあの家に住ませて、給料から家賃を引くけどな。まあ、経済観念というものを持たない人種もいるということさ。いったい、なぜそんなことを?」

視線を移すと、マーガレットは興味津々にこちらを見つめていた。

「好奇心さ。何の理由もない好奇心だよ」

「あら、本当は何か理由があるんじゃないの」

「いや、本当に何もないんだ。とくに何ということもなく、あの家には住んでいる人間がいるかどうか気になったんだよ。クラブ・ハウスに行く途中に通りかかってね、そのときは空家だと信じて疑わなかったんだが、帰りにはなぜか誰かがいるように思えてね、扉を叩いたり、家の周りを回ってみたりしてみたんだ」

ヒューは先に立って階段を上りはじめたが、マーガレットはためらったようにその場にとどまった。

「それで、あの家には誰かいた? おかしな話ね――わたしも、まったく同じことを感じていたのよ」

「だから、霊応盤がくりかえし〝庭師〟と綴ったんだね」と、わたし。「きみの心に、庭師の家が引っかかっていたからさ」

「それは鋭い推理ね！」マーガレットは声をあげた。「さあ、急いで着替えましょ」

その夜、寝室に上っていったわたしは、引いてあったカーテンの隙間から射しこむぎらぎらした月光に誘われて、ふと窓の外に目をやった。眼下には庭園があり、その向こうには夕方に通りぬけた牧草地が広がっていて、何もかもが満月の光に鮮やかに照らし出されていた。小川のほとりに建つ茅葺き屋根の家も、白い壁がくっきりと浮きあがり、おそらくはまたしても月光が反射しているのだろうか、窓のひとつが中で明かりを点したかのように光っている。一日に二度も同じような錯覚が起きたことを、わたしは奇妙に思わずにはいられなかった。だが、さらに奇妙なできごとが追い打ちをかける。わたしが見ている前で、ふいにその光が消えたのだ。

翌朝は、前夜の澄みわたった空が嘘のように荒れ模様だった。目がさめたときには風がうなり、南西から移動してきた豪雨が音をたてて窓ガラスに叩きつけられている。ゴルフなど、きょうはとうていできそうにない。午後になるといくらか嵐は静まってきたものの、激しい雨足が衰える気配はなさそうだ。だが、わたしはもう室内にこもっているのにうんざりしてしまい、一歩も外に出たくないという夫妻を屋敷に残し、雨合羽を着こんで外の空気を吸いに出かけた。目的地はゴルフ場に決め、ぬかるんだ近道は避けて道路を歩く。ヒューとわたし自身のために明朝のキャディをふたり予約し、散歩の目的をはたした後は、喫煙室で挿絵入りの新聞をめくりながらしばらく時間をつぶした。思ったよりも長いこと新聞を読みふけってしまったらしく、ふいに射しこんできた夕陽が新聞に落ちてきて顔をあげると、もうすっかり雨はやみ、もうじき日も暮れようとしている。そんなわけで、帰りは回り道をするのはやめ、わたしは牧草地の小径をたどって屋敷に戻ることにした。新聞に射してきたのは夕陽の最後の名残だったらしく、あの小さな橋を渡るころには、二十四時間前と同じく、あたりはすっかり薄闇に包まれていた。その瞬間までは、少なくとも自分で意識しているかぎり、茅葺きの家のことなど頭からすっかり抜けてしまっていたのに、昨夜この窓に点り、そしてふいに消えた明かりのことがふいに記憶によみがえり、やはりこの家には誰かが住んでいるのだという、動かしがたい確信が胸に湧きあがってくる。そんなことをめまぐるしく考えながら、家に視線を向けてみると、扉の前に男の姿があった。この夕闇では、もしこちらを向いているのだとしても、顔立ちははっきりとわからない。ただ、長身でがっちりした体型だということだけは見てとれた。男は扉を開け、中からランプの淡い明かりが漏れてくる家に入ると、また扉を閉めた。

つまるところ、わたしの確信は正しかったというわけだ。だが、この家はいま誰も住んでいないと、あんなにもはっきり聞かされたというのに、いかにも帰宅したといわんばかりにこの家に入っていった男は、いったい何ものなのだろう？　今度は恐怖がじわじわと忍びよるのを感じながら、わたしはふたたび扉を叩いてみた。誰かが出てきたら、何か害のない質問をしてみればいい。だが、今回もやはり応えはなく、またしてもわたしは扉の取っ手を引いてみた。鍵がかかっていない。つのる恐怖を懸命にこらえようとしながら、わたしは家の裏手に回り、鎧戸を下ろしていない窓から中をのぞいた。家の中は真っ暗だ。つい二分ほど前、男が開いた扉の隙間からは、たしかにランプの光がこぼれていたというのに。

わたしの頭の中では、しだいにある推論が形をとりはじめており、だからこそ、わたしはこの奇妙なできごとを誰にもほのめかすことはせずにおいた。夕食の後、いやがるヒューにかまわず、マーガレットは霊応盤を引っぱり出してきた。つい先日、くりかえし〝庭師〟という言葉を綴ったというしろものだ。わたしの推論は、当然のことながらあまりに非現実的ではあったが、それでもマーガレットに予断を与えることはすまい……ずいぶん長いこと、霊応盤の鉛筆はぐるぐる、くねくねとした曲線を、あるいは気温のグラフのような折れ線を描きつづけていた。まだひとことも意味のある言葉を綴らないうちに、マーガレットはしだいに消耗し、あくびをしはじめる。やがて、どうにも奇妙なしぐさで顔をうつむけ、まるで眠りこんでしまったかのように、こくりこくりと頭を動かしはじめた。

読んでいた本から顔をあげ、ヒューがささやいた。

「ついこの間は、このまま本当に眠ってしまったんだよ」

マーガレットは目を閉じたまま、眠っているかのように長く、静かに呼吸をしつづけていた。やがて、ふいに奇妙なほど迷いなく、その手が動きはじめる。大きな紙に一行、まっすぐに何かを書きつらね、端に達したところで手がびくりと止まり、マーガレットは目をさました。

そして、紙に目をやる。

「ちょっと。あなたたち、どちらか知らないけれど、わたしにいたずらしたわね！」

そんなことはしていないと、わたしたちは口々に請けあった。紙に書かれた言葉を、マーガレットが読みあげる。

「〝庭師、庭師。おれは庭師。中に入りたい。あの女《ひと》が見つからない〟」

「なんてことだ、また庭師か！」ヒューが叫んだ。

紙から目をあげたマーガレットは、こちらをひたと見つめた。何を考えているのか、口を開く前にわたしにはわかっていた。

「あなた、散歩から帰ってくるときに、あの空家のそばを通った？」

「ああ――なぜ？」

「あそこ、いまだに空家だった？」マーガレットが声をひそめる。「それとも――それとも、何か様子が変わっていなかったかしら？」

自分が見たことを――見たと思ったこと、とでも言うべきだろうか――わたしはマーガレットに告げたくはなかった。もしも何か不思議なこと、観察する価値のあることが起きようとしているのなら、途中でそれぞれが受けた印象を語りあい、お互いに影響を与えてしまうべきではない。

「きょうもまた、あの家の扉を叩いてみたよ。だが、返事はなかった」

そろそろ寝室に引きあげる時間だった。マーガレットは先に階段を上っていったが、ヒューとわたしは玄関に出て、天候の様子を見ることにした。今夜もまた、澄みわたった空に月が輝いている。わたしたちは屋敷の前に出て、石を敷きつめた道をぶらぶらと歩きはじめた。そのとき、ふいにヒューが身をひるがえし、屋敷の角を指さした。

「おい、あれは誰だ?」声をあげる。「見ろよ! あそこだ! あの角を曲がって見えなくなった」だが、長身でがっしりした身体つきの男の姿を、たしかにわたしもちらりと目撃していた。

「きみにも見えたかい? ぼくは裏をぐるりと回って、あの男を探すつもりだ。夜中に屋敷の周りをうろつかれたくないからな。きみはここで待っていてくれ。もしあの男が向こう側から現れたら、ここに何の用があるのか問いただしてやるんだぞ」

わたしを残し、ヒューは男を追いかけていった。ぶらぶら歩きの途中で、ここはまだ開いたままの玄関のそばだ。わたしはその場にたたずみ、友人が屋敷をひと回りしてくるのを待った。ちょうどヒューが角を曲がって姿を消したかどうかという瞬間、速歩ながらずっしりと重い足音が、反対方向から敷石の歩道をこちらに近づいてくる。だが、そんなにもせかせかとした足どりで歩いてくる人間は、目をこらしてもどこにも見あたらない。姿の見えない足音は、どんどんこちらに迫ってくる。次の瞬間、わたしは恐怖に震えあがった。玄関の敷居に立っていたわたしを、何ものかが押しのけて中へ入っていったのだ。この震えは、単に怖ろしかったからだけではない。手に触れたその感触が、氷のように冷たかったせいもある。わたしはその見えない侵入者をつかもうとしたが、伸ばした手はむなしく空を切った。続いて屋敷の中の寄木張りの床を歩く音、さらにどこかの扉が開き、また閉まる音がして、それきり何も聞こえなくなる。次の瞬間、最初に足音が聞こえてきたほうの角から、ヒューがこちらに走ってきた。

「おかしいな、あいつはどこに行った?」ヒューが尋ねる。「ほんの二十メートルも離れていなかったんだが――大柄な、背の高いやつだ」

「わたしは誰も見ていないんだ。その道を歩いてくる足音はしたんだが、姿が見えなかったんだよ」

「それで、どうなった?」

「正体はわからないが、何かがわたしのそばをすり抜けて、屋敷へ入っていったようだ」

敷物のない楢材の階段を上っていく足音は、いまだ聞こえてきてはいないので、わたしたちは一階のすべての部屋を探していくことにした。食堂と喫煙室の扉には鍵がかかっており、応接間の扉はもともと開いている。そうなると、扉を開き、また閉まる音を聞いたわたしの記憶とつじつまが合うのは、厨房と召使の住む区画につながる扉しかない。だが、わたしたちの探索はこちらも空振りに終わった。食器室、食器洗い場、下足室、召使の食事室、どこも人の姿はなく、しんと静まりかえっている。最後に残った厨房にも、やはり誰もいなかったが、火のそばに置かれた揺り椅子だけが、ゆらゆらと揺れていた。まるでついさっきまで誰かが坐り、立ちあがってどこかへ行ったかのように。そこに坐っていた人間の姿を目にするよりも、むしろ無人のままゆらゆらと揺れる椅子を見ているほうが、目に見えない何ものかの存在をひしひしと感じざるをえない。椅子の背をつかんで動きを止めてしまいたいと思っても、どうしても手が動かなかったことを、わたしははっきりと憶えている。

われわれが見たこと、というよりもむしろ見えなかったことだが、あんな体験をさせられては、たいていの人間は眠れぬ夜をすごすことだろう。このわたしも、残念ながら例外となるほど肝が太くはなかったようだ。わたしは目を見ひらき、耳をすましたまま、長いことずっと眠れずにいた。

ようやくうとうとしはじめたと思ったら、ふいに聞こえてきた音にはっとして目をさます。くぐもった音ではあるがまちがいない、誰かが屋敷の中を歩きまわっているのだ。もしかしたら、これはヒューがひとりで屋敷の中を探索している足音かもしれないという考えが、ふと頭をよぎる。だが、そんなことを思い悩んでいたところへ、ヒューとわたしの寝室をつなぐ扉からノックの音がした。それに応えてみると、実はヒューのほうも、わたしが眠れずに屋敷を探索しているのではないかと確かめにきたのだという。そんなことを話しあっている間にも、足音はわたしたちの寝室の前を通りすぎ、さらに階段をきしませて上の階に向かっていた。ほどなくして、今度はわたしたちの真上、屋根裏部屋から音が聞こえてくる。

「この上に召使の寝室はない」と、ヒュー。「誰もあそこで寝てはいないはずだ。もう一度、確かめにいってみようじゃないか。誰かがいるのはまちがいないんだ」

ロウソクを点し、足音を忍ばせて、わたしたちは屋根裏へ向かった。だが、階段のてっぺんにたどりついた瞬間、一歩先にいたヒューが鋭い声をあげた。

「いま、何かとすれちがったぞ!」そう叫び、何もない空間をつかもうとする。ヒューの声を聞きながら、わたしも同じ感覚に襲われた。次の瞬間、その目に見えない何ものかは階段をきしませながら、下の階へ向かっていった。

その夜はずっと、何ものかが屋敷の中を歩きまわる足音が響きつづけていた。まるで、何かを探しているかのように。ベッドに横たわり、その音に耳をすませていたとき、わたしはふと、マーガレットの指を乗せて霊応盤が綴った言葉を思い出していた。〝中に入りたい。あの女が見つからない〟……そう、ついにその何ものかは中へ入り、いまやせっせと探しまわっている。どうやら、その正体は庭師らしい。だが、いったいどんな庭師が目に見えぬ探索者となったのだろうか？　そして、そんなにも探しつづけている相手とは？

身体の痛みも、いったん癒えてしまうとその感覚をなかなか思い出せないものだ。翌朝になってみると、着替えながらどれほど記憶をたぐっても、真夜中にわたしが感じた魂が凍りつくような恐怖は、いっこうに生々しくよみがえってはこなかった。昨夜、あの揺り椅子が揺れているのを見たとき、そして、外の歩道を足音が近づいてきて、目に見えない何かがかたわらを通りすぎ、屋敷の中にそれが入っていったのだと悟ったとき、吐き気がこみあげてくるような恐怖を感じたのは憶えている。だが、こうして平和で何の変哲もない朝、そして穏やかな冬の太陽に照らされた昼をすごしているかぎりでは、どうにも現実味が感じられないのだ。身体の痛みと同じく、あの何ものかの存在も、実在したのは確かなのに、昼間はまったく実感が湧いてこない。ヒューもまったく同じだったらしく、冗談めかしてその話題を口にしさえした。

「いや、実にじっくり探していったよな。あいつが何ものだったにせよ、誰を探していたにせよ。とにかく、頼むからマーガレットには何も言わずにおいてくれ。屋敷を歩きまわる音も、あれが——正体が何だったにせよ——入ってくる音も、マーガレットは何も聞いていないんだ。どちらにせよ、あれは庭師なんかじゃないさ——屋敷の中を歩きまわって時間をつぶす庭師なんて、そんな話がどこにある？　ジャガイモ畑の周りを歩きまわっていたというなら、ぼくもそう思わないでもないが」

その午後は、マーガレットは友人とお茶の約束があり、車で出かけていったので、ヒューとわたしは勝負を楽しんだ後、クラブ・ハウスでのんびりとくつろいだ。そんなわけで、帰途についたときにはもう日が暮れかけており、わたしは三日連続で、黄昏どきにあの茅葺き屋根と漆喰壁の家の脇を通りすぎることとなった。だが、家に誰かがいるのではないかという奇妙な感覚は、その夜はまったく襲ってくることはなかった。家はいかにも空家らしく、寂しげにそこに打ち捨てられていて、窓に明かりも、それに似た光も点ってはいない。昨日までの奇妙な印象のことを話してあったヒューは、昨夜のできごとと同じようにそれを軽く受け流し、屋敷の玄関まで戻ってきたときには、すべてを冗談めかして笑いとばしにかかった。

「心の霍乱というやつさ、わが友よ。言ってみれば、頭が風邪をひいたようなものだ。おやおや、玄関に鍵がかかっているじゃないか」

ヒューが呼鈴を押し、扉を叩くと、中から鍵を回し、かんぬきを開ける音が聞こえてきた。

「いったい、どうして鍵なんかかけていたんだ?」扉を開けた召使の男に、ヒューは尋ねた。

召使は言いよどみ、もじもじと足を踏みかえた。

「半時間ほど前に、やはり呼鈴が鳴りまして。出てみると、戸口には男が立っていて、その——」

「それで?」ヒューが先を促す。

「どうも、あたしはその男の様子が気に入りませんでね。何の用か尋ねてみたんですが、そいつは何も答えなかったんですよ。そして、どうやらうまいこと逃げちまったようで、こっちの見てない隙にね」

「どっちに行った?」ちらりとわたしに視線を投げながら、ヒューが尋ねた。

「それが、何とも申しあげられないんですよ、旦那さま。実のところ、逃げたようにも見えなかったんです。何かがかすめていった感じだけがあって」

「もういい」いささか鋭い口調で、ヒューはさえぎった。

マーガレットはまだ屋敷に帰ってきてはいなかった。だが、やがて表の砂利に車が乗りあげる音が聞こえてくると、どうやら第三の男が屋敷にまぎれこんでいるらしいという話は、けっしてマーガレットに知らせないでくれと、ヒューはあらためてわたしに念を押した。そこへ、興奮に頬を紅潮させたマーガレットが現れる。

「いい、もう二度と、わたしの霊応盤を笑いものにしちゃだめよ。モード・アシュフォードから、とんでもない話を聞いてしまったの――怖ろしいけれど、でも、とてつもなく興味ぶかい話よ」

「聞かせてくれ」と、ヒュー。

「それがね、ここにはかつて庭師がいたんですって。あの小さな橋のたもとの家に住んでいて、この屋敷の主人が家族でロンドンに滞在するときは、夫婦でここの番をしていたそうよ」

ヒューがちらりとこちらに視線を投げた。わたしと目を見あわせ、やがてまた視線をそらす。何を考えているのか、わたしには手にとるようにわかっていた。わたしも、同じことを考えていたからだ。

「その庭師には、年の離れた若い妻がいてね」マーガレットは続けた。「庭師は妻のふるまいに、しだいにひどい嫉妬をつのらせるようになっていったんですって。そして、ある日のこと、ついに激情に駆られ、自分の手で妻を絞め殺してしまったのよ。その直後、ちょうどあの家を訪ねていった人がいてね。庭師はすすり泣きながら、どうにか妻を生きかえらせようと必死になっていたんですって。すぐに警察に通報したんだけれど、警察が駆けつける前に、庭師は自分の喉をかき切ってしまったそうよ。ね、怖ろしい話じゃない？　それにしても、霊応盤があんなことを綴ったのは、いま考えても不思議よね。〝庭師、庭師。おれは庭師。中に入りたい。あの女が見つからない〟なんて。そうでしょ、わたし、こんな話は何も知らなかったんですもの。今夜はどうしても、また霊応盤におうかがいを立ててみなくちゃ。あら、いけない、あと三十分で郵便の締切だわ。出さなきゃいけない手紙が山ほどあるのに。とにかく、これからはわたしの霊応盤にちゃんと敬意をはらってちょうだい、ヒューイ」

マーガレットが出ていってから、わたしたちはこの問題についてじっくり話しあった。さすがのヒューも、こうなるとしぶしぶ信じざるをえないようだったが、それでも〝あの霊応盤のたわごと〟に偶然以上の意味があるとは、頑として認めようとはしなかった。そして、昨夜この屋敷で見聞きしたこと、その奇妙な訪問者が、どうやらまたしても屋敷に侵入したと判断せざるをえないことを、どうかマーガレットには言わずにおいてくれと、あらためて言いはる。

「きっと、あいつはひどく怯えるだろうからね。それに、あれこれと想像をふくらませすぎることになる。霊応盤については、あれはしょせんうねうねと落書きをするだけのしろものじゃないか。おっと、いまのは何だ？　ああ、入れ！」

部屋の中で、鋭く、有無を言わせぬ強さで何かを叩く音がした。扉を叩いた音だとは、わたしには思えなかったが、ヒューはそう声をかけ、返事がないとみると勢いよく席を立って扉を開けた。そのまま廊下に何歩か出てあたりを見まわし、やがて戻ってくる。

「きみもいまの音を聞いただろう?」ヒューは尋ねた。

「ああ、もちろん。誰もいなかったのか?」

「ああ、影も形もない」

暖炉のそばに戻ってきたヒューは、いま点けたばかりのタバコをいらだたしげに炉格子の中へ放りこんだ。

「まったく、神経を逆撫でされている気分だな。ここの居心地はどうかと訊かれたら、ああ、生まれてこのかたこんなに居心地の悪い気分を味わったことはないと答えるよ。正直に言うなら、ぼくは怖いんだ。きみも同じだと思うがね」

否定するつもりなど、さらさらなかった。ヒューは先を続けた。

「この件は、ぼくたちだけでどうにかしないと。恐怖ほど感染しやすいものはないからこそ、マーガレットには感染させたくはない。だが、きみもわかっているだろうが、これは恐怖だけの問題じゃないんだ。何かが屋敷の中に入りこんで、ぼくたちはそれに立ちむかおうとしている。あんなものの存在を、ぼくはこれっぽっちも信じたことはなかった。だが、こうなると目をそむけてばかりはいられない。いったい、あれは何なんだ?」

「わたしの考えを知りたいというなら、正直に話すよ。あれは、妻を絞め殺し、その後で自分の喉をかき切った男の魂だと思っている。だが、こちらに害をなすようなものだとは思えないな。われわれが怖れているのは、実のところ、われわれ自身の恐怖心にすぎないんだ」

「とはいえ、ぼくたちはあいつに立ちむかうしかない」と、ヒュー。「いったい、あいつは何をするつもりなんだろう？　ああ、あいつの意図がわかりさえすれば、こんなに気に病むこともないんだが。わからないからこそ……ああ、そろそろ着替える時間だ」


晩餐の席についたマーガレットは、このうえなく意気揚々としていた。この二十四時間、屋敷で何が起きていたかはまったく知らないまま、霊応盤が庭師の件を〝言い当てた〟（と、マーガレットは思っているらしい）ことに、ひどく興味を惹かれているようだ。だが、きょうは友人からもうひとつ、三人で遊べるペイシェンスのやりかたを教わったそうで、同じくらい興味を惹くこの話題に、やがて会話は移っていった。晩餐の後でぜひ試してみようとマーガレットは宣言し、終わるのを待ってさっそくトランプを並べはじめる。とにかく霊応盤だけは使わせずにおきたいわたしたちの内心も知らず、ゲームの盛りあがりっぷりにご満悦の様子だ。だが、もう夜も更けてきたことに気づくと、その回が終わったところで、マーガレットはカードをまとめて片づけた。

「さあ、ほんの三十分だけ、霊応盤をやってみましょ」

「うーん、あとひと勝負だけやらないか？」と、ヒュー。「こんなに楽しいゲームは何年ぶりかな。この後だと、霊応盤はいささか退屈に感じるだろうよ」

「もう、あなたったら。例の庭師がまた何かを伝えてきたら、退屈どころの騒ぎじゃなくなるわよ」

「どうせまた、くだらないたわごとばかりさ」

「失礼ね！　いいわ、あなたは本でも読んでいらっしゃい」

すでに霊応盤と紙を引っぱり出していた妻を見て、ヒューは立ちあがった。

「お願いだ、今夜はやめてくれ、マーガレット」

「でも、どうして？　あなたは見ていなくてもいいのよ」

「とにかく、今夜だけはやめてくれと頼んでいるんだ」

マーガレットは夫の顔を、じっとのぞきこんだ。

「ヒューイ、あなた、何か隠しているのね。話してちょうだい。なんだか、とっても不安そう。何かおかしなことがあると、あなたは思っているんでしょ。何があったの？」

すべてをうちあけるべきか、ヒューが迷っているのが見てとれた。だが、霊応盤が意味のないのたくり書きをくりかえして終わるほうに、思いきって賭けることにしたのだろう。

「いいさ。だったら、やってみるといい」

マーガレットはためらった。夫を怒らせたくはないものの、どうしてこんなに意固地なことを言い出すのか、どうにも理不尽に思えていたにちがいない。

「だったら、十分間だけね。庭師のことは考えないようにするわ、約束する」

霊応盤に手を乗せるやいなや、マーガレットの頭はがくりと垂れた。そして、霊応盤が動き出す。わたしはすぐそばに坐っていたので、霊応盤が紙を滑っていくにつれ、綴られた文字を読むことができた。

〝中に入ったが、それでもあいつは見つからない。おまえたちが隠したのか？　おまえたちのいる部屋を調べよう〟

ほかにも何か綴られていたが、そこはまだ霊応盤に隠れていて読めない。ふいにひやりとする冷たい空気が部屋に流れこんできて、今度はまちがいなく扉のほうから、大きな、有無を言わせぬノックの音が響いた。はじかれたように、ヒューが椅子から立ちあがる。

「マーガレット、起きてくれ。何かがやってくる！」

扉が開き、男が入ってきた。戸口にたたずんだまま首を前に突き出し、左右にゆっくりと動かしながら、このうえなく悲しげな色を浮かべた目で、部屋の隅々を確かめていく。

「マーガレット、マーガレット」ヒューは必死に呼びかけた。

だが、マーガレットはすでに目をさましていた。大きく見ひらいた目で、じっとその怖ろしい訪問者を見すえている。

「静かにして、ヒューイ」そうささやきながら、マーガレットは椅子から立ちあがった。いまや幽霊も、まっすぐにマーガレットを見つめている。赤錆色の豊かなあごひげの上で唇が動いたが、言葉は何も出てこなかった。ただ唇だけが動き、そこからよだれがしたたる。幽霊が頭をもたげると、首の片側にぱっくりと赤く光る傷が口を開けるのを、わたしはただただ恐怖におののきながら見つめていた……

わたしたち三人が凍りついたようにその場に立ちつくし、動くことも声を出すこともできずにいるうちに、はたしてどれくらいの時間が流れたのか、わたしにはまったくわからない。おそらくは、長くてもせいぜい十数秒といったところだろうか。やがて、幽霊はきびすを返し、入ってきた扉からまた出ていった。寄木張りの床を歩く音が、しだいに遠ざかっていく。やがて玄関の扉のかんぬきを外す音、そして、ぴしゃりと扉を叩きつける音。

「すべて終わったわ」マーガレットが口を開いた。「ああ、神さま、あの人にご慈悲を！」

この死者の訪れをどう解釈するか、それは読者の自由だ。そもそもこれが死者の訪れであると、必ずしも考える必要はない。殺人、そして自殺のあった場所にある種の強い感情が刻まれて、さまざまな条件が整ったときにその感情が、目に見えるもの、見えないものとして形をとるのだと。エーテルの波、あるいはそういった何かが、そうした事件の起きた場にくっきりとした痕跡をとどめながら空気に溶けこみ、何かのきっかけでふいに凝結してもとの形を再現すべく、そのときを待っているのかもしれない。あるいは、これはまさしく死んだ男の魂が姿を現し、自らの行いを悔やみ、償うために、罪を犯してしまった場所を徘徊しているのだと考えるものもいるだろう。もちろん、純然たる物質主義者なら、こんな説明はどれもはなから受けつけないにちがいない。しかし、だとすると物質主義者という連中は、あまりに意固地で非論理的にすぎないだろうか。とてつもなく怖ろしいできごとが、ここで起きたのは動かしがたい事実であり、マーガレットが最後に口走ったのは、まさにその場にふさわしいひとことだったのだから。

ティリー氏の降霊会

Mr.Tilly's Séance

考えるひまなど、ほとんどなかった。ハイド・パーク・コーナーを急ぎ足で渡ろうとしたティリー氏は、ぬるぬるした木の舗道につるりと足を滑らせ、その場に転倒したのだ。そこへどっしりとした牽引車《トレーラー》がやってきて、溝のある巨大な車輪がみるみるのしかかってくる。

「しまった！　しまった！」ティリー氏は腹立たしげにつぶやいた。「あんなものに轢かれたらぺしゃんこになって、カンバーバッチ夫人の降霊会に行かれなくなってしまう！　頭にくるな！　うわあ！」

だが、その言葉は唇からほとんど飛び出さずに終わった。この怖ろしい予想の前半が、みごとに的中してしまったからだ。巨大な車輪は、ティリー氏を頭からつま先まで轢いてぺしゃんこにした。運転手は（遅すぎたが）あわてて牽引車を後退させ、あらためて氏を逆向きに轢きなおしたところで、ついにどうしていいかわからなくなり、車を停めて警笛をけたたましく鳴らす。ちょうどその交差点で任務についていた警官は、この惨状を目のあたりにして気が遠くなりかけたが、どうにか持ちこたえて車の通行を止めると、何か打つ手はないものかとティリー氏のもとへ駆けよった。だが、氏はすでにことされており、できることといったら、すっかりとりみだしている牽引車の運転手を現場から遠ざけるくらいのものだった。そこへ救急車が到着し、苦心惨憺のすえ道路から剥がした遺体（あまりにぴったりと貼りついていたのだ）を乗せると、謹んで死体仮置場へ運んでいった……

ティリー氏のほうはというと、まず地面と車輪の間に頭をはさまれた瞬間、最悪の神経痛にも似たすさまじい苦痛を味わうはめになった。とはいえ、何が起きたのか考える間もなく、苦痛は一瞬にしてすぎさってしまい、いまや氏はどこかふわふわした気分で、道路の真ん中に立っていた、いや浮いていたのかもしれない（自分でもよくわからなかった）。意識は一瞬たりとも途切れていなかったので、転んだときのことはすべて思い出せるが、どうやって自分が助かったのかは不思議で仕方がない。通行を止められている車、何かわけのわからないことを口走りつづけている牽引車の運転手と、それをなだめている蒼白い顔をした警官が視界に飛びこんでくる。どうやら、あの牽引車と自分は何やらややこしいことになってしまったらしいが、どうもよくわからなかった。さっきは熱く焼けた石炭、沸騰した湯、鋭い釘がいっせいに襲いかかってきたような気はしたものの、いまは焼けつく痛みも、熱さも、どこかに釘付けにされている感覚もない。むしろ、すばらしく気分がよく、ふわふわと何にも囚われず浮いているようで、快適このうえなかった。やがて、またエンジンがかかり、牽引車が後退すると、なんと驚いたことに、自分自身のつぶれた亡骸が道路の真ん中に、まるでビスケットのように平たくなって貼りついているではないか。それが自分だとわかったのは、今朝おろしたばかりの新しい服と、脱げおちてつぶされずにすんだ片方のエナメル革の靴のおかげだった。

「だが、いったい何が起きたんだろう？　ぼくはここにいるのに、あそこで手足を投げ出し、押し花のようなみじめな姿になっているのも、やはりぼくだなんて。あの運転手ときたら、ひどいうろたえようじゃないか。やれやれ、どうやらぼくは轢かれてしまったんだな！　たしかに一瞬、おそろしく痛い思いをしたものの……ちょっと、きみ、何をそうむやみに突っこんでくるんだ？　ぼくが見えないのか？」

最後のふたつの質問は、まっすぐこちらに歩いてきた警官に対してだった。警官はまったくティリー氏に注意をはらわず、何ごともなく突き抜けていった。氏のことが見えていないばかりか、まったく存在に気づいていないのは明らかだ。

「つまり、ぼくは本当に死んでしまったということなんだな。すべてのつじつまが合う仮説はそれだけだ。だが、死んだというなら、もっと実感が湧いてもいいはずなのに。おやおや！　ぼくのために、救急車がやってきたぞ。ひどいけがをしたのはまちがいないが、いまはどこも痛くない。けがをしているなら、痛いに決まっているのだが。つまり、ぼくは死んだということだ」

たしかに、もはや自分は死んだとしか思えなかったが、氏にはどうにも納得がいかなかった。人垣の間を縫って、救急隊が担架を運んでくる。自分の身体が道路から剥がされるのを見て、氏はたじろいだ。

「ああ、気をつけてくれよ！　そこに飛び出しているのは座骨神経じゃないか？　うわあ！　いや、結局のところ、何も痛くなかったな。その新調の服のあつかいも気をつけてくれ――今朝、初めておろしたばかりなんだ。なんたる不運！　そこのきみ、ぼくの足を逆さまに持ちあげているじゃないか。そんなことをするから、ズボンのポケットから持ち金がすべてこぼれ出してしまった。ほら、降霊会のチケットも――これは、ぼくがもらっておくことにしようか。やはり使うことになるかもしれないし」

チケットを拾いあげた男の手からそれをつまみとると、ふいにチケットが消える。狐につままれたような顔の男を見て、ティリー氏は笑わずにはいられなかった。そして、この新展開に、さらに推論をめぐらせる。

「さてと、チケットはいまやぼくの手にある。ぼくが触れた瞬間、これは目に見えなくなったな。ぼくにも自分自身が見えないし（目には、ということだが）、触れたものはみな見えなくなるというわけか。実におもしろい！　降霊会で小さな物体がふいに出現したりする現象は、これによって説明できるな。霊が手にしているかぎり、その物体は目に見えない。だが、霊がそれをテーブルに置き、手を離した瞬間に、花やら心霊写真やらが現れるというわけだ。こうした物体がふいに消えるのも、これで説明がつく。霊がそれらを手にとったんだ。冷笑家の連中は、霊媒がこっそりどこかに隠したにちがいないと言っているが――まあ、たしかに、実際に探してみると霊媒が隠したように見える場合もあるんだが、それもきっと、霊のいたずらなのかもしれないな。さてと、ぼくはこれからどうすべきか……壁の時計でも見てみようか。いまはちょうど十時半だ。すべてはほんの数分のうちのできごとだったんだな、ぼくが家を出たのは十時十五分だったんだから。十時半か――おや、十時半というのはどういう意味だったっけ？　よく知っていたような気はするんだが、いま思うとまったく意味がわからない。十というのは？　時は何だったかな？　いったい、どういう意味なんだろう？」

どうにもわけがわからなかった。時も分も、ずっとよく知っていたような気がするのに、時間と距離に仕切られていた世界から永遠の世界に飛びこんだとたん、なぜか自然にその概念がまったく理解できなくなってしまったのだ。時間という概念が、まるでどこかにまぎれてしまった記憶のように、意識にとどまることを拒否して脳のどこか暗い片隅にひっそりと身を隠し、懸命に捜索を続ける主を笑っているかのように思える。消えてしまった時間の概念を探しているうちに、いつしか距離の概念もどこかへ行ってしまったらしい。先ほど、ティリー氏は降霊会に向かっていた。ふと気がつくと、いまごろはすでにその会場に着いているはずの友人、ミス・アイダ・ソウルスビーが、ちょうど道向こうの舗道を気どった足どりで急いでいるではないか。もはや肉体を持たない霊となってしまったのも忘れ、氏はまるで生身の人間だったころのように足を動かしてその後を追おうとしたが、いつのまにか、そう念じるだけでそのすぐかたわらに寄り添うことができるようになっていたのだ。

「ああ、わが親愛なるミス・ソウルスビー」氏は呼びかけた。「カンバーバッチ夫人の家に向かっていたときに、ぼくは車に轢かれて死んでしまったんです。実に不愉快な経験でしたよ、一瞬ひどく頭が痛くて――」

生まれ持った弁舌の才にまかせ、一気にここまでまくしたてたティリー氏は、ふと自分が目に見えない、耳にも聞こえない存在となってしまったこと、相手はやがて朽ちる肉体をまとった世界にいまだとどまっていることを思い出し、言葉の途中で口をつぐんだ。だが、たしかにその声こそミス・ソウルスビーの大ぶりで聡そうな耳には届いていなかったものの、氏の存在は五感を超えた鋭敏な感覚におぼろげながらとらえられていたらしい。ミス・ソウルスビーはふいにはっとした表情になり、頬をバラ色に紅潮させると、氏にも聞きとれるほどの声でこうつぶやいたのだ。「へんね。どうしてか、ここに愛しいテディがいるような気がしてならないわ」

これは、ティリー氏にとって嬉しい衝撃だった。氏は長いこと、この女性に心を寄せていたのだ。そのミス・ソウルスビーが、そばに誰もいないとばかり信じて、「愛しいテディ」などとうっかり心の内を明かすとは。どうして自分は死んでしまったのだろうと、後悔がふと胸を刺す。相手もこう思っているのだと知っていたら、ともにサクラソウの咲きみだれる小径を歩き、恋の戯れを楽しむこともできたのに（いや、ティリー氏の心根はもちろん誠実であり、そのサクラソウの小径の行きつく先は、もしもミス・ソウルスビーさえ同意してくれれば、祝福のオレンジの花に彩られた結婚の誓いの祭壇だったことだろう）。だが、そんな後悔も一瞬のことだった。もはや結婚の誓いの祭壇こそ行きつく望みはなくなったものの、サクラソウの咲きみだれる小径はいまだ目の前に伸びている。これまで出席してきた多くの降霊会で、ティリー氏のように亡くなってしまったものと残されたものの間に、霊媒を通して愛の言葉が交わされた場面を、自分はさんざん目にしてきたではないか。生きている人間としては、そんな無垢で高尚な恋の戯れはいささか味気なく感じられていたが、いまやこちら側の世界に入ってしまってみると、それがどんなに嬉しいものかよくわかる。もはや戻れない世界のどこかに、いまだ自分の居場所、自分という存在の意味が残されていると教えてくれているのだから。ミス・アイダの手をぎゅっと握りしめると（正確を期すなら、霊として手を握っているつもりになったというべきだろうか）、温かさやその手の確かな感触がおぼろげながら伝わってくる。もはや肉体を持たない世界に来てしまっても、こうして触れることはできるのだと思うと、氏は満たされた気分になった。そして、さらに心を満たしてくれたのは、氏がこんなふうに自分の存在を伝えた瞬間、ミス・アイダの美しい顔にひそやかに浮かんだ嬉しそうな笑みだった。もしかしたら、それは氏の存在を感じたからではなく、心に浮かんだ自分だけの思いにほほえんだのかもしれないが、その笑みのきっかけとなったのがティリー氏であることにはちがいない。氏はさらに大胆になり、さらに親密なしぐさで愛を伝えようと、その手にそっと口づけをした。これはさすがにやりすぎだったのか、ミス・アイダは「だめよ、だめ」と自分に言いきかせるようにつぶやくと、そんな浮かれた思いを振り捨てるかのように、足早にその場を歩き去っていった。

どうやら、ティリー氏はこの自分の生きる新たな次元に、しだいに適応しつつあるようだ。少なくとも、どんな次元なのかは少しずつ理解しはじめていた。時間も距離も、いまの自分にとっては存在しない。ミス・アイダのかたわらにいたいと思った瞬間、その場に移動できたのだから。その原理をさらに確かめてみようと、氏は自分のアパートメントに戻るよう念じてみた。すると、まるで映画の場面が切り替わったように、氏は自宅に戻っていた。氏が亡くなったという知らせはすでに召使たちに届いていたらしく、コックと客間メイドが興奮した様子でそのことを語りあっている。

「旦那さまもお気の毒にね」と、コック。「まったく、ひどい仕打ちじゃないか。ハエも殺せないような、あのちっこい旦那さまが、でっかい車に轢かれてぺしゃんこになっちまうなんてさ。旦那さまの亡骸は、病院からまっすぐ墓場へ運んでくれるといいんだけどね。家の中に亡骸を入れるなんて、あたしゃまっぴらだよ」

大柄でがっしりした客間メイドは、つんと頭をそびやかした。

「そうね、そんなにひどい仕打ちってわけでもないんじゃないかしら。旦那さまときたら、心霊がどうしたとかいうくだらない騒ぎに、いつだって夢中になってらしたし、あたしがせっかく食堂に夕食を並べても、小型手風琴《コンサーティーナ》を弾いたりテーブルを叩いたりで、だいなしになってしまったこともめずらしくなかったし。いまごろは、きっと旦那さまもあのおかしな霊たちの仲間入りをしてるわね。でも、あたしもお気の毒だとは思うわよ。うちのちっこい旦那さまほど手のかからない人はいなかったもの。いつもご機嫌がよかったし、お給料も遅れたことはなかったし」

このお悔やみの言葉と賛辞は、ティリー氏にとってひどい衝撃だった。うちの優秀な召使たちは自分を神のように崇め、敬愛しているとばかり、氏はずっと信じこんでいたのに、まさか、お気の毒なちっこい旦那さまあつかいをされていようとは。召使たちが自分をどう思っているにせよ、いまのティリー氏にとっては何の影響もないのだが、それでも召使たちの正直な胸の内を聞かされて、氏は心の底から苛立たずにはいられなかった。

「こんな無礼は聞いたこともないな」ティリー氏はきっぱりと言いはなった（つもりだった）が、なにしろ生きていたときの癖が抜けていないので、ふたりの召使が自分にまったく気づいていないらしいのを見てびっくりする。氏はさらに大きな声で、皮肉をたっぷり効かせ、コックに向かって先を続けた。

「ぺしゃんこだの何だのという言いぐさは、おまえのフライパンにかけてやれ。フライパンどもは、きっと喜んでくれるだろうさ。葬儀の手筈については、すでに遺書で指定しているのでね、おまえの指図を受けるにはおよばない。いまはまず——」

「うわあ、たまげたね！」コックのイングリス夫人が声をあげた。「いま、なんだか声が聞こえたような気がしたよ、うちのちっこい旦那さまのね。えらくしゃがれてて、ちょっと咳ばらいでもしたほうがよさそうな声だったけど。そうだ、あたしもコック帽に黒いリボンを付けておいたほうがよさそうだね。弁護士さんやら何やら、そろそろ到着するころだから」

そんな思いつきも、ティリー氏にはまったくありがたくはなかった。こんなにも生きている実感にあふれているというのに、召使たちに死んだ人間としてあつかわれるのは、とりわけあんな言葉を聞かされた直後ともなれば、腹が立たないわけがない。いまだ自分が存在し、行動もできるのだということをはっきりと見せつけてやりたくて、朝食の食器がまだ下げられていない食堂のテーブルに、氏は怒りをこめて手のひらを叩きつけた。続けさまに三度、力いっぱい殴りつけ、客間メイドの驚いた表情を見て満足を噛みしめる。イングリス夫人のほうは、いつもの平然とした表情に動きはない。

「ねえ、何か叩くような音がしたけれど」メイドのミス・タルトンは問いかけた。「いまの、いったい何の音？」

「くだらない！　びくびくしなさんな」イングリス夫人は朝食の皿に残っていたベーコンを

フォークに載せ、大きな口に放りこんだ。

この鈍感な女たちの、少なくとも片方の注意を惹くことができて、ティリー氏はご満悦だった。

「タルトン！」さらに、声をかぎりに叫んでみる。

「ねえ、いまのは何？」ミス・タルトンは声をあげた。「いま、旦那さまの声が聞こえなかった？イングリス夫人、あたし、たしかに旦那さまの声を聞いた気がするのよ」

「くだらないことを言うのはおよし」イングリス夫人は平然と答えた。「上等なベーコンが、ほら、こんなに残ってるよ。おやおや、あんた、震えてるじゃないの！　そんなの、ただの気のせいさ」

こんなところで奮闘し、客間メイドに自分の存在をかすかながら伝えたところで何になると、ティリー氏はふいに気がついた。それよりも、霊媒であるカンバーバッチ夫人が自宅で開いている降霊会のほうが、はるかにたやすく現世と触れあえる機会があるではないか。最後に二度ほどテーブルを叩いておいてから、一キロ半ほど離れたカンバーバッチ夫人の家に行きたいと念じる。テーブルを叩く音を耳にしたミス・タルトンの悲鳴を遠くに聞くうちに、気がつくとそこはもうウエスト・ノーフォーク・ストリートだった。

この家のことならよく知っている。まっすぐに応接間へ行くと、氏がこれまで何度も熱心に参加した降霊会が、きょうも開かれようとしていた。面長でしゃくれたあごをしたカンバーバッチ夫人は、すでにブラインドを下ろして部屋を暗くしている。室内をかすかに照らすのは、炉棚を飾るニューマン枢機卿の彩色写真の前に置かれた、赤いガラス・シェードの常夜灯だけ。テーブルを囲むのは、ミス・アイダ・ソウルスビー、メリオット夫妻（この夫婦は少なくとも週に二回は高い料金を払い、魂の導き手である霊アビベルに胃痛と投資についての相談を持ちかけて、謎めいた忠告を受けとっている）、そしてカルデアの神官だったという自らの前世に興味津々のサー・ジョン・プレイス。サー・ジョンに前世の神職について語ってくれた霊は、メソポタミアをもじったメスポットという名で、冗談めかして呼ばれている。もちろん、ほかにもこの会に降りてきた霊は枚挙にいとまがない。ミス・ソウルスビーにはサファイア、セミラミス、スウィート・ウイリアムという三人の霊が、魂の導き手としてついているばかりか、ナポレオンとプラトンも何度となく降臨している。みなが大好きなのは、ニューマン枢機卿だ。ぜひ降りてきてもらおうと、枢機卿の書いた賛美歌『妙なる道しるべの光よ』を声をそろえてうたうこともある。この歌を聴くと、枢機卿はつい降りてこずにはいられなくなるらしい……

テーブルにひとつ空いた席があるのを見て、ティリー氏は嬉しくなった。あれはまちがいなく、自分のための席だ。部屋に入っていくと、カンバーバッチ夫人が腕時計に目をやったところだった。

「もう十一時だわ。ティリー氏はまだいらっしゃっていないけれど。何かあったのかしらねえ。みなさん、きょうはどうしましょうか？　あまり待たせると、アビベルはひどく焦れてしまうことがあるのだけれど」

メリオット夫妻もひどく焦れていた。夫のほうは、メキシコの石油について意見を聞きたいと思っていたし、妻のほうは、我慢ならない胸焼けに苦しんでいたのだ。

「メスポットも待たされるのは嫌いでね」アビベルの声望に嫉妬して、サー・ジョンが口をはさんだ。「言うまでもなく、スウィート・ウイリアムもだ」

ミス・ソウルスビーは鈴を振るような笑い声をあげた。

「あら、わたしのスウィート・ウイリアムはとっても思いやりがあって優しいのよ。それに、わたし、何か感じるの。そう、これこそ霊感だわ。カンバーバッチ夫人、わたし、ティリー氏はいますぐ近くにいる気がするんです」

「そう、ここにいますよ」ティリー氏は声をあげた。

「ここへ歩いてくるときも感じたんです」ミス・ソウルスビーは続けた。「すぐそこにティリー氏がいる、って。ああ、これ、どういうことなのかしら？」

自分の存在を感じとってもらい、ティリー氏は嬉しくてならなかった。思わず歓喜の喝采として、テーブルを叩かずにはいられない。その音は、カンバーバッチ夫人にも聞こえたようだ。

「いまのは、もう準備はできていると、アビベルが知らせてよこしたんだわ。アビベルのノックの音は、わたしには聞き分けられるんですよ。もうちょっと辛抱していてね、アビベル。それでは、ティリー氏のためにあと三分だけ待ちましょうか。またブラインドを上げておいたら、まだ始まらないとアビベルもわかってくれるかもしれないわねえ」

さっそく、ブラインドが上げられた。ミス・ソウルスビーは窓辺に歩みより、ティリー氏が歩いてくるところが見えないかと、街路に目をやった。氏はいつも道向かいの歩道をたどり、道の真ん中に小さな交通島が設けられているところで、こちら側に渡ってくるのだ。どうやら刷りあがったばかりの新聞が売られているらしく、早版に人が群がっている。看板に貼られた見本には、ハイド・パーク・コーナーで起きた怖ろしい事故が大活字の見出しとなっていた。ミス・ソウルスビーははっと息を呑み、目をそむけた。痛ましい事故の知らせを読み、降霊会前に心が乱れてしまってはいけないと考えたのだろう。だが、釣られていっしょに窓辺から外を見ていたティリー氏は、霊ながら歓喜の叫びを抑えることはできなかった。

「おやおや、あれは全部ぼくの記事じゃないか！　あんな大活字で。これは嬉しいな。次の版には、まちがいなくぼくの名も載るだろう」

一同の注意を惹きたくて、ティリー氏はまたしてもテーブルを勢いよく叩いた。その音を聞きつけたのは、またしてもカンバーバッチ夫人だ。夫人が腰をおろしているのは、かつて神智学協会を創立したマダム・ブラヴァツキーの持ちものだった骨董品の椅子である。

「あら、またアビベルかしら。おとなしくしていらっしゃい、困った人ね。さあ、そろそろ始めたほうがいいかもしれませんわ」

夫人は霊や天使を呼び出すいつもの言葉を唱えると、椅子に深く沈みこんだ。すぐにぴくぴくと身体をひきつらせ、つぶやきを漏らしはじめ、やがて何度か大きないびきをかくと、ふたたびぴくりとも動かなくなる。まるで火かき棒のように身体をこわばらせた夫人は、言ってみればさまよう霊たちの立ち寄る港のようなものなのだ。ティリー氏はわくわくしながら、霊たちが訪れるのを待った。これまでも何度となく降霊会で話したことのあるナポレオンが、いまここにやってきてティリー氏に気がつき、こんなふうに声をかけてくれたらどんなに嬉しいことだろう。「ああ、こんなところでお会いできるとは、ミスター・ティリー。きみもついに、われわれの一員となったのだな……」室内は暗く、あたりを照らすのは、ニューマン枢機卿の写真の前に置かれた赤いガラス・シェードのランプだけ。だが、いまや肉体のくびきを解かれたティリー氏にとっては、暗くても見えかたに変わりはない。霊の力を最大限に発揮させるには室内を暗くすべきと、どうして一般に考えられているのか、霊になったいま、氏は頭の片隅でいぶかしまずにいられなかった。どう考えても、暗くすべき理由が浮かばない。そのうえ、さらに不思議なのは、いつもカンバーバッチ夫人の降霊会に続々と現れる、いまやティリー氏の同僚（と呼んでいいだろう）となった霊の面々が、いっこうに現れる気配がないことだ。夫人はすでに長いことうめき、何ごとかをつぶやきつづけているが、アビベルも、スウィート・ウイリアムも、サファイアも、ナポレオンも、その存在はまったく感じられない。「みんな、そろそろ来ていてもいいころなのにな」と、氏はひとりごちた。

だが、誰の気配もないことをいぶかしんでいたそのとき、ティリー氏は忌まわしくも衝撃の光景を目撃してしまう。黒い手袋をはめ、生きた人間の目に暗がりでは見えないようにしたカンバーバッチ夫人の手が、こっそりとテーブルの上を探り、明らかにそこに載せてあるメガホンを取ろうとしているではないか。ふと気がつくと、氏はいつのまにか夫人の心をやすやすと読めるようになっていたが、三十分ほど前にミス・アイダの心の内を知ったときとは逆に、心底から落胆するような真実を知らされてしまうこととなった。カンバーバッチ夫人はそのメガホンを自分の口に当て、アビベルやセミラミス、そのほか誰彼の声色を使いながら、メガホンにはけっして指を触れていないふりをするつもりだったのだ。あまりの衝撃に、ティリー氏は手を伸ばし、そのメガホンを引ったくった。半睡状態におちいったように見えたのも、ただの見せかけだったらしい。つねづねエナメル引きの布でくるんだボタンのようだと思っていた鋭い黒い目をかっと見ひらくと、カンバーバッチ夫人は激しくあえいだ。

「どうして、ミスター・ティリー！　あなたまで霊になってしまうなんて！」

テーブルを囲むほかの人々は、いまやニューマン枢機卿を呼ぼうと『妙なる道しるべの光よ』をうたっており、しわがれた歌声に隠れて、この言葉は聞こえなかったようだ。こちらからカンバーバッチ夫人が見えるのと同様に、夫人にもティリー氏がはっきりと見え、声も聞こえているようだったが、ほかの出席者には氏の姿は見えていない。

「そう、ぼくは事故で死んでしまいましてね。せめて現世と触れあいたくて、そのためにここに来たんですよ。それだけじゃない、ほかの霊たちとも交流してみたかった。アビベルかメスポットは、当然もうここに来ているものと思っていたんですがね」

答えはなく、まるでいんちきを暴かれた詐欺師のように、夫人は目を伏せた。怖ろしい疑念が、ティリー氏の心に兆した。

「どういうことですか？　まさか、あなたは騙りだったんですか、カンバーバッチ夫人？　ああ、なんということだ！　これまで、さんざん高い金を払ってきたのに」

「お金はすべてお返ししますとも」と、夫人。「でも、お願い、このことは秘密にしておいてくださいな」

夫人はすすり泣くような声で訴えた。だが、いつもはアビベルが降りてくる前兆として、夫人はこんなふうに鼻をすすっていたのではなかったか。

「いつもなら、これはアビベルが来るしるしですよね」氏はきつい皮肉を浴びせた。「さあ、早く来てくれ、アビベル。ぼくらはみんな待っているんだ」

「メガホンを返して」哀れな霊媒はささやいた。「おねがい、どうかメガホンを返してくださいな！」

「返すものか」ティリー氏は憤然と言いかえした。「これは、いまからぼくが使うんだ」

カンバーバッチ夫人は、安堵の涙にむせんだ。

「ああ、お願い、ぜひそうなさって！ なんて素敵な思いつきでしょう！ 事故で亡くなった直後、誰もそのことを知らないうちにあなたの声を聞くことができたら、みなさんにとってこんな有意義な体験はありませんわ。わたしの名声も高まりそう！ わたし、けっして騙りじゃないんですよ、全部がいんちきってわけじゃないんです。わたしにはたしかに霊感が備わっているし、霊とも交流できるんですから。ただ、霊が降りてこないときに、その、ほんのちょっと――人間の力を足してやりたくなってしまう、可哀相な女の気持ちをどうかわかってくださいな。それに、いまわたしにはあなたが見えているし、会話も交わせているでしょう――こんなにもなめらかに――もしも霊感が備わっていなかったら、どうしてこんなことができるかしら？ あなたは事故で亡くなった、ご自分の口からそう知らせてくださったわね。それでも、わたしにはあなたの姿がはっきりと見え、声が聞こえるのよ。ねえ、もしもこんな話をするのが苦痛でなければ教えてくださいな。いったい、どこでそんな事故に？」

「ハイド・パーク・コーナーで、ほんの三十分ほど前にね」ティリー氏は答えた。「いや、痛かったのはほんの一瞬でしたよ、お気遣いありがとう。しかし、さっきのあなたの話だが――」

一同が『妙なる道しるべの光よ』の三番をうたっている間に、この難しい状況にどう対応すべきか、ティリー氏はめまぐるしく考えをめぐらせた。カンバーバッチ夫人の言うとおり、夫人に何の力も備わっていなければ、霊となったティリー氏の姿も見えるはずはない。だが、たしかに夫人にはこちらの姿が見えているし、霊となった自分との会話もなめらかに成立している。こうしてほんものの霊となってしまったからには、ティリー氏はいんちき霊媒などとかかわりあいになりたくはなかった。おそらく霊の世界では、カンバーバッチ夫人は忌避すべき存在として知られているだろうし、こんな人間にかかわったら、こちらの世界での自分の価値を貶めることになってしまう。だが、まだ死んでまもないこんな時期、友人たちと交流のできる霊媒に運よく出会えたというのに、どこまでも潔癖に、あなたとはかかわるつもりはないとばっさり片づけるのもつらかった。

「あなたを信頼できるかどうか、どうも自信がないな」ティリー氏はそう告げた。「ぼくの友人たちに、ぼくからと偽ってありとあらゆるいんちきな伝言を垂れ流されでもしたら、これから先は心の安まるときがなくなってしまいますからね。あなたはそういうことを、これまでアビベルやメスポットの名を借りてやってきたんだから。たとえあなたとの交流を断ったとしても、あなたが勝手にくだらないでたらめを流さないともかぎらないしね」

夫人は椅子の中で身をよじりながらも、こちらにぐいと乗り出してきた。

「あら、わたし、これからは心を入れ替えますわ。こんなことは、もうこれっきりにするつもりよ。そもそも、わたしは霊媒ですもの。ほら、見てごらんなさい！　ほかの人たちに比べて、わたしはあなたに近い存在なのがわかるでしょう？　ほかの人たちとちがって、わたしだけはあなたの世界に属しているんですからね。たしかに、ときにいんちきもしたかもしれないし、空を飛べないのと同様に、ナポレオンを呼び出したりもできないけれど、それでもほんものの霊媒に変わりはないのよ。ね、どうか哀れな生身の人間を大目に見てちょうだい！　あなただって、ついさっきまではわたしたちの一員だったじゃありませんか」

ナポレオンの話に触れたついでに、カンバーバッチ夫人はこれまで一度としてかの偉人を降臨させたことはなかったと知らされて、ティリー氏はさらに衝撃を受けた。この薄暗い部屋で、氏は何度となくナポレオンと親しくじっくりと言葉を交わしてきたのだ。セントヘレナ島ですごした日々について、このとき聞かせてもらった興味ぶかい事実のあれこれは、ローズベリー伯爵のすばらしい著書『ナポレオンの晩年』によって、真実であることが立証されたものだった。だが、いまやすべてが嘘だったという視点に立ってみると、確信にも似た疑念がみるみるふくれあがる。

「正直に話してください！」ティリー氏は問いつめた。「あのナポレオンの話は、いったいどこから引っぱり出してきたんですか？　ローズベリー伯の著作は読んだことがないと、あなたは言明していたのに。この家の図書室にもたしかにあの本がないことを、ぼくたちにも確認させてくれましたよね。あれはどういうことだったのか、本当のことを聞かせてくださいよ」

カンバーバッチ夫人はすすり泣きを呑みこんだ。

「ええ、話します。あの本は、ずっとうちにあったの。『高雅なる引用文』という古い本のカバーをかけてあったのよ。でも、わたしはけっしてただの騙りではないわ。霊となったあなたと、生身の肉体を持ったわたしが、ほら、いまこうして語りあえているでしょう。ほかの人たちには、わたしたちの会話は聞こえていないのよ。でも、ほら、わたしを見てちょうだい、わかるでしょう……あなたさえ寛大な気持ちになってくださったら、あなたはわたしを通して、ここにいるお友だちに語りかけることができるのに。あなたみたいなほんものの霊と交流できる機会は、わたしにもめったにないことなのよ」

ティリー氏はほかの出席者たちを見やり、そしてまた視線をカンバーバッチ夫人に戻した。この霊媒は、いまや一同の興味を惹きつけておくために、さほど元気のないサイフォンのようなごぼごぼという奇妙な音をたてつづけている。たしかに、氏にとってカンバーバッチ夫人は、ほかの人々に比べてはっきりとその存在が感じられるし、夫人だけに氏の姿が見え、声が聞こえているのだという指摘には、氏にとって大きな意味があることを認めざるをえなかった。ふいに、奇妙な光景が見えてくる。カンバーバッチ夫人の心が、いくらか泥の混じった水となって目の前に広がり、自分はそこに突き出した飛びこみ板の上に立っているのだ。その気になりさえすれば、この水に飛びこみ、身体を深々と沈めることができる。泥の混じった汚さ、いかにもほんものの水らしい質感にためらいはおぼえるが、思いきって飛びこめば、ほかの出席者たちに自分の声を届けることができ、もしかしたら姿も見えるようになって、本当にみなと交流することができるのだ。いまのままでは、力いっぱいテーブルを殴りつけても、ようやくかすかに聞こえる音をたてることくらいしかできないのだから。

「なるほど、わかってきましたよ」ティリー氏は答えた。

「ああ、ミスター・ティリー！　どうか、親切で善良な霊として、ここに飛びこんでみてくださいな。好きなように条件を作ってもかまわないのよ。わたしの口に手を当てていれば、わたしが勝手に話すことはできなくなるし、そのメガホンもどうかご自分で持っていらして」

「けっしていんちきはしないと、約束してもらえるんですね？」

「ええ、けっして！」

ティリー氏は心を決めた。

「じゃ、やってみましょう」そう言うなり、夫人の心へ身を躍らせる。

たちまち、奇妙きわまりない感覚が身体を包んだ。陽光の当たる気持ちのいい空気から飛び出して、人のぎっしり詰まった、換気されていない部屋に飛びこんだかのような。かつてのように、時間と距離が支配する場所。頭がくらくらし、まぶたが重い。やがて、片手にメガホンを握ったまま、ティリー氏はもう片方の手でカンバーバッチ夫人の口をしっかりと覆った。あたりを見まわすと、室内はほとんど真っ暗ではあるものの、テーブルを囲んでいる人々の輪郭がくっきりと浮かびあがって見える。

「来ましたよ！」ティリー氏は朗らかに声をあげた。

ミス・ソウルスビーが驚きの叫びを漏らし、ささやいた。

「ミスター・ティリーの声だわ！」

「ええ、そうですとも」と、ティリー氏。「ついさっき、ぼくはハイド・パーク・コーナーで牽引車に轢かれ、死んでしまったんです……」

カンバーバッチ夫人の意識がずっしりとのしかかってくるのを、ティリー氏は感じていた。陳腐なものの考えかた、口あたりがいいだけのわざとらしい信仰心に四方八方から締めつけられ、息が詰まり、頭が朦朧とする。何を言おうと、氏の言葉はすべてこの泥水を通してしかみなに伝わらないのだ……

「喜びと明るさにあふれた、すばらしい気分ですよ」そんなふうに、氏は続けた。「この日射し、この幸せは、とうてい言いあらわせませんね。ぼくたちはみな、お互い助けあいながら忙しく活動しているんです。ああ、親愛なる友人たちよ、みなさんとこうして触れあえるなんて、こんな嬉しいことはありません。死は、けっして死ではないのです——それは生命の門であり……」

ふいに、ティリー氏は口をつぐんだ。

「いや、これは我慢なりませんね」カンバーバッチ夫人に告げる。「ぼくに、こんなたわごとをしゃべらせるなんて。この馬鹿げた意識を、ぼくからどかしてもらえませんか。何をするにも、こんなふうに干渉されなくちゃいけないんですかね？」

「この部屋に、霊の光を点していただけないかしら？」眠そうな声で、夫人が提案してきた。「本当にすばらしい出来映えよ、ミスター・ティリー。なんてすばらしいの！」

「まさか、すでにどこか燐光塗料を塗りつけてあるんじゃないでしょうね？」ティリー氏は疑いぶかく尋ねた。

「ええ、暖炉のそばに一箇所か二箇所」カンバーバッチ夫人は答えた。「でも、それだけよ。ええ、誓いますわ、ミスター・ティリー。ねえ、お願い、長い光芒を放つ星を天井に映してくださいな！」

ティリー氏ほど心根の優しい男性はいない。まったく心惹かれない女性であっても、困っていたら手を差しのべずにはいられないのだ。「降霊会が終わったら、その燐光塗料はぼくが剥がしていくべきでしょうね」夫人にそうささやくと、想像力の働きだけで、赤とスミレ色の光芒を放つ美しい大きな星を天井に映し出す。もちろん、それは氏が思い描いたほど華々しい出来映えではなかった。この光もまた、霊媒の濁った意識を通すしかなかったからだ。それでも、やはりその星は息を呑むほど美しく、一同は驚きのあえぎ声を漏らして拍手喝采した。さらに効果を添えようと、ティリー氏は美しい詩を何行か暗誦した。詩歌の世界でもっとも輝かしい光を放っていると、氏がつねづね考えていたアデレード・アン・プロクターの作品である。

「ああ、感謝しますわ、ミスター・ティリー！」カンバーバッチ夫人はささやいた。「本当に素敵！　もしよかったら、次にまたこの星を見せてくださるときに、写真を一枚撮ってもいいかしら？」

「いや、それはどうかな」ティリー氏は苛立たしげに答えた。「ぼくはもう、ここを出ますよ。暑くて居心地が悪いんだ。それに、あまりに安っぽい趣向じゃありませんか」

「安っぽい？」カンバーバッチ夫人は叫んだ。「とんでもない。こんなにも美しいほんものの星を、そうね、週に二回も出現させたら、どんな霊媒だってこのロンドンで一財産築けますわ！」

「だけど、ぼくは霊媒の稼ぎのために車に轢かれたわけじゃないんです」ティリー氏は言いかえした。「ぼくはもう行きます。こんなことをしていたら、ぼくの品位が下がってしまう。この新しい世界がどんなものか、まずは見てみたいですしね。ここがどんなところなのか、ぼくにはまだ全然わかっていないんですよ」

「あら、でも、ミスター・ティリー」夫人はさえぎった。「そちらの世界でどんなに忙しく、どんなに幸せに暮らしているか、ついさっき、あんなに素敵なお話をしてくださったじゃないの」

「いや、そんな話はしていません。あれはあなたの考えだ。少なくとも、あなたがぼくの頭に植えつけた考えだったんですよ」

そう願った瞬間、自分がカンバーバッチ夫人の心の濁った水から浮かびあがりつつあるのを、ティリー氏は感じた。

「ぼくの前には、新しい世界が開けているんだ。そこに踏みこんで、何があるか見てみたいんです。どんな世界か、そのうち戻ってきて話してあげますよ。きっと、目をみはるような驚きがいっぱい……」

ふいに、それは無理だとティリー氏は悟った。何を話すにしろ、氏の言葉はこのどんよりとした現世の水を通すことになる。いま、その水から浮かびあがってみると、この新たな世界での輝かしく希有な体験は、こんな濁った水を通して伝えることなど、とうていできるはずもないのは明らかだった。だからこそ、霊媒を通して聞く来世の話は、いつもあんなに愚かしく陳腐なものばかりとなるのだろう。霊というものは、いまその一員となってみれば、せいぜい家具を叩いたり、星を映し出したり、陳腐な決まり文句を並べたり、霊媒や降霊会の出席者の心に刻まれた本を読みあげることくらいしかできない。こちらの姿が見えない、声が聞こえない相手に伝えるためには、現世の濁った感覚を通すしか方法はないのだ。

カンバーバッチ夫人は身じろぎした。

「力が薄れかけている」低い声で、そう告げる。夫人は自分の声を真似ているのだと、ティリー氏は気づいた。「もう行かなくてはならないようです。さようなら、わが友人たちよ――」

ティリー氏は怒りをこらえきれなかった。

「力が薄れかけてなどいない」大声で叫ぶ。「それは、ぼくの言葉じゃないんだ」

だが、もう水から上がってしまったティリー氏の声は、カンバーバッチ夫人の耳にしか届かなかった。

「あら、そんなにお怒りにならないで、ミスター・ティリー。これはただの形式ですもの。でも、もうあなたは行ってしまうのね。最後に、何かひとつだけ物体を出現させていってくださいません？　それさえあれば、どんなに疑いぶかい人も納得させられるわ」

「そんな形式は勘弁してほしいな」と、ティリー氏。「あなたを通して話し、星を映すだけでさえ、どんなに息苦しいことなのか、あなたはわかっていないんだ。それでも、あなたを通して伝えられそうな新しいことを見つけたら、ぼくはきっと戻ってきますよ。こっちで忙しくしているだの、幸せだの、そんな使い古した陳腐な言葉をくりかえしたって仕方ないでしょう？　みんな、そんな言葉は聞き飽きているんだ。それでも、それが本当なのかどうか、ぼくは確かめにいかないと。さようなら――いんちきは、もうやめてくださいね」

ティリー氏は降霊会のチケットをテーブルに投げ出すと、一同が興奮してささやき交わす中、どこへともなく消えていった。

この日の降霊会で美しい星が映し出されたこと、ティリー氏が亡くなってわずか半時間の後、まだその死を知らない出席者たちのもとに降りてきたことは、あっというまに心霊術界隈に広まった。心霊現象研究協会から送りこまれた調査員が、出席者ひとりひとりから聞きとり調査を行った結果、降霊会の数分前、ミス・ソウルスビーが街路に立てられた新聞の看板を見て、ハイド・パーク・コーナーでの事故を知ったことが明らかになり、これは思考伝達と無意識の視覚的印象が微妙に影響しあった結果ではないかと、調査員たちは考えるにいたった。これは、いささか無理やりな解釈ではある。ティリー氏が降霊会に遅れていることと、ハイド・パーク・コーナーの事故を、ミス・ソウルスビーが心の中で結びつけたことを前提とし、さらに、おそらくは（無意識ながら）別の看板に貼り出された新聞から犠牲者の名を読みとって、それを霊媒の意識にテレパシーで伝達したというのだから。天井に映し出された星については、もちろん説明のつけようがない。だが、暖炉の上の壁に燐光塗料の痕跡が見つかったことから、天井の星もきっと同じような細工によって出現したにちがいないと、調査員は類推した。そんなわけで、どれも心霊現象とは認められないというのが、協会の下した決定だった。少なくとも今回にかぎっては、たしかにほんものの心霊現象だったことを思えば、いかにも残念な結論ではある。

ミス・ソウルスビーはそれからも、せっせとカンバーバッチ夫人の降霊会に通ったが、ティリー氏が現れることは二度となかった。これをどう解釈するかは、読者の自由にまかせるとしよう。きっと、ティリー氏はほかにすべきことを見つけたのだろうと、わたし自身は考えている。

アムワース夫人

Mrs. Amworth

　昨夏から秋にかけて、これから語る奇妙なできごとが起きたマクスレイという村は、ヒースに覆われモミの林が生い茂るサセックスの高台にある。英国じゅうを探しても、こんなにも美しく穏やかな地はほかにあるまい。南からの風が吹けば、あたりには気持ちのいい潮の香りがただよう。東には高い丘陵がそびえ、三月の荒れた天候から村を守ってくれるし、西と北から吹いてくるそよ風は、何キロにもわたって広がるモミの木とヒースの芳香を運んでくるのだ。村は人口からみればたいした規模ではないが、暮らしやすさと景色という点では恵まれている。一本しかない広々とした通りは両側に草地が広がり、なかばほどまで歩くと、小さなノルマン様式の教会と、もう長いこと使われていない古い墓地がある。その先には、こぢんまりとおちついたジョージ王朝様式の家が十数軒。赤いレンガの壁に縦長の窓、それぞれ表には小さな四角い庭に花が咲きみだれ、裏にはさらに広い地所が伸びる。店は二十軒ほど、近隣の荘園で働く人々の住む茅葺きの小さな家は四十軒ほどあり、これらが平和に寄りあつまって暮らしているのだ。とはいえ、そんな平和も残念ながら土日には破られてしまう。ロンドンとブライトンを結ぶ大きな街道のひとつがこの村を通っているため、いつもは静かな村の通りも、週末は自動車や自転車が次々と先を争って飛ばしていくレース場と化してしまうからだ。

村の入口には、どうか村の中は速度を落としてほしいと訴える掲示がある。だが、それを見ても、運転者はさらに速度を上げるばかりだ。たしかに、こんなにも広くまっすぐな道路で、アクセルを踏みこむなというほうが無理な話だろう。マクスレイのご婦人たちは抗議の意を示すため、車が通るたびにハンカチを鼻と口に当てている。実のところ、道路にはアスファルトが敷かれているので、土煙を気にする必要はないのだが。日曜の夜遅く、飛ばし屋の一行がすべて通りすぎてしまうと、村はまた楽しく呑気な五日間の静けさをとりもどすこととなる。鉄道のストライキはいつも国じゅうを揺るがす大騒ぎとなるが、マクスレイの住民たちがこの村を出ることはめったにないので、ここでは誰も気にしない。

わたしもまた、この小さなジョージ王朝様式の家の幸運な持ち主のひとりだった。また、フランシス・アクームという興味ぶかく刺激的な人物を隣人として得たことも、同じくらい幸運なことだったと思っている。マクスレイの地を愛することにかけて、アクームの右に出るものはいまい。いまだ人生なかばあたりの年齢ながら、ケンブリッジ大学の生理学教授という職を辞して二年近いが、その間よそに泊まりに出かけることは一度もなく、いつもわが家の道向かいに建つ自宅で、人間の本性というものに肉体と精神の両面から同じようにかかわりのある、不思議かつ奇異な現象の研究に没頭してきた。アクームが引退を決めたのも、科学の領域のみならず、その境界周辺に広がる奇妙で未知な部分の探究に、こんなにも魅せられてしまったこととけっして無関係ではない。物質主義に偏った人々は、そうした現象の存在を頑強に否定する。だが、医学を志す学生はすべて催眠術の試験に合格すべきだし、ケンブリッジ大学の優等卒業試験には、死にぎわに起きる現象、幽霊の出る家、吸血鬼、自動筆記、憑依といった事柄についての知識を問う科目を含めるべきだというのが、かねてよりアクームの持論だった。

「もちろん、ぼくの主張には誰も耳を傾けなかった」教授職を引退した件について、アクームはこう綴っている。「およそ学徒というものはどんな知識であっても怖れるべきではないし、こういう分野を学ぶことこそが知識へ通じる道なのだが。人体の機能については、いまやおおよそ解明されている。言ってみれば、測量され、地図が作られた国土のようなものだ。だが、そこに収まらない、いまだ踏査されない広大な土地もまた国の一部であり、真に知識の探究を志す開拓者なら、だまされているだの、迷信ぶかいだのと嘲られても、この霧に閉ざされた、おそらくは危険な土地に踏みこんでいくことを望むだろう。ぼく自身も、安全な鳥かごの中のカナリアのように、すでに解明された知識をさえずるのみの生きかたより、羅針盤やナップザックなしに未開の土地へ踏み出すほうが役に立つと考えている。つけくわえるなら、もっぱら学ぶことが本来の性であるぼくのような人間にとって、教えることは苦行にも等しい。それでも教えるとなれば、自らを欺きつづけるろくでなしでありつづけるほかはないのだ」

そんなわけで、その〝霧に閉ざされた危険な土地〟に尽きせぬ好奇心を燃やしつづけるわたしのような人間にとって、フランシス・アクームはまたとなく愉快な隣人となった。そして、昨春にはさらにもうひとり、願ってもない隣人がわれらの楽しい小さな村の顔ぶれに加わった。インド人の文官だった夫と死別したアムワース夫人だ。パキスタン北部の州で裁判官を務めていた夫がペシャワールで亡くなったのを機に、また英国に戻ってきたアムワース夫人は、一年をロンドンですごした後、こんな煤けた霧の街で暮らすより、田舎の澄んだ空気と陽光が恋しくなったのだという。夫人がほかならぬマクスレイを選んだのには、ちゃんとした理由があった。百年ほど前まで、夫人の祖先はこの村に住んでいたのだ。いまはもう使われていない古い教会の墓地には、夫人の旧姓であるチャストンの名が刻まれた墓石がいくつも並んでいる。大柄で活動的、きびきびと愛想よく動きまわるアムワース夫人の人柄のおかげで、マクスレイの住民たちはこれまでになくさかんに人づきあいをするようになった。ここの住民のほとんどは年齢のいった独りものの男女、あるいはもてなしにさほど労力を割く気もない老夫婦であり、それまではいちばんにぎやかなつきあいといっても、少人数でお茶に招かれ、お茶の後にブリッジをし、（雨の日なら）雨靴をはいて自宅へ戻り、たったひとりで夕食をとるのがせいぜいといったところだっただろうか。だが、アムワース夫人は昼食会やちょっとした晩餐会といった社交的な習慣をこの村に導入し、われわれもやがてそれにならうようになった。そんな予定が入っていない夜も、わたしのように孤独なひとり暮らしの人間にとっては、ほんの百メートルほどの距離に住むアムワース夫人に電話をかけ、夕食を終えて就寝までの時間にそちらにお邪魔して、ちょっとピケでひと勝負しないかと尋ねれば、たいてい喜んで応じてもらえるのは実にありがたかったものだ。そんなとき、夫人はいつも、いかにも仲間どうしの親しさでこちらを迎えてくれた。ポートワインを一杯、コーヒーを一杯、タバコを一服、そしてトランプを広げ、ピケを楽しむ。夫人はピアノもたしなんだ。奔放に生き生きと鍵盤に指を走らせ、それに合わせて魅力的な声で歌を聴かせてくれるのだ。やがて季節が進み、なかなか日が沈まない時期にさしかかると、トランプの勝負も、夫人の庭に出て楽しむようになる。それまでナメクジとカタツムリの繁殖場だった土地は、夫人の手にかかるとほんの二、三ヵ月で、色鮮やかな花が咲きみだれる庭園となった。夫人はつねに朗らかで快活、どんなことにでも興味を持ち、音楽でも、庭いじりでも、トランプでも、すべてにすばらしい腕前を発揮するのだ。誰もが（ひとりの例外を除き）アムワース夫人のことが好きだった。うららかな日射しのようにみなを元気づけてくれる、そんなふうに誰もが思っていた。たったひとりの例外が、ほかならぬフランシス・アクームだ。もっとも、夫人を好きではないとうちあけながらも、ひとかたならぬ興味を抱いているとも認めていたが。わたしはずっと、そんなアクームの反応が不思議で仕方がなかった。あんなにも人あたりがよく快活なばかりか、いかにも健全で謎めいたところのない人物に、いったいどんな当て推量をしたり、好奇心をそそられたりする余地があるのだろうかと。だが、アクームが興味を抱いているのはまぎれもない事実だった。夫人をじっと観察し、吟味しているような目つきを見れば明らかだ。年齢については、夫人は開けっぴろげに四十五歳だと認めていたが、そのきびきびした身のこなし、精力的な活動、しみひとつない肌、漆黒の髪を見れば、何かよっぽどめずらしい秘薬でも使っているのでないかぎり、年齢を若くさばを読むどころか、十歳上乗せしているとしか思えなかった。

わたしとのさっぱりした友情を深めていくうち、アムワース夫人はよくうちに電話をよこし、そちらへ寄ってもいいかと尋ねるようになった。わたしが執筆で忙しいときには、あらかじめ約束してあるとおり、率直にそう告げると、夫人は陽気な笑い声を響かせ、今夜は筆が進みますようにと祈ってくれるのだ。夫人がそんな電話をかけてくる前に、たまたまアクームが一服しながらのおしゃべりを楽しもうと、道向かいの家からうちに立ち寄っていることもある。そこへ電話がかかってきて、夫人が遊びに来たがっていると知ると、アクームはいつも、ぜひ夫人をここに呼んでくれとせがんだ。きみは夫人といつもどおりピケを楽しんでくれ、きみたちさえよければ、ぼくはじっとその様子を観察し、ピケというゲームを学びたいというのだ。だが、アクームがピケの勝負に注意をはらっているとはとうてい思えなかった。どう見ても、その秀でた額と太い眉の下から、アクームがじっと視線を注いでいるのはカードではなく、それを手にしている人間のほうだったからだ。とはいえ、アクームはいつも、そんなふうに一時間ほどすごすのを楽しんでいるように見えた。そして、とある七月の夜までは、しばしばそうして夫人をじっと見つめながら、まるでひどく難解な問題にとりくんでいる人間のような顔をしていたものだ。それから何が起きたかをふりかえってみると、まさにその夜、秘密を隠していた帷がわずかにめくれ、恐怖が初めてちらりと顔をのぞかせたことになる。そのときは気づいていなかったが、それを境に、アムワース夫人はそちらにお邪魔していいかと電話をかけてくるとき、わたしが忙しいかというこ とだけでなく、アクーム氏はそこにいるかどうかを尋ねるようになった。いると答えると、独りものの男どうし、せっかくお話が弾んでいるところに水を差したくない、どうかおふたりで楽しい夜をすごしてくださいなと、笑いながら電話を切るのだ。

その夜は、アムワース夫人が訪ねてくる三十分ほど前から、アクームは中世にその存在を信じられていた吸血鬼について、わが家でわたしと話しこんでいた。これもまた科学とそうでないものの境界あたりに位置している問題なのだが、充分に研究しつくされる前に、医学界に迷信として片づけられ、ただのごみの山としてあつかわれてしまっているのだと、アクームは断じた。じっくりと腰をおちつけ、難しい表情で熱っぽく、ケンブリッジ時代にみごとな講義で尊敬を集めていたころのままの明晰さで、吸血鬼出現の歴史をたどっていく。記録に残る吸血鬼たちには、いくつかの共通する特徴があるのだという。まず悪鬼のような魂が生きた男、あるいは女の身体を乗っとる。乗っとられた人間はコウモリのように空を飛べるようになり、夜は思うままに血をすする。乗っとられた人間が死んでしまっても、その魂は亡骸にとどまるため、亡骸はいっこうに朽ちていかない。昼間は棺の中に眠り、夜になると墓を這い出して、その忌まわしい所行を続けるのだという。中世のヨーロッパで、こうした吸血鬼が出現しなかった国はない。さらに時代をさかのぼると、古代ローマやギリシャ、あるいはユダヤの歴史にも、似たような事例を見つけることができる。

「だが、こうした証言はみな、くだらないたわごとと片づけられる風潮でね」アクームは続けた。「長い歴史にわたり、それぞれ無関係な何百人もの目撃者たちが、こうした事件が起きたことを証言しており、すべての事実とつじつまが合う説明は、いまだ見つかってはいないというのに。きみはきっと、こんなふうに言うんだろうな。『だが、もしもそれが事実だというのなら、われわれはなぜ、いまだ実物に出くわしてはいないんだ?』その問いには、ふたつ答えがある。まず第一に、中世によく知られていた病気を考えてみてほしい。たとえば黒死病は、当時はまちがいなく実在していた病気だが、いまは根絶されている。だが、いまはもう見かけないからといって、当時も存在していなかったと主張することはできまい。英国に上陸した黒死病によって、当時のノーフォークは人口を大きく減らすこととなった。それと同じように、吸血鬼は三百年前にこの地方で猛威を振るったんだ。その中心となったのは、まさにここマクスレイだった。さて、第二の答えはさらに説得力がある。実のところ、吸血鬼はけっして根絶されてはいないんだ。ほんの一、二年前、インドに出現しているんだよ」

まさにその瞬間のこと、いつもアムワース夫人の訪れを告げる、朗らかできっぱりとしたノックの音が響きわたった。わたしは玄関に出て、扉を開いた。

「さあ、入ってくれ。ちょうどよかった、血も凍る思いをさせられかけていたところでね、助かったよ。アクーム氏にさんざん脅されていたんだ」

たちまち、アムワース夫人の生き生きとした豊かな笑い声が部屋に響く。

「あら、素敵じゃない！　わたしもぜひ、血が凍る思いをさせられてみたいわ。どうか、幽霊話をお続けになって、ミスター・アクーム。わたし、幽霊話が大好きなんです」

いつものように、アクームがじっと夫人を観察しているのを、わたしは見てとった。

「いや、幽霊話というわけではない」アクームは答えた。「ぼくはこの家の主人に、吸血鬼はいまだ根絶されてはいないという根拠を話していたところでね。ほんの一、二年前、インドに出現したばかりなのだから」

けっして気のせいなどではない沈黙。アクームが夫人を観察しているのだとしたら、夫人の側もまた、口をなかば開き、じっと視線を据えてアクームを観察していることに、わたしは気づいた。やがて、このいささか張りつめた沈黙を破って、夫人が陽気な笑い声をあげる。

「あら、残念！　そんなお話じゃ、わたしの血は凍りませんわ。どこでそんなでたらめをお聞きになったの、ミスター・アクーム？　わたしは長年インドに住んでいましたけれど、そんな噂は聞いたこともないわ。どこかのバザールで、ほら吹きが嘘八百を並べたんじゃないかしら。あいうところの人たちのほら吹きっぷりは有名ですもの」

何か、さらに言葉を続けようとしたアクームが、寸前で思いとどまって口をつぐむ。

「なるほど！　それはありそうな話だな」とだけ、アクームは答えた。

だが、いつものくつろいだ気のおけない雰囲気は、なぜか風向きが変わってしまっていたし、いつも上機嫌なアムワース夫人も、今夜はみょうに元気がなかった。ピケの勝負をしているときも覇気がなく、ほんの二回ほどで切りあげて帰ってしまう。アクームのほうも口数が少なく、ようやくふたたび口を開いたのは、夫人が帰ってからのことだった。

「残念ながら、その――きわめて謎めいた病とでも呼んでおこうか、それが確認されたのはペシャワールなのだ。アムワース夫妻が住んでいた場所だな。そして――」

「そして？」わたしは先を促した。

「生命を落としたうちのひとりは、アムワース氏だったんだよ。もちろん、さっきはそのことをすっかり忘れていたが」

その夏は異常な暑さが続き、雨が降らなかった。マクスレイも干魃に苦しんだばかりか、夜行性の大きな黒いブユが大発生し、ひどく不快で後を引く咬み傷を残した。ブユは日が暮れるとあたりを飛びまわりはじめ、やがてそっと人の肌にとまる。咬まれた鋭い痛みが走るまで、ブユが忍びよっていたことに誰も気づかない。このブユは、なぜか手や顔は咬まず、必ず喉頸を選ぶ。たいていの場合は傷口から毒が広がって、しばらくは甲状腺腫のように患部が腫れあがるのだ。やがて、あの謎めいた病が最初に発生したのは八月の中ごろのことだったが、長く続く暑さと、この毒虫に咬まれたせいではないかというのが、村の医師による当初の見立てだった。患者はアムワース夫人の庭師の息子で、年齢は十六か十七だっただろうか。血の気が失せて貧血状態となり、全身の倦怠感、ひどい眠気、そして異常なほどの食欲が見られるという。喉頸に例の小さな一対の咬み傷があるのを見て、やはりあのブユに咬まれたのだろうと、ロス医師は推測した。奇妙なのは、咬まれた部分に腫れも炎症も見られなかったことだ。暑さはようやく和らぎはじめていたものの、涼しい気候も少年の健康を回復してはくれなかった。滋養となる食べものばかり、とてつもない量を貪欲に平らげつづけているというのに、少年はしだいに痩せほそり、皮膚をかぶせた骸骨さながらの姿になりつつあったのだ。

ちょうどそのころ、とある午後のこと、わたしはたまたま村の通りでロス医師に出会った。患者の病状を尋ねると、少年はもうこのまま助からないのではないかと、医師は危ぶんでいるのだという。実のところ、この症例はわからないことだらけで、ほとほと頭を抱えているのだと医師はうちあけた。おそらくは、いまだ知られていない悪性の貧血の一種ではないかとは思うが、どうしたものか。いっそアクーム氏に少年を診てもらうことはできないだろうか、ひょっとしたら何か新しい意見が聞けるかもしれない、という。ちょうどその夜、わたしはアクームと夕食をとる予定だった。ぜひいっしょにと誘ってみると、ロス医師は食事こそともにできないものの、後で必ず立ち寄るとうけあった。やがて、顔を出した医師に話を聞いたアクームは、喜んで力になろうと約束し、ともにさっそく患者のもとへ向かう。夜の予定が突然ぽっかりと空いてしまったわたしは、アムワース夫人に電話をかけ、一時間ほどそちらに寄ってもいいかと持ちかけた。夫人に喜んで迎えられ、ピケや音楽を楽しんでいるうちに、いつしか一時間が二時間になる。謎めいた病に倒れ、いまや望みも尽きかけている少年のことにも、夫人は触れた。少年のもとに、夫人は足しげく見舞いに通い、いつも滋養に富んでおいしい食べものを届けているのだという。だが、ついにきょうの見舞いが最後になってしまうのではないかと――思いやりぶかい目に涙を浮かべ――夫人は懸念を訴えた。アクームが医師の相談を受けて少年を診察しにいったことは、ふたりの気まずい関係を考えて、夫人には言わずにおく。いよいよ帰るときになると、夫人は夜の空気を吸い、ついでに読みたい庭造りの記事が載っている雑誌を借りるために、わが家の戸口までわたしを送ってくれた。

「ああ、今夜は本当に空気がおいしいわ」ひんやりとした夜気を胸いっぱいに吸いこむ。「夜の空気と庭いじりほど元気が出るものはないわよね。母なる大地の肥えた土に触れるだけで、何かが伝わってくるのがわかるのよ。その手で土を掘ってごらんなさい、本当にすがすがしい気分になれるから――手も爪も真っ黒にして、靴も泥で汚してね」夫人はいつもの豊かで陽気な笑い声をあげた。

「空気と土だけは、いくら味わっても飽きないわ。そう思うと、死ぬのも楽しみなくらい。だって、この土に全身を包まれることができるんですもの。鉛の棺はいらないの——それは、はっきりと指示を遺してあるのよ。でも、空気のほうはどうしましょうか？　まあ、何もかも手に入れるっていうわけにはいかないわよね。雑誌、お借りしていいかしら？　ありがとう、すごく嬉しいわ、ちゃんとお返しするわね。おやすみなさい——庭いじりをして、窓はいつも開けておくのよ。そうすれば、貧血なんかにならないから」

「寝るときは、いつも窓を開けておくんだ」わたしは答えた。

家に入ると、まっすぐ寝室に上る。寝室の窓のひとつは通りを見おろす向きにあり、着替えていたとき、さほど遠くないあたりから話し声が聞こえてきたような気がした。だが、わたしはさほど注意をはらわず、明かりを消して眠りに落ちた。その深みに待っていたのは、ついさっきアムワース夫人と交わした会話が不気味にねじ曲がった、これまで見たこともないほど怖ろしい悪夢だ。夢の中で目ざめると、寝室の窓がふたつとも閉まっている。なかば息を詰まらせながら、わたしはベッドから飛び出して、窓を開けようと近づいた。ひとつめの窓には、ブラインドが下りている。それを引きあげたところから、なんとも形容しようのない悪夢が幕を開けた。窓ガラスに張りつくようにして、闇にアムワース夫人の顔が浮かび、笑みを浮かべながらわたしに向かってうなずいているのだ。その恐怖を覆い隠そうと、ブラインドをふたたび引きおろす。だが、向かいの窓に走りよってみると、そちらにもアムワース夫人の顔が浮かんでいるではないか。あまりの恐怖に、頭が働かなくなる。閉めきった部屋で息が詰まりかけているのに、どちらの窓を開けたとしても、あのアムワース夫人の顔がふわふわと、あの気づかないうちに人を咬む黒いブユのように、音もなく部屋に忍びこんでくるのではないか。ここでついに恐怖が限界を超え、わたしは自分のくぐもった悲鳴に目をさました。部屋の窓はどちらも開いたまま、ブラインドも上がったままで、半月がすでに高く上り、長方形の光を静かに床に落としている。だが、目がさめた後もなかなか恐怖は退いてくれず、わたしは転々と寝返りをくりかえした。悪夢に捉えられる前にはそれなりに長いこと眠っていたらしく、もう夜が明けるのも近い。ほどなくして、東の空が眠たげなまぶたを開きはじめた。

翌日、わたしは昼近くまで二階で寝ていた――ようやくふたたび眠りにおちることができたのは、夜が明けてからのことだったのだ。そこへアクームから電話がきて、いますぐ話したいことがあるという。厳しい顔つきで訪ねてきたアクームは、何やら上の空で、タバコを詰め忘れたままのパイプを口にくわえていた。

「きみの助けが必要なんだ」アクームは切り出した。「それにはまず、昨夜のできごとをすべて話さなくてはならない。ぼくはあれから、あの小柄な医師といっしょに患者の様子を見にいってね。少年はどうにか持ちこたえてはいたが、もういまにも危ない状態だった。見た瞬間、ぼくは心の中で診断を下したよ。こんな貧血状態の原因は、ほかには考えられない。少年は、吸血鬼の餌食となっていたんだ」

わたしが席についたばかりの朝食のテーブルに、アクームは空のパイプを置くと、腕を組み、ぼさぼさに伸びた眉の下からこちらをじっと見つめた。

「さて、昨夜のできごとだ。少年を庭師の小屋からわが家へ運ぶべきだと、ぼくは提案した。

担架に乗せて運ぶ途中、当然ながらわれわれはアムワース夫人と出くわしてね。少年を移動させることに、夫人はひどい衝撃を受け、憤慨していたよ。なぜだと思う？」

わたしは息を呑みながらも、昨夜の悪夢のことを思い出していた。不条理な、途方もなく馬鹿げた考えが頭をよぎるが、それをはらいのけるようにして口を開く。

「いや、まったく見当がつかないな」

「まあ、まずは昨夜の話を聞くことだ。少年を寝かせると、ぼくは部屋の明かりをすべて消し、じっと様子を見まもっていた。窓がひとつ、わずかに開いていてね、ぼくが閉めるのを忘れていたんだが。真夜中に、外から何やら物音が聞こえた。どうやら、窓をさらに引き開けようとしている音だ。それが誰かはわかっていた――もちろん、窓から地面まで、たっぷり六メートルはあるんだがね。ぼくはブラインドの端から、そっと窓の外をのぞいたよ。ガラスのすぐ外にはアムワース夫人の顔が浮かんでいて、その手が窓枠にかかっていた。ぼくはそっと忍びより、窓を思いきり閉めてやったよ。おそらく、夫人は指先をはさんでしまったはずだ」

「だが、そんなことはありえないよ」わたしは叫んだ。「いったい、どうして夫人がそんなふうに宙に浮かんでいられたというんだ？　いったい、何のために？　まさか、きみは――」

あらためて、今度はさらに抗えないほどの勢いで、昨夜の悪夢が脳裏によみがえる。

「ぼくはきみに、自分が見たことそのままを伝えているんだ」アクームは答えた。「それからひと晩じゅう、もうすぐ夜が明けるというころまで、夫人は不気味なコウモリのように窓の外をふわふわと飛びまわりながら、しきりに中へ入ろうとしていたよ。さて、これまでぼくがきみに話してきたことを、順を追って整理してみようか」

指を折りながら、アクームは続けた。

「第一に、あの少年が苦しんでいたのとよく似た病がペシャワールで発生し、それによってアムワース夫人の夫が亡くなった。第二に、アムワース夫人は少年をわが家に移動させることに反対した。第三に、夫人か、あるいはその身体を乗っとった悪魔、すさまじい力を持つ化けものが、しきりに少年の病室に入ろうと試みていた。さらにつけくわえるなら、中世に吸血鬼の被害が数多く発生したといわれる場所は、まさにこのマクスレイなのだ。記録によると、その吸血鬼の名はエリザベス・チャストンという……きみも憶えているようだね、アムワース夫人の旧姓だよ。最後に、今朝になって、少年はいくらか回復を見せたよ。あと一度でも吸血鬼に襲われていたら、とりかえしのつかないことになっていただろう。さて、これらの事実から、きみはどんな結論を導き出す?」

長い沈黙の中、このにわかに信じがたい怖ろしい話には、たしかに真実味があると認めざるをえないことを、わたしは悟りはじめていた。

「実は、こっちからも話しておきたいことがあってね」わたしは口を開いた。「関係があるかどうかはわからないが。きみは、その――化けものが、夜明け直前に姿を消したと言っていたね」

「ああ」

夢の話をうちあけると、アクームはぞっとするような笑みを浮かべた。

「そうだな、目がさめてよかったよ。それは、きみの無意識が送ってよこした警告だ。きみの無意識はけっしてうかうかと眠りこけることなく、怖ろしい危険が迫っていることを大声で伝えたんだよ。そうなると、きみはふたつの理由から、ぼくに手を貸さなくてはならなくなったな。第一に他人を救うため、第二にきみ自身を救うためだ」

「わたしは何をすればいい?」

「まずは、あの少年を見まもるのに手を貸してほしい。けっして夫人を近づけないように。やがてはあの化けものを追いつめ、正体を暴いて退治する手伝いもしてもらおう。あれは人間じゃない——人間の姿をした悪魔なんだ。やつを倒すためにどんな手順を踏むべきか、いまはまだわからないがね」

いまや昼の十一時となっていた。ほどなくして、わたしはアクームの家へ行き、まずは十二時間にわたって少年を見まもりつづけた。アクームはその間に睡眠をとり、夜にはまた不寝番を務める。そうすれば、これから二十四時間はわたしとアクームのどちらかが、いまや刻一刻と体力を回復しつつある少年のそばに付き添っていられるというわけだ。その翌日、土曜の朝はよく晴れ、冴えわたった空が広がっていた。すでにブライトンへ向かう車の列が通りを走りはじめているのを尻目に、少年の見まもり役を交代するため、アクームの家へ向かう。どうやら少年の容態はさらに快方に向かっているらしく、アクームがいかにも上機嫌な顔で家を出てきたそのとき、かごを手にしたアムワース夫人が、道路沿いの広い草地をこちらに渡ってきて、わたしに軽く会釈をした。つまり、三人がそこで顔を合わせることとなったのだ。夫人の左手にふと目をやると(アクームもまた、同じところを見つめていた)、指の一本に包帯が巻かれている。

「おはようございます、おふたりともおそろいなのね」夫人は口を開いた。「あなたの患者さん、すばらしく回復しているんですってね、ミスター・アクーム。わたし、あの子にゼリーを持ってきたのよ。一時間ほど、面会させていただこうと思って。あの子とは、わたし、とっても親しいの。回復しつつあると聞いて、こんなに嬉しいことはないわ」

一瞬の沈黙の後、まるで決心を固めたかのように、アクームは人さし指を夫人につきつけた。

「いや、面会は許可できない。寝室に入ることも、あの子に会うことも、あなたに許すわけにはいかない。その理由は、あなたにもわかっているはずだ」

あんなにも人間の顔が怖ろしく変貌するところを、わたしはこれまで見たことはなかった。夫人の顔が、一瞬にして灰色の靄のような色となる。自分につきつけられ、いまや宙に十字を描いている指から逃れようとするかのように、夫人は片手をかざすと、ひるんで後ずさりし、道路にしゃがみこんだ。その瞬間、けたたましいクラクション、ブレーキを踏みこむ音、そして叫び声が響く——何もかもが遅すぎたが——そして車が走りぬけ、長い悲鳴がふいに途中で断ち切られた。夫人の身体は車の前輪に、続いて後輪に轢かれた後、路面に叩きつけられて跳ねあがる。しばし震え、痙攣した後、その身体はまったく動かなくなった。

三日後、夫人の亡骸はマクスレイの外にある墓地に、生前わたしに語っていたとおりの指示にしたがって埋葬された。この突然の惨たらしい死に、小さな村の住民たちはひどい衝撃を受けたが、それも日を追って静まっていった。ただふたり、アクームとわたしにとってだけは、事故の衝撃も、むしろ夫人が死んだという安堵で相殺されてはいたものの、それはふたりの胸に納めておくほかはない。この死によってどれだけの恐怖を事前に回避することができたのか、わたしたち以外に知るものはいなかった。とはいえ、わたしにはどうも奇妙に思えたのは、アクームがいまだ夫人について何か懸念しているらしいこと、そして、それについて尋ねてみても、何も答えてはくれないことだった。やがて穏やかで芳醇な九月がすぎ、黄色に染まった葉が散るように十月もすぎていくにつれ、アクームの不安もしだいに薄らいでいく。だが、十一月を目の前にしたある日、そんな見せかけの静けさは、いきなり暴風と化した。

その夜、村の反対側の家に食事に招かれていたわたしは、十一時ごろ帰途についた。月はいつになく明るく輝き、その光に照らされて、あたりはまるで銅版画のように見える。かつてアムワース夫人が暮らし、いまは貸家の札が掲げられている家の向かいにさしかかったとき、家の門のほうから、かちりという音がした。そちらに目をやった瞬間、魂もおののくような恐怖が全身を突きぬける。そこに立っているのは、アムワース夫人ではないか。月明かりにくっきりと照らし出された横顔が、こちらをふりむく。その顔は、もはや見まちがえるはずもなかった。向こうは、どうやらわたしが見えていないらしい（夫人の庭を囲むイチイの生垣が、黒い影でわたしを包みこんでくれていたのだ）。夫人はそのまま足早に通りを渡り、真向かいの家の門を入っていった。そして、それきり姿を消す。

ずっと走りつづけていたかのように、わたしの呼吸は荒くなっていた——そして、次の瞬間、本当に走り出す。怯えた目で何度も後ろをふりかえりながら数百メートルを走りぬけると、そこに建つのはわたしの家、そしてアクームの家だ。躊躇なくわたしの足はアクームの家に向かい、一分も経たないうちにその戸口に飛びこんだ。

「いったい、何があった？」アクームは尋ねた。「当ててみようか？」

「当たるものか」と、わたし。

「いや、これは当て推量ではないんだ。アムワース夫人が生きかえり、きみはそれを見たんだろう。さあ、話してくれ」

一部始終を、わたしは話してきかせた。

「すると、ピアソール少佐の家だな。さあ、ぼくといっしょに、そこへ戻ろう」

「だが、われわれに何ができる？」わたしは尋ねた。

「さあ、わからない。まさに、それを突きとめなくてはならないんだ」

一分ほどの後、わたしたちはその家の前にいた。さっき通りすぎたときには、家の窓はすべて真っ暗だったのに、いまや二階のふたつの窓から明かりが漏れている。家に向かいあった瞬間、玄関の扉が開き、まもなく門からピアソール少佐が飛び出してきた。わたしたちを見て、少佐は足をとめた。

「ロス医師を呼びにいくところなんだ」少佐は口早に説明した。「家内が急な病でね。わたしより一時間ほど早く床についていたんだが、わたしが寝室に上がってみると、まるで幽霊のように蒼白な顔をして、ひどく弱ってしまっていたんだ。ずっと眠っていたそうなんだが、まるで――とにかく、いまは失礼するよ」

「ちょっとだけ待ってください、少佐」アクームが呼びとめた。「ご夫人の首に、何か傷は？」

「どうして、それを?」と、少佐。「ああ、あった——あの厄介なブユに二度咬まれでもしたように、二対の傷がね。そこから血が流れていたよ」

「いま、ご夫人には誰か付き添っていますか?」

「ああ、メイドを起こした」

少佐が行ってしまうと、アクームはこちらに向きなおった。「何をすべきかわかったよ。まずは着替えてくれ。きみの家に迎えにいこう」

「何をするんだ?」わたしは尋ねた。

「道々話すよ。これから墓地へ行く」

つるはし、シャベル、ねじ回しを用意し、輪にして束ねた長い縄を肩に引っかけて、アクームはわたしを迎えにきた。歩きながら、これから起きるであろう怖ろしい展開を、手短に説明してくれる。

「これから話すことはあまりに途方もなく、きみにはとうてい信じられないだろうな。だが、それがはたして現実かどうかは、夜が明ける前に明らかとなる。もしもすべてがうまくいけば、きみはアムワース夫人が世にも忌まわしい行為におよぶところを目にすることになるだろう。幽霊とでも、霊体とでも、きみの好きなように呼んでかまわない。それはつまり、生前に夫人の身体を乗っとっていた吸血鬼の魂が、ふたたびその夫人を死からよみがえらせたということだ。それは、とくにめずらしい話ではない——夫人が死んでからというもの、ぼくはずっとこれを予期していたんだよ。ぼくが正しければ、夫人の肉体はまったく腐敗も、変質もしていないはずだ」

「だが、夫人が亡くなって、もう二ヵ月近く経つんだぞ」

「たとえ二年経っていたとしても同じことさ、吸血鬼がその身体に宿っているかぎりはね。だから、忘れないでいてくれ――これからきみが何を見たとしても、本来なら墓に生えた草の養分となっているはずのアムワース夫人が、ひどい仕打ちを受けていると思ってはいけない。その身体にとりつき、まるで生きているかのように動かしている、とてつもなく邪悪で怖ろしい魂に対して、当然の処置をするだけのことだからな」

「いったい、何をするつもりなんだ?」

「これから話すよ。われわれが知っているとおり、いまこの瞬間、アムワース夫人の姿を借りた吸血鬼は外をさまよっている、食事をとるためにね。だが、夜明け前にそれは必ず戻ってきて、墓の下に眠る肉体にふたたび入りこむんだ。そのときを待って、ぼくはきみの力を借り、夫人の墓を掘りかえす。ぼくの推測が正しければ、夫人の身体はまるで生きているかのように見えるはずだよ、たったいま吸いとったばかりの忌まわしい栄養分を体内にめぐらせ、ますます活気に満ちてね。だが、夜が明けてしまえば、吸血鬼はそのねぐらとする肉体から抜け出すことができなくなる。そのときをねらって、これで」――アクームはつるはしを示した――「夫人の心臓を刺しつらぬくんだ。そうすれば、悪霊によって、まるで死からよみがえったかのように見えていた夫人も、そこに宿っていた悪霊も、ともに真の死を迎える。それを見とどけたら、ようやく解放された夫人の亡骸を、ふたたび墓に埋めもどすんだよ」

わたしたちは、すでに墓地にたどりついていた。明るく輝く月のおかげで、夫人の墓は難なく見つかる。墓から二十メートルほど離れて小さな礼拝堂があり、わたしたちはその柱廊の陰に身を隠した。そこからなら視界をさえぎるものもなく、地獄からの訪問者が夫人の墓に戻ってくるのをじっくり待ちうけることができる。その夜は暖かく、風もなかったが、たとえ凍えるような風が吹きすさんでいたとしても、わたしは何も感じなかったことだろう。この夜、そして明けがたに何が起きるのか、そのことだけを一心に考えつづけていたからだ。礼拝堂の小塔には鐘があり、十五分ごとに時を告げる。鐘が鳴るたび、あまりに早く時間がすぎていくことに、わたしは驚かずにはいられなかった。

鐘が朝五時を告げるころには、月はとうに沈んでいたが、白みはじめた澄んだ空に、いまだ星がまたたいていた。それから数分がすぎたころ、アクームがそっとわたしをつついた。その手が指さすほうへ目をやると、長身で大柄な女性が右のほうからこちらに近づいてくるのが見える。音もなく、歩くというよりは宙に浮き、滑っているような動きで、その人影は墓地を横切り、わたしたちがずっと見つめていた墓に寄っていく。場所をまちがえていないか確かめるかのように、墓の周りをぐるっと回ったとき、その顔が一瞬まっすぐにこちらを向いた。明けがたの薄闇にすっかり慣れていたわたしの目は、やすやすとその顔立ちをとらえ、まちがいなくアムワース夫人であるのを見てとった。

夫人は片手で口もとを拭うと、くすくす笑いを漏らした。ぞっとして髪が逆立つのがわかるほど、怖ろしい笑い声だ。やがて夫人は墓に飛びのると、両手を頭上に高く掲げ、ずぶずぶと地面に沈みはじめる。うっかり動いてしまうのを押しとどめるかのように、それまでわたしの腕に置いていた手を、そのときアクームは引っこめた。

「さあ、行こう」わたしにそう呼びかける。

つるはしにシャベル、縄を手に、わたしたちは墓に歩みよった。砂混じりの土は軽く、六時をわずかにすぎるころには、すでに棺の蓋が見えていた。アクームがつるはしで棺の周りを掘りおこし、縄を棺の持ち手に引っかけると、今度はふたりで棺を引き揚げにかかる。こちらは時間がかかり、骨の折れる作業で、ようやく棺を墓穴の脇に横たえたときには、すでに東の地平線から曙光が広がりはじめていた。アクームはねじ回しで棺の蓋をゆるめ、蓋を外す。わたしたちはその場に立ちつくしたまま、アムワース夫人の顔をじっと見つめた。死を迎えたときに閉じられていたはずのまぶたは、いまはぱっちりと開き、頬は生き生きと紅潮して、豊かな赤い唇はまるでほほえんでいるように見える。

「一撃で、すべては終わる」アクームが口を開いた。「きみは見ないでおくといい」

そう言いながら、アクームはふたたびつるはしを手にした。その切っ先を夫人の左胸に当て、ねらいを定めて距離をとる。次に何が起きるのかわかっていても、わたしは目をそらすことができなかった……

アクームはつるはしを両手で握りなおし、ねらいを外さないようほんの数センチだけ振りあげると、全身の力をこめてそれを夫人の左胸に叩きこんだ。死んでからこんなに月日が経っているというのに、胸からは血が勢いよく噴きあがり、重たげな音をたてて屍衣に振りそそぐ。赤い唇からは、まるで号笛のように長く尾を引くすさまじい叫び声が漏れ、ふくれあがり、やがて消えていった。稲妻がひらめいたかのような一瞬のうちに、生き生きとした顔は腐敗しはじめ、鮮やかな血色は生気のない灰色に変わり、ふっくらとした頰はこけ、唇は力なく開く。

「神よ、感謝します。これで終わった」そうつぶやくと、アクームは一瞬の猶予もなく、ぴしゃりと棺の蓋を閉じた。

みるみる日が射してくる中、わたしたちはとりつかれたようにせっせと作業を続け、棺を墓穴に戻して、掘りかえした土をその上にかぶせた……やがて、小鳥たちがせわしなくさえずる早朝の歌に送られて、アクームとわたしはマクスレイへの帰途についた。

地下鉄にて

In the Tube

「こんなものは昔からの約束ごとにすぎないよ」アンソニー・カーリングは楽しげに断じた。「しかも、あまり説得力はないときている。そう、時間だ！　時間などというものが、実際にあるわけじゃない――これといった何かが存在するわけじゃないからね。時間は永遠の中の微細な一点にすぎないんだ、空間が無限の中の微細な一点にすぎないように。そう、せいぜい一種のトンネルというところかな。ぼくたちはそこを通って旅をしていると、あたりまえのように思いこんでいる。だが、そのトンネルに入る前には、ぼくたちは無限に広がる陽光の中、永遠にそこに存在していた。そして、このトンネルを抜けてしまうと、ぼくたちはまた、無限に広がる陽光の中、永遠に存在することとなるんだ。だとしたら、そこを通りぬけるほんの一瞬の混乱と騒音を、どうして気にかける必要がある？」

人間に測ることのできないこうした概念を心から信奉し、まるで火かき棒で暖炉の火をかきたてるように、こんな鋭い舌鋒で議論の火花を散らしながらも、アンソニーは人知のおよぶ有限のあれこれを心から楽しんでいた。人生とその喜びをこんなにも満喫している人間を、わたしはほかに知らない。今夜も極上の晩餐と、どんな賛辞も足りないほどのポートワインでわたしたちをもてなし、生来の楽天的な気質を発揮して、その場をたっぷりと盛りあげてくれたところだ。いまやこのささやかな集まりの客たちもみな帰ってしまい、わたしだけが後に残って、アンソニーの書斎の暖炉の前に腰をおちつけていた。外では風が吹きすさび、雨混じりの雪を窓ガラスに叩きつける音が、ときに暖炉で炎の燃えさかる音さえもかき消してしまう。ここを最後に出ていった客たちのように、凍りつくような風にさらされながらブロンプトン・スクエアの雪に覆われた舗道を急ぎ足で渡り、危なっかしく横滑りするタクシーに乗りこむくらいなら、いっそ明日の朝までここですごすほうが、どれほど快適なことだろう。何より、ここには刺激的で話題の尽きない話し相手がいる。本人にとっては現実的かつ役に立つという壮大な抽象論を語らせても、あるいは時間と空間をめぐるこうした約束ごとについて実際に体験した逸話を語らせても、つい夢中になって耳を傾けてしまう話術の持ち主なのだ。

「ぼくは人生が大好きだ」と、アンソニー。「こんなに夢中になれる玩具はないね。すばらしくおもしろいゲームだと思っている。きみも知ってのとおり、ゲームを楽しむこつは、とことん真剣にとりくむことだ。『たかがゲームさ』と思ってしまったら、その瞬間、きみはもうそのゲームに興味がないということだからね。ゲームにすぎないということを理解しつつ、それが唯一の目的であるかのようにふるまわなくてはならない。この楽しみがまだまだ何年も続くよう、ぼくは願っているよ。だが、それと同時に、人間は誰でも真実の次元に生きている――永遠と無限という次元にね。そういうふうに考えてみると、人間に理解できないのは無限ではなく、むしろ有限という概念じゃないだろうか。永遠が理解できないんじゃない、むしろ刹那を理解できないんだよ」

「それはいささか逆説的に聞こえるな」わたしは口をはさんだ。

「それは、つねに何もかもが区切られ、限られているとして考える習慣がついてしまっているからさ。あらためて、この問題を真っ正面から考えてみよう。有限の時間、有限の空間というものを想像してみようとしても、そんなことはできない。百万年をさかのぼり、さらにそこに百万を掛けてみても、その時間が始まる時点を思い浮かべることはできないんだ。時間が始まるとき、そこではいったい何が起きた？　始まる前には何があって、さらにそれが始まる前には？　さらにその前を想像できるか？　そう考えてみると、結局のところ、人間に理解できるのは永遠だけなんだ。始まりもなければ、終わりもない。空間だって同じことさ。いちばん遠くにある星のことを想像してみればいい。その先には何がある？　虚無か？　その虚無をさらに突き抜けていったらどうなる？　結局は、その虚無に限りがあり、どこかで終わるところなど、ぼくたちには想像できないんだ。はてしなくどこまでも続く、そんなふうにしか理解することはできないんだよ。それ以前やそれ以降、始まりや終わりのない世界が、どれほど居心地のいいことか！　ぼく自身、死後に永遠という巨大な柔らかいクッションが待っていて、そこに頭をもたせかけることができないのなら、不安でそわそわしてしまうにちがいない。もっとも、こんなふうに言う人々もいる──たしか、きみもそのひとりじゃなかったかな──永遠など退屈だ、そんなものはどこかで断ち切ってしまえ、とね。だが、それは永遠を時間の流れの中でしか考えていないからだ。頭の中で無意識のうちに『その後には何がある、そしてその後は？』と考えてしまっているのさ。永遠に〝その後〟など存在しない、もちろん〝その前〟もだ、わからないかな？　どこにも区切りなどないんだよ。永遠というのは、量を示す概念じゃない――質なんだ」

アンソニーがこんな調子で語るのを聞くと、ときとしてその心に描いているものが手にとるようにくっきりと見えることもある。だが、逆に（抽象論をぱっと把握するのが苦手なせいか）何の話をしているのかさっぱり理解できず、断崖に追いつめられているように感じてしまうときもある。今夜は後者にあたり、わたしはせっかちに話をさえぎった。

「いや、〝その前〟も〝その後〟も存在するさ。ほんの数時間前、きみはわたしたちにすばらしい晩餐をふるまってくれた。そして、その後――そう、その後――わたしたちはブリッジを楽しんだじゃないか。これから、きみはいまの話をもうすこしわかりやすく説明してくれるはずだ。そして、その後はわたしも寝室に引っこんで――」

アンソニーは声をあげて笑った。

「そうさ、きみは好きなようにすごしてくれればいい。今夜も、明日の朝も、時間など気にする必要はないからな。もちろん、朝食も一時間といわず、いつでも目がさめたときに、永遠に食べつづけてもらってもかまわない。いまはまだ真夜中ではないが、時間の縛りなど取っぱらって、はてしなくこんな話を続けていたっていいんだ。きみの錯覚を打ち消す助けになるのなら、いっそ時計も止めてしまって、話をひとつ聞かせようか。現実と呼ばれているものがどれほど非現実的か、それを教えてくれる話だと、ぼくは思っている。そう、少なくとも、何が現実で何がそうではないか、その区別がどれほどあてにならないかを思い知らされる話さ」

「何か超自然的な、不気味な話かい？」わたしは思わず耳をそばだてた。普通の人間の目には見えないものを見とおす、奇妙な透視の能力がアンソニーには備わっているのだ。

「そうだな、きみはこれを超自然現象と呼ぶかもしれないな。だが、厳しい現実もたっぷり混じっている話でもある」

「いいな、すばらしい取りあわせじゃないか」と、わたし。

アンソニーは新しい薪を暖炉にくべた。

「かなり長い話でね。もうたくさんだと思ったら、いつでもそう言ってくれ。ただ、ぜひきみに考えてほしい問題があるんだ。きみのように〝その前〟や〝その後〟の存在を信じてやまない人々は、ものごとがいつ起きたのかを特定することがどれだけ難しいか、考えてみたことはあるのかな？　たとえば、ある男が暴力犯罪に走ったとする。その男が真に罪を犯したのは、その計画を立てて実行する決意をし、舌なめずりをしながら好機をうかがっていたときではないと言えるだろうか？　実際に手を下した瞬間は、論理的に考えて、しょせん決意の帰着点にすぎないんだ――だとすると、罪を犯したのは決意を固めた瞬間ということになる。そう考えると、その犯罪が真に発生したのは、〝その前〟〝その後〟でいうなら、いつだと思う？　これから聞かせる話にはさらにもうひとつ、きみに考えてほしい問題がある。そんな罪を犯してしまった人間の魂は、肉体が死を迎えた後、ふたたびその罪をくりかえさなくてはならないらしい。どうやら、自責の念と罪のあがないのためではないかと考えられているがね。透視能力を持つ人々が、そんな場面を何度も目撃しているんだよ。おそらく、生前に罪を犯してしまったときは、何も考えていなかったのだろう。だが、魂の目が開いた状態でその罪をくりかえせば、それがどんなに大それたことだったかが理解できる。そうなると、その男が生前に犯行を決意し、実際に手を下したことは、死後に自分のしたことを理解してからそれをくりかえすことの、単なる序章にすぎないのではないか？　……こんな抽象的な議論をしても、さっぱりわけがわからないだろうが、この話を聞いてくれれば、きっとぼくが何を言いたかったか理解できるはずだ。どう、くつろいでいるかい？

何かほしいものがあったら言ってくれ。では、始めようか」

アンソニーは椅子に深く身体を沈めると、しばし考えをまとめ、やがて口を開いた。

「これから聞かせる話のそもそもの始まりは、一ヵ月前までさかのぼる。ちょうど、きみがスイスに出かけていたころのことさ。そして昨夜、どうやらようやくけりがついたようだ。これから先は、もうこんな経験をすることはないだろう。そう、一ヵ月前のひどい雨降りの夜、ぼくは外で夕食をとり、遅い時間に帰宅したんだ。タクシーがつかまらなくてね、土砂降りの中をピカデリー・サーカスの地下鉄の駅まで急いだら、こっちへ向かう最終電車に間に合って、わが身の幸運を喜んだものさ。ぼくが乗りこんだ車両はがらがらで、ほかにはひとりしか乗客がいなかった。扉のすぐ脇の席に坐っていたその男のすぐ前に、ぼくは腰をおろしたよ。その男にまったく見おぼえはなかったんだが、なぜかひどく気にかかってね、気がつくとしげしげと見つめてしまっていた。正装をした中年の男で、何かひどく重要なことが心にかかっているかのように、思いつめた表情を浮かべているんだ。膝の上に載せた手が、時おりきつく握りしめられ、またゆるむ。ふいに男は顔をあげ、ぼくの顔をじっと見つめた。その顔には疑念と不安が浮かんでいたよ、まるでぼくが、何かでこっそりと驚かせてしまったかのようにね。

ちょうどそのとき、電車がドーヴァー・ストリート駅に停まった。車掌が扉を開け、駅の名前を呼ばわった後、こうつけくわえた。『ハイド・パーク・コーナー、グロスター・ロード方面においでのお客さまはこちらでお乗りかえください』つまり、この電車はぼくの目的地であるブロンプトン・ロードに停まるということなので、ぼくはこのまま乗っていてかまわない。道連れとなった男のほうもどうやらこの先へ向かうらしく、電車を降りようとはしなかった。結局のところ誰も降りないまま、まもなく扉が閉まり、また電車が動き出す。ここだけは断言しておきたいんだが、扉が閉まり、電車が動き出してから、ぼくはちゃんと男の姿を見ているんだ。だが、電車に揺られながらもう一度そちらを見やると、そこには誰もいなかった。車両には、ぼくしか乗っていなかったんだ。

もしかしたら、きみはぼくが一瞬の白昼夢を見たにすぎないと思うかもしれないな。だが、そうではないとぼくにはわかっていた。何かを予知したとき、あるいは透視したときのような感覚が身体に残っていたんだ。どこかの誰かの生霊、肉体を離脱した幽体、何とでも呼んでもらってかまわないが、そんなたぐいの存在が目の前の座席にかけ、何かしきりに考えこみ、計画を練っていたというわけさ」

「だが、どうして?」わたしは尋ねた。「きみが見たと思ったものが生きている人間の霊だと、どうしてわかった? 死んだ人間の幽霊だったかもしれないじゃないか?」

「それは、感覚として伝わってくるんだよ。死人の幽霊を見たことはこれまでに二、三回あるが、そんなときはいつも身の毛のよだつような恐怖が襲ってくるし、冷たさ、寂しさといった感覚がつきまとうんだ。だが、そのとき見た男はまちがいなく生きている人間の霊だった。それが正しかったことは、すぐ翌日にわかったよ。ほかならぬご本人に会ったのさ。さらにその晩、ぼくはふたたびその男の幽体を見た。まあ、とにかく順を追って話していこうか。

翌日、ぼくは隣人のスタンレー夫人と昼食をとった。ごくこぢんまりした昼食会でね、ぼくが到着したときには、あとは最後の客を待つだけとなっていたんだ。友人と話していると、すぐ横からスタンレー夫人の声がした。

『よかったら、サー・ヘンリー・ペイルをご紹介させてくださいな』

ふりむくと、そこには昨夜、向かいに坐っていた男の姿があった。見まちがう余地もない、あの男だ。握手を交わしながら、向こうもやはりぼくを見て何かに気づき、記憶を探っているようだった。

『以前にお会いしたことがありましたかな、ミスター・カーリング？　たしか、どこかでお見かけしたような――』

そのときは、男が奇妙にも車両から姿を消したことはすっかり忘れてしまっていてね、ぼくは昨夜、本人を見かけたとばかり思っていたんだ。

『ええ、それもごく最近ですよ』と、ぼくは答えた。『昨夜、ピカデリー・サーカスからの最終電車で、向かいに坐っていたんです』

男はじっとこちらを見つめ、不思議そうに眉をひそめると、やがて頭を振った。

『いや、それはわたしではありませんよ。わたしは今朝、ロンドンに出てきたばかりですからな』これには、ぼくもすっかり興味をそそられてしまったよ。幽体というものは、その魂だけの状態でもなかば意識があり、幽体でいるときにどんなことが起きたのか、ぼんやりとしたかすかな記憶が残っているのだと聞いていたからね。昼食の間じゅう、サー・ヘンリーはずっとこちらに視線を向け、不思議そうな、とまどった表情を浮かべていた。そして、ぼくが辞去するときには、歩みよってこう声をかけてきたんだ。

『いつの日か、あなたのことを思い出せるといいのだが。どこでお会いしたのかをね。また、お目にかかれることを願っていますよ。ひょっとして、あのとき――?』――だが、途中で言葉を呑みこむ。『いや、あれは消えてしまったんだったな』そんなふうに、サー・ヘンリーはつけくわえたよ」

先ほど放りこまれた薪はいまや勢いよく燃えさかり、揺らめく炎がアンソニーの顔をぼうっと照らし出した。

「きみが偶然というものを信じているのかどうか、ぼくは知らない」アンソニーは続けた。「だが、信じているのだとしたら、そういう考えは捨ててくれ。少なくとも、まさにその同じ夜、ぼくがまたしても地下鉄の西行き最終電車に間に合ったことを偶然とは呼べまい。前回はほかに誰も乗客がいなかったわけだが、今回はぼくが乗りこんだドーヴァー・ストリート駅で、すでにかなり大勢の人間が電車を待っていた。やがて電車が近づいてくる音が響きはじめ、もうじき電車が姿を現すであろうトンネルの出口を見やると、そのすぐ近くに、ほかの電車待ちの客たちからはぽつんと離れて、サー・ヘンリー・ペイルが立っていたんだ。昨夜はサー・ヘンリーの幽体を目にし、今夜まさに同じ時間に、今度は本人と出会うとは、いかにも奇妙なことに思えてね、ぼくはそちらに向かって歩きはじめた。こんなふうに声をかけようと思ったんだ、『結局のところ、今度はまちがいなく地下鉄でお会いしましたね』とね……だが、そのとき、怖ろしいことが起きた。トンネルから電車が姿を現した瞬間、サー・ヘンリーは線路に身を投げたんだ。電車はその身体を轢き、プラットホームに滑りこんだ。

一瞬、ぼくは恐怖に凍りついたよ。むごたらしい悲劇のさまを見まいと、思わず目を覆ったのを憶えている。だが、すぐに気がついたよ。周囲にはこんなに大勢の人間が電車を待っているのに、ぼく以外の誰も、いま起きたことを見てはいなかったんだ。窓から外を見ていた運転士もブレーキをかけようとはしなかったし、電車が揺れることも、悲鳴や叫び声があがることもなく、待っていた人々はただ淡々と車両に乗りこんでいったよ。ぼくはよろめいていたにちがいない。そんな光景を見てしまい、気分が悪く、いまにも倒れそうだったからね。たまたま居あわせた親切な御仁が、ぼくの身体に腕を回し、電車に乗りこむのを助けてくれた。その人物は医者だそうで、どこか痛いのか、何か病気にでも苦しんでいるのかと尋ねられたよ。いま、こんな光景を見た気がするとうちあけたら、そうした事故は実際には起きていないと請けあってくれた。

そんなわけで、さっきの光景はいわば心霊劇場の第二幕だったのだと、ぼくは悟った。翌日の午前中は、この問題について自分は何をすべきか、真剣に知恵を絞ったものさ。その日の朝刊に目を通しても、予測していたとおり、そんな事故の記事は載っていなかった。そんなことがまだ起きていないのは確かだったが、いつかは起きるということが、ぼくにはわかっていたんだ。時間という名の薄い帷《とばり》が、ぼくの目の前ではぐり取られ、いわゆる未来がその姿を現した。時間という軸で考えれば、それはたしかに未来だが、ぼくの視点からすれば、過去も未来も変わりはない。どちらも同じく存在する事実であり、未来のほうは、それが現実に遂行されるのを待っているだけということだからね。考えれば考えるほど、ぼくにできることは何もないというのは明らかだった」

話をさえぎり、わたしは口を開いた。

「きみは何もしなかったのか？」アンソニーを問いただす。「そんな悲劇を避けるために何も手を打たなかったなんて、そんなはずはあるまい」

アンソニーはかぶりを振った。

「具体的に、どんな手を打てるというんだ？　サー・ヘンリーを訪ねていって、あなたをまた地下鉄で見かけた、今度は自ら生命を絶つところだったと話すのか？　こんなふうに考えてみてくれ。ぼくがみた光景がただの幻、単なる妄想にすぎず、実際にまだ起きてはいないし、重要な意味など何もないと思ってもらってもいい。あるいは、これがまさに現実であり、すでに起きたことと本質的に変わらないと考えてもいい。いっそ、あまり論理的とはいえないが、このふたつの立場の中間をとってもらってもかまわないよ。つまり、すでに起きた、あるいはこれから起きる自殺という問題があり、そこにいたる理由をぼくは知らないわけだ。だが、サー・ヘンリーにそんなことを示唆してしまうのは、あまりに危険な行いではないだろうか？　ぼくが見た幻をサー・ヘンリーに告げたら、そういう選択肢もあると気づかせてしまうことになるかもしれない。さらに、もしもすでに自殺を考えていたとしたら、確信を与え、背中を押すことになってしまうかもしれないだろう？　〝魂をもてあそぶとやっかいなことになる〟と、かのブラウニングも言っているじゃないか」

「だが、何の手も打たないのはあまりに非情じゃないか」わたしは言いはった。「せめて、何か試みてみるべきだ」

「じゃ、どんな手を打つ？」アンソニーは尋ねた。「何を試みるんだ？」

そんな悲劇を避けるために何もしないなど、人間の本能として、どうしても声をあげずにはいられない。だが、どれほど必死になってみても、その厳しく冷酷な問いにたちうちできるはずもなかった。わたしの頭脳など、アンソニーの論理を打ちくずす力はないのだ。わたしが答えられないのを見て、アンソニーは先を続けた。

「きみにも思い出してほしいんだが、その自殺はすでに起きてしまった事実であるというぼくの信念は、そのときもいまも変わってはいない。それが何であるにせよ、自殺の理由はすでに存在し、影響をおよぼしはじめている。だとしたら、実体の次元でそれが起きてしまうのは、もはや避けられないんだ。この話の前置きとして、ぼくがきみにほのめかしていたのは、まさにこのことなんだよ。ものごとがいつ起きたのか、特定することの難しさを、考えてみてくれと言ったのを憶えているね。それなのに、サー・ヘンリーがまだ電車に飛びこんでいないのなら、自殺という事件はいまだ起きていないなどと、きみはいまだに考えているんだな。それは実体にこだわりすぎているとしか、ぼくには思えないんだがね。すでに実際に起きたかどうかは、公式に承認されたかどうかのちがいしかないと、ぼくは考えている。いまや実体の世界の暗がりから解き放たれたサー・ヘンリーも、そう納得してくれているといいんだが」

アンソニーがまさにそう語ったときのこと、こうこうと明かりの灯った暖かいこの部屋を、ふいに凍りつくような風が吹きぬけて、わたしの髪を乱した。暖炉の薪からあがる炎が一瞬かき消されそうになり、次の瞬間ぱっと燃えあがる。背後の扉が開きでもしたのかと、わたしは後ろをふりかえったが、そこには何ひとつ動くものはなく、閉まった窓を覆うカーテンも揺らぎさえしていなかった。アンソニーもその風を感じ、椅子の上ではっと身体を起こすと、まずは扉に、そして部屋じゅうに視線を走らせた。

「きみも感じたんだね？」わたしに向かって問いかける。

「ああ——ふいの突風をね。凍りつくように冷たかったよ」

「ほかには？」アンソニーはたたみかけた。「ほかに、何か感じたことはなかったか？」

わたしはしばし考えこんだ。生きた人間から離脱した幽体を見たときと、死んだ人間の幽霊を見たときのちがいを語ってくれたアンソニーの言葉が、ふいに頭をよぎる。いま感じているのはまさに後者だ。身の毛のよだつような感覚、恐怖、寂しさ。もっとも、わたしはまだ何も見てはいないが。「何か、不気味な感じがするよ」わたしは答えた。

そう言いながら椅子を暖炉に引きよせ、すばやい、実を言うと何かを待ちのぞむような視線を、明るく照らされた周囲の壁に注意ぶかく走らせる。アンソニーのほうは、暖炉にじっと視線を向けていた。炉棚には、電灯をふたつとりつけた燭台のすぐ下に、時計が置かれている。この話が始まる前、いっそ止めてしまおうかと提案された時計の針は、いまは十二時三十五分を指していた。

「だが、何も見えてはいないんだね？」と、アンソニー。

「ああ、何も。なぜだ？　何か見えるべきなのか？　ひょっとして、きみには――」

「いや、たぶん見えていない」

なぜか、わたしはそのアンソニーの答えが気になってならなかった。冷たい風とともに襲ってきた奇妙な感覚は、いまだ去ってはいなかったからだ。むしろ、しだいに強まりつつある。

「だが、自分に何が見え、何が見えていないかくらい、はっきりとわかっているものじゃないか？」わたしは尋ねた。

「必ずしもそう確信が持てるわけじゃないんだ。たぶん見えていないと、ぼくは答えたね。だが、いまきみに話していたできごとが、本当に昨夜で終わったのかどうかも、実はそう確信はない。もしかすると、さらに何ごとか起きるのかもしれないな。もしもきみがそうしたければ、この話はこのままにしておこうか。ぼくが知っている部分も、明日の朝までのお楽しみにしておいて、きみはもう寝室に行ってもらってもかまわない」

アンソニーの平静でおちついた態度が、わたしには心強かった。

「だが、そうすべき理由が何かあるのか？」

またしても、アンソニーは明るい壁を見わたした。

「そうだな、いまさっき、何かが部屋に入ってきた気がしたからね。その気配は、いまや強くなりつつある。そう聞いて何かいやな感じがするようなら、きみはもう寝室へ引きあげたほうがいい。もちろん、警戒すべきことなど何もないよ。それが何であれ、ぼくたちに害をなすはずはない。だが、さっききみに話した、二夜連続のできごとがあった時刻に、いまやしだいに近づきつつある。こうした現象は、たいてい同じ時刻に起きるものなんだ。その理由はわからないが、どうやら霊もいまだ地上の慣わしに縛られているらしい、たとえば時刻といったようなものにね。おそらく、ぼくはもうすぐ何かを見ることになるだろうが、きみには何も見えない可能性が高い。きみはぼくとちがって、こういう——こういう幻に悩まされるたちではないし——」

わたしは怯えていたし、そうと自分でもわかってはいた。だが、強く興味をかきたてられているのも本当だったし、アンソニーのいまの言葉に、ねじくれた自尊心が頭をもたげてきたことも確かだ。誰かの目に見えるものなら、どうしてこのわたしが見てはいけない？……

「いや、寝室に引っこみたくなどないね」わたしは答えた。「きみの話の続きが聞きたいんだ」

「そうか、それなら、どこまで話したっけな？　ああ、思い出した——電車がプラットホームに走りこむ寸前の光景を見て、どうしてぼくが何も手を打たなかったのかをきみが不審がり、何も打てる手などないのだと、ぼくが説明したところだったね。じっくり考えさえすれば、きっときみもぼくに同意してくれると願うよ……それから二日がすぎ、三日めの朝に新聞を広げると、そこにはぼくの見た光景を裏づける記事が載っていた。ドーヴァー・ストリート駅で、サウス・ケンジントン行きの最終電車を待っていたサー・ヘンリー・ペイルが、駅に入ってきたその電車に身を投げたというんだ。電車はそこから二メートルほど動いて停まったが、すでに胸を轢かれ、サー・ヘンリーは即死していた。

　検死審問が開かれ、そこで浮かびあがってきたのは、世間に成功者と思われている人間に、ときとして真っ暗な影のように落ちかかってくる暗い運命だった。サー・ヘンリーはもう長いこと妻と不仲で、別居していたというんだが、どうやら最近、別の女性と激しい恋に落ちてしまったらしくてね。自殺の前夜には、かなり遅い時刻に妻の家へ押しかけ、怒気をはらんだやりとりを長時間にわたってくりひろげていたという。サー・ヘンリーは離婚を迫り、言うとおりにしないとおまえの人生をめちゃくちゃにしてやると脅した。だが、それを突っぱねられて、抑えきれない激情に駆られ、妻の首を絞めにかかったんだ。抵抗する音に気づき、駆けつけた従僕がどうにかサー・ヘンリーを取り押さえた。殺人未遂で訴えてやると、レディ・ペイルは夫を脅したそうだ。それを気に病んだサー・ヘンリーは、次の夜、自ら生命を絶った」

　アンソニーはちらりと時計に目をやった。針は一時十分前を指している。暖炉の火が弱まり、部屋は奇妙に冷えこみはじめた。

「話はまだ終わっていないんだ」アンソニーはまたしても、部屋をぐるりと見わたした。「この続きは明日にしようとは思わないかい？」

　怯えているのを認める恥ずかしさ、面子、そして好奇心が、ふたたび勝ちを収める。

「いや、最後まで聞いてしまいたいね」

　だが、話を続ける前に、アンソニーはふいに目の上に手をかざし、わたしの椅子の後ろにじっと視線を注いだ。その視線をたどった瞬間、さっきアンソニーの言っていた、何が見えているのか確信が持てないときもあるという言葉の意味が、ふと頭にひらめく。わたしと壁の間に浮かんでいる、輪郭のある影のようなものは何だろう？　壁ぎわなのか、それとも椅子寄りなのか、目の焦点がうまく合わない。真剣に目をこらすうち、それはすうっと消えていってしまった。

「きみには見えないのか？」アンソニーが尋ねる。

「いや――どうやら見えないようだ。きみは？」

「ぼくには見えている気がする」わたしには見えないものを、アンソニーは目で追った。暖炉の前に居場所を定めたらしい何ものかに視線を注ぎながら、ふたたび口を開く。

「これらはすべて、何週間か前のできごとでね。きみがスイスに出かけていたときの話さ。それから昨夜まで、ぼくは何も見ていない。だが、まだ何かが起きるはずだと、その間もずっと思っていたんだ。ぼくから見るかぎり、これで終わりのはずはないからね。だからこそ、向こうから――あちらの世界から接触してくるのを手助けしようと、昨夜は一時数分前に、地下鉄のドーヴァー・ストリート駅に出かけていったんだ。サー・ヘンリーが妻を襲った時刻、そして自ら生命を絶った時刻だよ。ぼくが到着したとき、ホームには誰もいなかった――少なくとも、いないように見えた。だが、まもなく近づいてくる電車の音が聞こえはじめ、トンネルをのぞきこんでいる男の姿が、ぼくから二十メートルほどのところに現れたんだ。ここに降りてくるエレベーターには、そんな男は乗りあわせていなかったし、ほんの一瞬前まで、そこには誰もいなかったのに。こちらに近づいてきた男を見て、それが誰なのか、ぼくは見てとった。男が近づくにつれ、凍りつくような風がこちらに吹きつけてくる。近づいてくる電車の先触れの風じゃない、風向きが逆だったからね。こちらに歩みよってきた男の目に、ぼくが誰なのか気づいた表情が浮かんだ。男は顔をあげ、唇を動かしたが、トンネルを近づいてくる轟音のせいで何も聞きとれない。まるで何か懇願しているかのように、男は片手をこちらに差しのべた。ああ、どうしても自分を許せないよ、このときぼくはつい怖くなり、しりごみしてしまったんだ。さっきも話したように、死者の幽霊が現れるときには、それとわかるしるしがある。そのせいで、ぼくの身体は震えてしまったんだよ、心から男を気の毒に思い、できることなら何でも力を貸してやりたかったのに。男はたしかに何かぼくに頼みたいことがあったのに、ぼくは後ずさりしてしまった。そしてトンネルから電車が姿を現し、次の瞬間、男は絶望のこもった怖ろしい身ぶりをすると、電車の前に身を投げたんだ」

話しおえると、アンソニーはすぐ目の前を見つめたまま、すばやく椅子から立ちあがった。その瞳孔が開き、口が動くのを、わたしはじっと見まもった。

「いよいよ来るぞ」と、アンソニー。「自分の臆病さを償う機会を、こうして与えてもらえるんだ。何も怖がることなどない、それだけは忘れないようにしなくては……」

そう話している間にも、暖炉の上の羽目板がばきっと大きな音をたて、わたしの頭の周りをまたしても冷たい風が渦巻きはじめた。思わず椅子の上で身を縮め、そこにいるのはわかっているのに、わたしからは見えない何ものかから本能的に身を守ろうと手をかざす。わたしとアンソニーのほかに、何かが部屋の中にいる。それがひしひしと伝わってくるのに、何も見えないことが怖ろしくてたまらなかった。たとえどんなにぞっとする姿をしていても、目に見えたほうがましだ。

すぐ近くに目に見えない何かがひそんでいると、こんなにもはっきりとわかっているよりは。とはいえ、死者の顔、つぶれた胸が目に見えたら、どんな恐怖が襲ってくるのだろう……とにかく、この冷たい風に身体を震わせながらも、いまのわたしに見えているのは、見慣れた部屋の壁、そして目の前に足を踏んばって立ち、懸命に勇気を奮いおこしているアンソニーの姿だけだった。その目はすぐ近くにいる何かをじっと見つめ、口もとには笑みに似たものが浮かんでいる。やがて、アンソニーはまた口を開いた。

「ええ、あなたのことは知っていますよ。何か、ぼくに頼みたいことがあるんでしょう。何でも言ってみてください」

そして、部屋が静まりかえる。だが、わたしに聞こえなくても、アンソニーには聞こえているのだろう、一度か二度うなずくと、こう答えた。「なるほど、わかりました。そのとおりにしますよ」自分の目には見えない何ものかがそこにいて、自分の耳には聞こえない会話を交わしていると思うと、死者に対する恐怖、得体の知れないものに対する恐怖がいっそうふくれあがるとともに、まるで悪夢を見ているときのような、思うように身体を動かせない感覚が襲ってくる。身じろぎもできない、声も出てこない。ただ聞こえない声に耳をすまし、見えないものに目をこらしながら、わたしはただ死の陰の谷から吹きあがる冷たい風に身をさらしているしかなかった。怖ろしいのは、けっして死そのものではない。古の昔から数えきれないほどの死者たちが、自らの行いの罪ぶかさに目ざめてしまったがゆえに安らかに眠ることを許されず、その穏やかな静けさの中から追いたてられ、本来いるべき場所からこの物質世界に戻ってこなくてはならないという事実だ。生と死を分かつ深淵にこうして橋が架けられるまで、それがどれほどとてつもない、自然の理に反したことなのか、わたしにはわかっていなかった。死者がこちら側の人間に接触してくること自体は、ときとして起こりうるし、わたしもそこにさほど恐怖を感じていたわけではない。その死者が望んで接触してくるのなら、それはそれで理解できるからだ。だが、死という安息にもとどまることを許されず、こちらの世界に追いたてられてくる魂を思うと、その凍りつくように冷たい罪の深さに思いを馳せずにはいられない。

だが、そのとき、何より怖ろしいことが起きた。それまでまったく見えていなかった状況に、変化が訪れたのだ。アンソニーはいまやすっかり口をつぐみ、それまではじっと目の前を見つめていたのに、時おりちらりとわたしのほうに目をやっては、また視線を戻す。その見えない存在が、アンソニーからこちらに注意を移したことを、わたしも気づきはじめていた。やがて、じわじわと高まる恐怖とともに、目の前に現れたのは……

何やらぼんやりと形のある影が、炉棚とその上の羽目板の前を横切り、こちらに近づいてくる。やがて、それはしだいに形をとりはじめ——男の輪郭が見えてきた。最初はただの影だったものが、じわじわと細部も浮かびあがってくる。靄がかかったかのようにぼやけながらも、悲しげにゆがみ、生きている人間は味わうはずもない、ずっしりと重い苦悩を浮かべた顔らしきものがゆらゆらと浮かんでいるのを、わたしはたしかに見てとった。やがて肩の輪郭が形をとり、その下に鉛色と真紅の染みが広がったかと思うと、ふいにすべてがくっきりと鮮やかに浮かびあがった。真っ赤に濡れ、ぐしゃりとつぶれた胸から、まるで難破船の梁のように折れた肋骨が突き出したまま、そこに立ちつくす男。怖ろしいほどの悲しみをたたえた目は、じっとわたしを見つめており、この肌を刺すような冷たい風は、その目から流れ出していた……

やがて、まるで電灯を消すようにあっけなく、幽霊は姿を消した。冷たい風もすでに止み、わたしの目の前にはアンソニーが、静かで明るい部屋の中に立っているばかりだった。見えないものの存在は、いまやどこにも感じられない。アンソニーとわたしだけがそこにたたずみ、さっき中断した会話の余韻が、暖かい空気にゆらゆらとただよっている。麻酔から覚めた人間のように、わたしははっとわれに返った。すべてはふわりと元の世界に収まり、最初はまだ夢の中のようだったが、しだいに現実味が湧いてくる。

「わたしではなく、誰か別の人物に、きみは話しかけていたね」わたしは口を開いた。「あれは誰だった？　何の話をしていたんだ？」

明かりを反射してじっとりと光る額を、アンソニーは手の甲で拭った。

「地獄にいる魂さ」

すべてが終わってしまったいま、あのとき身体を襲った感覚はどうにも思い出せない。凍えていた人間がようやく温まると、その寒さがどんなだったか、なかなか思い出せないようなものだ。さんざん暑い思いをしても、いったん涼しいところに逃げこんでしまえば、息苦しいほどの暑さとはどんなものだったか、いまさら記憶を呼びもどすことはできない。それと同じく、あの存在が去ってしまったいま、ほんの数秒前に自分がどんな恐怖に苛まれ、どんな感情を抱き、何を考えたのか、わたしはもうはっきりとは思い出せなくなっていた。

「地獄にいる魂？　いったい何の話をしているんだ？」

アンソニーは一分ほど部屋をぐるぐると歩きまわり、やがて戻ってくると、椅子のひじ掛けに腰をおろした。

「きみが何を見たかはわからない」やがて、アンソニーは口を開いた。「きみが何を感じたかもね。だが、この数分間に味わったほど、ぼくにとって生々しい体験はいままでになかったよ。ぼくが言葉を交わしていたのは、自責の念という地獄に苦しむ魂だった。地獄というものは、まさにそういう形でしか存在しえないんだよ。自分が捨ててしまったこの世界と連絡をとるのに、もしかしたらぼくの協力を得られるかもしれないと、昨夜のできごとからあの男は思いついたんだ。そして、ぼくを探し、こうして見つけ出した。ぼくは会ったこともない女性に、心からの悔恨の言葉を伝えるという使命を請け負ったんだ……その女性とは誰なのか、きみにはわかるかな……」

ふいに勇みたち、アンソニーは腰をあげた。

「とにかく、確かめてみようじゃないか。あの男は、ぼくに所番地を教えてくれた。そうだ、ここに電話帳がある！　これははたして偶然かな、サウス・ケンジントンのチェイスモア・ストリート二十番地に住んでいるのが、ほかならぬレディ・ペイルだったとしたら？」

分厚い冊子を手にとると、アンソニーはページをめくった。

「ほら、当たりだ」

ロデリックの物語

Rodelick's Story

わたしの懸命の説得も、当初は何の効きめもないように思えた。友人のロデリック・カーデューに、チェルシーの気の滅入る家を畳み、そのまま（新たな家など考えず）遊牧民のように身軽な身体となって、まずはこの春の一ヵ月間を、ティリングにわたしが買ったばかりの家ですごし、四月の魔法の杖が自然豊かな地に呪文をかける光景を楽しまないかと誘っても、まったく色よい返事がもらえなかったのだ。思いつくかぎりの理由は、ありったけ並べてみた。いまや重い病気に苦しんでいるあいつにとって、これは医師に勧められた澄んだ空気と温暖な気候をたやすく満喫できる絶好の機会であること、あの小さな町の周りに新緑のプールのように広がる干あがった沼地は、あいつの愛してやまない光景であること、わたしがせっかく買ったばかりの家で友人を歓待したいと願っているのに、その気持ちを無下にするものではないこと、そもそも招いているのはもっとも古い友人のひとりだというのに、それを断るとは友だち甲斐がなさすぎること。そのうえ（念には念を入れ、こんな提案もしてみた）体力が回復してくればまたゴルフも楽しむことができるし、そんなごくゆるやかな運動につきあってくれるだけで、知ってのとおり、わたしもゴルフの腕を落とさずにすむのだが、と。

やがて、ロデリックもようやく軟化のきざしを見せはじめた。

「そうだな、ぼくもあと一度、あの沼地と広い空を見ておかないとな」

どこか不吉な響きのある〝あと一度〟という言いまわしに、わたしはふと不安になった。言葉のあやというものなのだろうが、懸念は先に払拭しておきたい。

「〝あと一度〟だって？　それはどういう意味だ？」

「こういうときには、いつだって〝あと一度〟と言うことにしているのさ」ロデリックは答えた。「欲ばりすぎるのはよくないからね」

この巧妙な言いのがれに、わたしの疑念はいっそう深まった。

「そんなふうにごまかしても無駄だ。正直なところを聞かせてくれ、ロディ」

ロデリックはしばし黙りこんだ。

「話すつもりはなかったんだ。言っても仕方のないことだからね。だが、きみがどうしてもと言うなら――そう、一歩も譲る気はなさそうだな――うちあけるよ。きみが思ったとおり、一度でも見られれば幸運というところだ。だが、大騒ぎはしないでくれ、ぼく自身、騒ぎたてるつもりはないんだからな。まっとうな人間は、死を騒ぎたてたりはしない。誰もがみな、いつかは乗りこむ電車なんだから。きみの乗る電車も、いつか来るんだ」

こういう知らせを聞かされると、その瞬間に、ずっと以前から知っていたような気分になるものだ。このときも、まさにそうだった。

「続けてくれ」わたしは促した。

「いや、まあ、それがすべてなんだがね。ぼくは死刑宣告を受けた身だ。刑の執行は、ぼくにとっては嬉しいことなんだが、フランス流ということになるらしい。知ってのとおり、フランスで死刑囚に刑の執行を告げるのは、ほんの数分前だというだろう。医師の話だと、ぼくの場合はさらに短くなりそうだ。一秒か二秒、それで終わりさ。どうか、ぼくの幸運を祝ってくれよ」

わたしはしばし考えてみた。

「そうだな、きみのために心から喜んでおくよ。だが、もう少しだけ詳しく話してほしいね」

「つまり、ぼくの心臓はすっかりいかれてしまっていて、どうにも手のほどこしようがないということさ。心臓病か！　なかなかロマンティックな響きじゃないか？　ヴィクトリア朝中期のロマンス小説だと、心臓病で死ぬのは主人公かその相手役だけなんだからな。おっと、横道にそれてしまった。早い話が、ぼくは予告なしでいつ生命を落とすかわからないんだ。ほんの二度ばかり苦しそうにあえぎ、それで終わりだと医師が話してくれたよ、詳しく教えてくれとせっついたときにね。さて、これできみも、どうしてぼくがきみの招きに応じようとしないのかわかっただろう。ぼくは、きみの家で死ぬようなことになりたくないんだ。他人の家で死ぬほど、とんでもないマナー違反はないからな。ふたたびティリングを見たいのはやまやまだが、それならいっそホテルをとるよ。ホテルならお互い恨みっこなしだ、そこでたまたま死ぬ客にかかる費用も、最初から宿泊料に上乗せしてあるんだからな。だが、きみの家で死ぬような不作法なことはしたくない。きみにもひどい手間をかけるし、そうなっても謝ることさえできないし――」

「いや、きみがわが家で死んでくれても、わたしはかまわないよ」わたしは口をはさんだ。「わたしの言いたいことはわかってくれていると思うが――」

ロデリックは声をあげて笑った。

「ああ、わかっている。これ以上に温かい友情の申し出もないと思っているよ。ぼくとしては、いまのこの状況をうちあけずにきみの家に滞在することはできなかったし、そもそもうちあける気がなかったからね。だが、これですべてが明らかになったわけだ。よく考えてくれ、申し出を撤回するかどうか」

「撤回なんかするもんか」わたしは答えた。「うちに来て、何があってもうちで死んでくれ、どうしても死ななきゃならないというならな。きみにはぜひ、うちで暮らしてほしいんだ。そりゃ、きみの遺言を執行させられることになったら、心底うんざりするさ。だが、きみがどこかの鼻持ちならないホテルの一室で、ビロード張りの家具やら姿見やらに囲まれて死ぬのはもっとうんざりなんだ。とにかく、きみにはどうしてもわが家を見てほしいんだよ、本当にすばらしくて……ああ、ロディ、こんな会話をきみとするのは退屈だな！」

心にもないことを言うのも、考えるのも難しい。友人にとって死がどれほど些細なことか、わたしはよく知っているし、心の奥底では、けっしてあいつと同じことを考えていないわけではないのだから。かつて、わたしたちはさんざん死を題材にして、楽しい想像や好奇心まんまんの推量をめぐらせた。どちらも霊魂がそのまま消滅してしまう未来を想像するほど悲観的ではなく、死の先にはきっと何か新しい、わくわくする世界が待っているにちがいないと信じているからだ。この大いなる冒険に、もしもわたしが先に船出することになったなら、全力を尽くして現世との壁を〝突破〟し、われわれの信条の裏書きとして、自分という存在がいまだ消滅してはいない確たる証拠をあいつのもとへ送りとどけようと、わたしはロデリックに約束した。そして、あいつもまた、同じ誓いを立てていたのだ。わたしたちふたりにとって、たとえ未来がどんなふうに転がろうとも、まだあちらの世界に飛びこんですぐのことなら、いまだ現世と愛や情のしっかりとした絆で結ばれており、現世のことを気にかけずにはいられないだろうと思えたから。死後すぐに、聖ペテロに向かってこんなふうに数分の猶予を願い出る光景を描き出したロデリックのことを思い、わたしはいまさらながら笑わずにはいられなかった。「その美しい鍵を使って、ぼくを天国か地獄に閉じこめてしまう前に、お願いです、どうかほんのしばらく待っていただけませんか？　一分もかかりません、ただちょっと幽霊になって、そんな訪問を待ちわびている友人のところに顔を出してきたいだけなんです。もしも友人の目に見えなかったら、諦めてすぐに帰ってきますよ……ああ、ありがとうございます、聖人さま」

そんなわけで、ロデリックがわが家で死んでもいっこうにかまわない、もしもそうなったとしても、死後に（少なくともあいつに対しては）文句を言わないという約束をして、無事に話はまとまった。ロデリックのほうは、できるかぎり死なないように気をつけて、来週あたりにあいつの愛してやまない地のど真ん中にあるわが家を訪ね、四月の魔法をこの目で見ると約束してくれた。

「それに、新しいわが家がどんなか、まだきみに話していなかったな」と、わたし。「丘のてっぺんに建つ、ジョージ王朝様式で赤いレンガ造りの真四角な家でね。玄関の間と食堂、一階の居間は羽目板張りで、上階にも羽目板張りの部屋がいっぱいあるんだ。芝生の広がる庭は高いレンガの塀に囲まれている。庭には大きな離れもあって、本がぎっしり並び、弓形の張り出し窓からは丸石敷きの街路を見おろすことができるんだ。きみはどこの寝室を使いたい？　庭を見おろす側か、それとも街路を見おろす側か。よかったら、わたしの部屋を使ってくれてもかまわないよ」

ふいに、ロデリックはひどく興味を惹かれた目でわたしを見つめた。「庭を見おろす、羽目板張りの真四角な寝室がいいな。階段を上って、右側のふたつめの扉の部屋だよ」

「いったい、どうしてそんなことを知っているんだ？」

「それは、ぼくがその家に行ったことがあるからさ。ほんの一度だけ、三年前にね」と、ロデリック。「あそこはマーガレット・オールトンが家具をそろえ、一年ほど住んだ家なんだ。あの人はあそこで息をひきとったんだよ、ぼくの目の前でね。きみの買った家があそこだと知っていたら、ぼくは迷うことなく招きを受けていただろう、他人の家で死ぬ不作法など気にもかけずにね。きみが庭と離れの様子を話してくれた瞬間に、ぼくはようやく、それがどこなのか気づいたというわけさ。あそこをもう一度だけ訪ねてみたいと、ぼくはずっと願っていたんだ。そっちに行くのはいつにしようか？　来週はあまりに先すぎるな。たしか、きみはきょうの午後にも帰るんだろう？」

わたしは立ちあがった。壁の時計を見れば、もう駅に向かわなくてはならない時刻だったのだ。

「ああ。きみも、きょう来ればいいじゃないか」誘いをかける。「わたしといっしょに」

「そうできたらいいんだが、明日のほうがきみも都合がいいだろう。明日は必ず行くよ。ああ、それにしても、驚いたな！　まさか、きみの買った家があそこだったなんて！これはまちがいなく幸せな出会いとなるよ、なにしろぼくが――いや、この話は、たぶんあっちで聞かせる機会があるだろう。だが、せっつかないでくれよ。話すべきときがきたら話すさ、弁護士のよく使う言いまわしを借りるなら。きみは本当に、もう出発してしまうのか？」

もう時間が迫ってきていたので、わたしは本当に出発するしかなかった。だが、部屋を出る前に、ロデリックはこうつけくわえた。

「きみにもわかっているだろうが、ぼくの選んだ部屋こそがその場所だったんだ」〝その場所〟が何を意味するのか、それは尋ねるまでもないことだった。

その件についてわたしが知っているのは、世間に明らかにされたごく一般的な事実だけであり、しかもすでに年月を経て記憶も薄れている。だが、おそらくロデリックの胸の中では、永遠に色あせぬ思い出なのだろう。四月の煙るような黄昏の残光を縫いながら走る列車の中、わたしは知っているかぎりのことをあらためて思いかえしていた。これは、いままでロデリックがけっして口にしようとしなかった（そして、いまなおその結末をわたしにうちあけようか迷っている）できごとであり、何があったのか順を追ってふりかえるには、頭をひねって記憶を探らなくてはならなかった。

マーガレット――旧姓は記憶の海に沈んだまま、どうにも浮かびあがってこない――は目を見はるほど美しい娘で、初めて出会ったときから、ロデリックはどうしようもなく熱烈な恋に落ちてしまったのだ。求婚は順調に進んでいるようだった。あのころのあいつは、いかにも幸福な恋をしているように見えたものだ。そこに、男前ならずもの、リチャード・オールトンという男が現れる。男爵位と広大な領地を持つ伯父の相続人である、この青年の包囲攻撃を受け、マーガレットはすぐに陥落してしまった。リチャードはろくでなしながら魅力的な青年だったから、マーガレットは本当に恋に落ちたのかもしれない。だが、当時のもっぱらの噂では、あの娘は情熱にではなく、野心に身をまかせたのだろうということだった。こうしてロデリックの求婚は終わり、その年が暮れる前に、マーガレットはリチャードの妻となった。

そのころのマーガレットを、わたしは一度か二度、ロンドンで見かけたことがある。そのまばゆいばかりの美しさといったら、全世界があの女性の足もとにひざまずいているかのように思えたものだ。息子をふたり産んだマーガレットは、夫の爵位継承にともない、願った地位に昇りつめた。だが、その願いはかなったとたん、空虚なものに変わりはてていく。不実な夫の素行はいっこうに修まらず、マーガレットを法律上の妻というだけの立場に置いたまま、幾度となく浮き名を流しつづけるという、巧妙で残酷な仕打ちを続けた。そして、ついにはさらなる自由を求めて妻のもとを去り、おおっぴらに別の女性と暮らしはじめたのだ。マーガレットが離婚しなかったのは矜持からか、夫をいまだ愛していたからか（そもそも愛したことがあればの話だが）、それとも復讐として夫を法律で縛りつけておきたかったのか、そのあたりの事情はわたしなどが知るよしもない。不幸は不幸を呼び、ふたりの息子も次々と大戦で戦死してしまった。聞くところによると、マーガレット自身も何か怖ろしい、外見をも蝕む病にかかり、誰とも会わず引きこもった暮らしを続けていたという。そして三年ばかり前、ついにこの世を去った。

これらの事実に加え、マーガレットが亡くなったのがわたしの買った家だったこと、最期に立ち会ったのがロデリックだったということが、わたしの知っているわずかながらの情報にすぎない。あいつがふと漏らしたように、もしかしたら、そのうち詳しい話が聞けるかもしれないが。

翌日、ロデリックは体力の消耗を避けるため、ロンドンから車でわが家を訪れた。晩餐の後、庭の離れでくつろぐロデリックは、どうやらうまく体力を温存できたらしく、これまで見たことがないほど元気にあふれて生き生きとしていた。

「ああ、ここに来て本当によかったよ。心から穏やかで満ち足りた気分になれた。ここにいると、マーガレットの存在がひしひしと感じられるんだ。この感覚をこんなにも恋しく思っていたなんて、自分でも気づかなかったよ。まあ、単なる気のせいかもしれないが、ぼくがそう感じる以上、そんなことはどうだっていいのさ。思い出のできごとというものは、起きた場所にこんなにも深く染みついているものなんだな。ぼくの部屋、つまりあの人が使っていた部屋は、いまもあの人が生きているようだ。ぼくにとって、ここにいられるほどの喜びはないよ、前回ここにいたときの、たったひとつの思い出を胸に歩きまわっては、猫のように喉を鳴らしているだけで幸せなんだ。ああ、そうさ、それだけでね。きみには、きっと奇妙に聞こえるだろうな。だが、本当なんだ。ぼくはここで、あの人の最期に立ち会ったからこそ、この場所を避けるのではなく、むしろそんな思い出に浸っていたいのさ。ぼくにとって、あれは人生でいちばん幸せなひとときだったからね」

「つまり、それは――」わたしは口を開いた。

「いや、あの人が苦しみから解放されたからじゃない、もしもきみがそう考えているのならね」

ロデリックはさえぎった。「それは、ぼくが見たからなんだ――」そして、ふいに口をつぐむ。話すべきときがきたら話すが、それまでは何も訊くなと言われていたのを思い出して、わたしはあえて尋ねようとはしなかった。暖炉に燃えさかる炎を見つめるあいつの目は、爆ぜる火花とともに楽しげに躍っている。もう四月だといっても、夜はまだかなり冷えこむのだ。だが、その瞳が輝いているのは炎のきらめきを映しているからではなく、歓喜のように明るく、幸福のように深い嬉しさが胸に充ち満ちているからだった。

「いや、その話はまたにしておこう。まあ、ぼくにまだ時間が残されているうちに、きみにはうちあけるつもりだがね。ぼくにとって、悲嘆に染めあげられた記憶が宿るはずの場所が、なぜこんなに喜びの尽きぬ源泉となっているのか、しばらくは頭をひねっていてくれ。さて、自分のことを話すつもりがないからには、きみの話を聞くとしようか。近況を聞かせてくれよ、このところ何をしていたのか、そう、さらに重要なのは、何を考えていたのかをね」

「このところは、もっぱらこの家を調えるのに忙しくしていたよ」わたしは答えた。「どうしても入らない場所に家具を押しこもうとして、うまくいかずに毒づいたりね」

ロデリックは室内を見まわした。

「きみが不平を言いたくなるような場所は見あたらないがね。何もかも、うまく納まっているじゃないか。ほかには？」

「家具を押しこめずに毒づく合間には、いくつか幽霊話を書いていたよ。きみと同じように、わたしもまた愛してやまない、この世とあの世の境界の地についてね」

ロデリックは声をあげて笑った。

「きみが愛してやまないって？　だとすると、そんな幽霊話などくだらないとぼくが言っても無駄なようだな。だが、かの境界の地についてきみがどう考えているのかは、ぜひ聞いておきたいね」

机の上に無造作に広げてあった、タイプで打った原稿の束を、わたしは手で示した。「それなら、そこに書いてあるよ。好きに読んでもらってかまわない」

「それはありがたい。寝室に引っこむときに持っていかせてもらうよ、きみさえよければね。かの境界の地について、きみはなかなかおもしろい見かたをしていると、ぼくはずっと思っていたんだ。だが、かの地を不気味な場所として思い描いているのはまちがっている。たしかに、そこには不気味なものも存在するだろう。だが、そんなものはどこにだってあるし、たとえば雷雨だって、幽霊よりよっぽど怖ろしいじゃないか。実際にかの地のすぐそばまで近づいてみれば、そこがどれほど魅力的なところかわかるし、その向こう側はさらにずっとすばらしい場所にちがいないと思えるよ。境界の地に、ぼくは一度だけ足を踏み入れたことがあるんだ、まさにこの家でね。いずれ、きみにもその話を聞かせることになるだろうが、あんなにも幸せで心地よい場所は見たことがなかったよ。まちがいなく、ぼく自身もすぐにそこを渡っていくことになる。きっと、実におもしろい体験となるはずだよ、かつて、ぼくたちもよくそんな結論に達していたものだったがね。それだけじゃない、新作劇の初日の幕開けのように、厳粛な雰囲気も味わえるはずだ。

目の前の、いまはまだ閉ざされたままの幕がもうすぐ開き、これまで夢にも思ったことのないようなものを見せてくれるわけだからね。幕の向こうの秘密は、これまでどれほど巧妙にぼくたちの目から隠されてきたことか。たとえ、折にふれてちょっとした情報のかけら、会話の断片といったようなものが、ふとこぼれ落ちてくることがあったとしてもね。あまりに心を惹かれ、こんなにもすばらしい新たな劇を目にすることのできる幸せを、誰もが噛みしめるにちがいない」

「きみが言うのは、よく霊媒が向こうの世界を褒めたたえるたぐいの話とはちがうんだろうね？」と、わたし。

「もちろん、そんな話じゃないさ。ああいう感傷的なたわごと——こんな言葉でしか形容できない、ほかに言葉を探す必要もない、まさにぴったりの表現だな——には、ぼくもほとほとうんざりしているんだ。ちょっと高級な、いかにもまっとうに見える霊媒は、ひとり半ギニーの料金で降霊会を開いては、決まってああいうたわごとを口走るからね。ああいう連中は、霊が降りてきたというところで、いつも参加者に向かってこう呼びかけるんだ、皆さんの中にチャールズかトーマス、あるいはウィリアムという人物をご存じのかたはいませんか、と。そりゃ当然ながら、黒い服に身を包んだご婦人がたの中からひとりくらいは、チャールズ、トーマス、あるいはウィリアムという名の亡くなった息子、兄弟、父親、あるいは従兄弟がいると名のり出てくるにちがいない。そこで、トーマスなら知っているというご婦人が現れると、そのトーマスが、あちらの世界で幸せに暮らしていて、人々を助けるのに忙しいという話をしてきかせるんだ……ああ、まったく、馬鹿馬鹿しいな！　一ヵ月前、こんな病気になる寸前に、ぼくはそんな降霊会に出てみたんだ。霊媒は、マーガレットというご婦人をご存じのかたはいませんか、何か伝えたいことがあるようです、と呼ばわった。マーガレットを知っていると名乗り出たのはふたりだったが、その霊はぼくを選び、ぼくの妻の霊だと名のったのさ。妻とはね、聞いてあきれる！　きみもそう思うだろうが、まさに当てずっぽうが不運な目を引き当ててしまったというわけだ。ぼくが独身だと告げると、そのマーガレットとやらは、今度はぼくの母親を名のったよ、母の名はシャーロットだったんだが。やれやれ！　さてと、そろそろ足どりも軽く寝室へ引きあげようかな、きみの幽霊たちを連れて……」

「原稿だ」

「ああ、だが、幽霊も原稿の束も、同じようなものじゃないか？　こちらの世界で拾いあつめた知識の束こそ、幽霊と呼ばれるものじゃないのかな？　つまり、知識の受け渡しという意味でね、ちがうかい？」

「きみが何の話をしているのか、さっぱりわからないよ」

「いや、きみは理解すべきだよ。ぼくやきみがこちらの世界で集めた知識はすべて――およそ価値あるものなら――それは来世の始まりなんだ。骨を折り、こつこつと努力し、これはと思って拾いあつめた知識を、自分のために蓄積する。こうした地道な努力のおかげで、真の収穫とは何か、ぼくたちは知ることになるんだ。そして、収穫した知識を自分のものとして……」

　ロデリックが寝室へ引きあげてしまうと、わたしはタイプ原稿の誤りを直しにかかったが、ともすれば原稿よりも、いましがたあいつと話したことの意味が気にかかって仕方がない。われわれが現世で行うことは、すべて来世のための蓄積なのだろうか。われわれの努力は、幕の向こうがちらりと見えることによって報われると、あいつは言いたかったように思える。幕がゆらりと揺れ、その向こうを垣間見ることによって、これから目にする新たな劇がどんなものなのか、その手がかりをつかむことができるのだ、と。そういうことなのだろうか？

翌朝、ロデリックは朝食の席に、いかにも幸せな顔をして現れた。

「結局、きみの物語は一行も読めなかったよ。あの寝室に入ったとたん、なんともいえない満ち足りた気分になってね、ほかのことで気を散らしたくなかったんだ。ぼくはベッドに横たわったまま、長いこと目をさましたままでいたよ、こんなにも純粋な幸福をいつまでも味わっていたくて、眠らないよう自分をつねりながら。だが、生身の肉体とは弱いものだね、いつのまにかそんな幸福から滑りおち、すっかり眠りこけてしまっていたよ。きっといびきもかいていただろうが、そっちまで響かなかったかい？　聞こえていなかったことを願うよ。どうやらそんな幸福が描いてくれた夢を見ていたらしいが、どんなだったかはまったく憶えていないな。起こされたときには、すぐに飛びおきたよ、なにしろ……なにしろ、どんな体験も逃さずにおきたいからね。さてと、現実的な話に戻ろうか。きょうの午前中の、きみの予定は？」

「ゴルフをするつもりでいたよ」わたしは答えた。「だが、もしも――」

「〝もしも〟なんて考える必要はないさ、ぼくに気を遣ってくれているならね。ぼくの予定は自ずから決まっている。きょうの午前中は――ぼくの予定では――きみといっしょに車で出かけ、四番ホールのティーのそばの窪みに腰をおちつけて、きみの物語を読むよ。きょうはすばらしい南西の風が吹いていて、まるで天界のメイドのように、空の大掃除にかかっているようだが、あそこなら風にさらされずにすむからね。読書の合間には、あの大きなバンカーからボールを出せずに焦るゴルファーたちを、楽しく見物させてもらうよ。ぼく自身はもうゴルフはできそうにないが、他人ががんばっているところを見るのは楽しいものさ」

「歩きまわったり、喉を鳴らしたりはしないのかい?」

「今朝はね。それはそれでいいさ、きょうは外に出るんだから。ほかの場所でも身体を動かしたいと思っていたからね、ぼくもありがたいんだ。風の当たらない窪地に坐っていることは、ぼくにとっては充分に活動的なんだよ。きみが心配するだろうから言っておくがね」

クラブハウスに着くと、わたしはちょうどいい対戦相手を見つけ、ロデリックは心に決めた見物席に向かってのんびりと歩いていった。三十分ほどして、そのあたりに回っていってみると、高々と打ちあげられたドライブ・ショットが強風に押しもどされ、世界でいちばん凶悪なバンカーに放りこまれたり、低く巧みに打ち出されたボールがそのままたく上がっていかず、盛りあがった砂の壁を越えられなかったりするのを、あいつが申しわけないほどの喜びようで見物しているところだった。前にいたふたり組はひどく口の悪い連中で、自分たちがバンカーから出るまでだけ待っていろ、あとはいつ始めようとかまわない、どうせ追いつかないからと、わたしたちに言いわたす。そして、さんざん乱暴に砂を掘りおこし、どうにか大きな砂丘を越えて姿を消した。いまごろは、ほんの三十ヤード先のグリーンでパットを寄せにかかっているのだろう。

前の組がバンカーを出て見えなくなった瞬間、ロデリックはわたしの手からドライバーを引ったくった。

「どうにも我慢ならないね。もう一度、ボールを打ってやる。ティーを低く頼む、キャディ……いや、ティーはいらないな」

ロデリックはすばらしいショットを放った。バンカーの壁を危なげなく越えながらも、逆風につかまらない高さでどこまでも飛んでいくボールを見おくりながら、あいつは高らかな笑い声をあげた。

「これで、やつらもぼくの友人を侮辱してはいけないと身にしみただろうな。いまのボールは、きっと細心の注意をはらってパットを決めようとしている連中の、まさにど真ん中に突きささったにちがいない。さて、ぼくはその友人の幽霊話を読みにかかるよ」

このいかにもスポーツ好きらしいできごとは、何よりもロデリックの生と死に対する態度を物語っており、わたしの心に深く刻まれた。ふいのすばやい動きは自分の死につながるかもしれないことを、あいつはよく理解していた。だが、それでもあいつはもう一度、力のかぎりボールをどこまでも飛ばしてみたかったのだ。そして、みごとにやってのけ、死に打ち勝った。コースを回りながら思いをめぐらすうち、わたしはさらに確信にいたる。ああやって思いきり爽快にクラブを振り、もしもその場に倒れこんで死んでしまったとしても、それが納得のいくすばらしい一打だったとしたら、あいつは打ってよかったと思うにちがいない。生きているかぎり、あいつはゴルフのボールを打つことも含めて、生の喜びを満喫しつづける。だが、生きていることをどんなに愛していても、死を怖れてそうした喜びを思いとどまることはない。それは、死ぬことに対しても、何も不服があるわけではないからだ。すべては、こうした些細なことの積み重ねなのだろう……その夜、あいつから聞かされることになった例の件の経緯《いきさつ》についても。

ロデリックに渡した物語は、どれも不気味な存在を題材としている。吸血鬼もの、原初の悪霊をあつかったもの、忌まわしい人物の輪廻転生をあつかったものの三篇だ。お茶の後、庭の離れに腰をおちつけたとき、あいつは膝の上にその原稿を広げていた。嬉しかったのは、あいつが物語を読みながら、ふと部屋の隅々にすばやく目を走らせたことだ。まるで、暗い片隅に不気味なものが何もひそんでいないのを確認するかのように……わたしにとっては、読者がこんなそぶりを見せるのが何よりの喜びなのだ。

ほどなくして、ロデリックは最後のページまで読みとおした。

「これは本にまとめるのか？」あいつは尋ねた。「ほかには、どんな物語が入る？」

「それよりは落ちるな」恐怖を売る人間としての誇りを胸に、わたしは答えた。

「なるほど――ぼくの批評が聞きたいかい？　どちらにしろ、言わせてもらうがね――きみの本からは芸術が感じられない、影ばかりで光が存在しないばかりか、ただの作りものでしかない。たしかに、小説というのは、きみもよく理解しているだろうが、本質的に作りものだともいえる。きみは物語の中で、一段上の場所からすべてを見とおす役割を自分に与えているね。少なくともぼくが読んだ三篇では、できごとを一人称で語り、必ずしもその必要はないのに、すべてはきみが実際に経験したことであるという設定のもと、きみが描く境界の地がどこまでも怖ろしい場所であるという考えかたに真実味を添えている。だが、そうじゃないんだ。おそらく、怖ろしいものも存在はするのだろう――ぼく自身、たとえば原初の精霊や不気味な化けものの存在を信じてもいるしね――しかし、かの地の大部分は驚くほど喜びに満ちていると、ぼくは確信している。そう信じるに足るだけの理由があるんだ」

「わたしもぜひ、そう信じられるようになりたいね」

ロデリックは暖炉に目をやった。その瞳が輝いているのは、今回もやはり炎を反射しているからではなく、心のうちに何か喜びにあふれる光景を描き出しているからだ。

「そうだな、晩餐までにはあと一時間ある。ぼくの話は、その半分もあれば充分だろう。これは、ぼくが以前この家で経験したことなんだ。実のところ、いまぼくが寝室として使わせてもらっている部屋で見たことだよ。わかってもらえると思うが、その経験からぼくは、あの部屋でもう一度すごしてみたいと願っていたんだ。それでは、始めようか。

マーガレットが結婚してから二十年、ぼくがあの人を目にするのは、思いがけない偶然の機会にかぎられていた。思いがけない機会というのは、たとえば劇場やら何やらで、ふたりの息子といるところをたまたま見かけたりね。そんなわけで、息子たちの顔も見知ってはいたが、どちらとも話をしたことはなかったし、結婚後はマーガレット自身とも話していない。世間には知らないものがいないくらいだったからね、当然ぼくも、あの人の結婚生活がどれほど悲惨かは知っていた。だが、そういう状況で、あの人の注意を惹く気にはなれなかったんだ。何より、あの人がぼくを必要としているそぶり、合図、そういったものがまったく見られなかったしね。きみを愛している、きみの心に添いたいと、あの人に伝えられたらと思わなかった日は一日もない。ただ、あの人自身がそんなことを望んでいるかどうか、それだけが問題だったんだ。

　息子たちがふたりとも亡くなってしまったことも、もちろん聞いていた。ふたりとも、ほんの数日の間にフランスで戦死してしまったそうだ。弟は十八歳、兄は十九歳だったとか。ぼくはあの人に、形式ばったお悔やみの手紙を出したよ、ぼくたちは長いこと、何の行き来もなかったからね。あの人もまた、形式ばった返事をよこしたよ。その後、あの人はこの家を買い、ひとりで暮らしはじめたという。それから一年、あの人が怖ろしい、外見をも損なう病にかかり、もう何ヵ月も苦しんでいるという話が、ぼくの耳に入ってきたんだ。

　ぼくはロンドンにいて、ピカデリーをぶらぶらと歩いているところだった。だが、その話を連れから聞かされた瞬間、どうしてもあの人に会いに行かなくてはということに気づいたんだ。明日とか、近いうちにとかじゃない、いますぐに。どうしてあんなにも揺るぎなくそう思ったのか、本能につきうごかされているような、あの圧倒的な感覚を説明するのは難しい。そうしたいという欲望ではなく、そうするしかないと悟る、自分の意志ではどうしようもないときというのがあるんだよ。たとえば、きみが道路の真ん中に立っていて、そこへすさまじい勢いの車が走ってきたとする。きみはもう道の脇に避けるしかないだろう、自殺を図るつもりでもなければね。そのときも、まさにそんな感じだったんだ。自分の魂を殺すつもりでもなければ、ぼくにはそうするしかなかった。

　それから二、三時間の後、ぼくはこの家の玄関に立ち、マーガレットに会いたいと告げていたよ。奥さまは重い病気にかかっていて、誰にもお会いできませんと断られたが、ぼくが来たと告げる伝言をメイドに持っていってもらってね。まもなく看護師が下りてきて、お会いになるそうですと伝えてきた。看護師によると、マーガレットは病によって損なわれた容貌も、二度にわたる手術の跡も見られないように、分厚いヴェールをかぶっているというんだ。声を出すのも難しい状態なので、おそらくは言葉を交わすこともできないだろうし、面会もほんの数分にしてほしいとのことだったよ。おそらくは、もう数時間も保たないかもしれないという話でね。本当に、ぼくはぎりぎりのところで間に合ったんだ。そのとき、ふいにぼくはここに来なければよかったという思いに駆られてしまった。本能につきうごかされてここに来たというのに、今度は同じ本能が、なんとも言いがたい恐怖に駆られて、ここから逃げ出せとささやくんだ。まさに肉体と魂の戦いだったよ。その苦しさに耐えかねて、やはり会わずに帰ったほうがいいのではと、遠まわしに言ってみたが……看護師はただ、奥さまはお会いになりたいそうです、とくりかえしただけだった。そして、きっとぼくのためらいの理由を察したのだろう、『奥さまのお顔はまったく見えませんよ』とつけくわえた。『いやな思いをなさることはないでしょう』とね。

ぼくはひとりで、あの部屋に足を踏み入れた。マーガレットはベッドの上で、重ねた枕にもたれるように身体を起こしていたよ。顔には黒いヴェールがかかり、ぼくからは何も見えなかった。看護師がぼくのために用意しておいてくれた、枕もとの椅子に腰をおろすと、あの人は上掛けに乗せていた右手を恥ずかしそうに、ためらいがちにこちらへ伸ばした。まるで、ぼくがその手をとってくれるかどうか、自信が持てないというようにね。だが、それこそは、ぼくがずっと待ちのぞんできた合図だったんだ」

ロデリックは言葉を切った。その顔は、幸福な思い出に照らされて輝いている。

「ぼくがいま話そうとしているのは、本来は言葉じゃ伝えられないことでね。夕陽を見て胸に広がる感情を、色の名前を列挙するだけで伝えようとしているようなものさ……とにかく、ぼくはそこに坐ったまま、あの人の手を握りしめた。マーガレットはおそらく話すことはできないだろうと聞かされていたし、ぼくのほうとしても、どんな言葉を選ぼうと、この黄金の輝きを放つ沈黙を曇らせることとなってしまうのはわかっていた。

だが、ふいに、ヴェールの向こうからささやき声が聞こえてきたんだ。

『あなたにお目にかからずには死ねないと思っていたの』と、あの人は言った。『きっと来てくださることはわかっていたわ。ひとつだけ、あなたにお伝えしたいことがあったから。わたしはあなたを愛していたのに、その愛を押し殺そうとしていたの。そして、何年にもわたって、自分が蒔いた種の結果を刈りあつめてきたのよ。あなたへの愛を殺そうとしても、その愛はわたし自身よりずっと強かった。わたしが蒔いた種の収穫は、いまようやく終わろうとしているの。わたしはひどく苦しんだけれど、そうよ、そのすべての痛みに感謝します。どれも、わたしには必要だったから……』

ほんの数分前、ぼくはマーガレットの顔を見るのが怖くてたまらなかった。だが、いまや、あの人の顔を隠すヴェールがどうにも我慢できなくなっていたんだ。

『ヴェールを上げてくれ、愛しい人よ』ぼくは頼んだ。『どうしてもきみを見たいんだ』

『だめ、だめよ』マーガレットはささやいた。『わたしを見たら、ぞっとするわ。わたし、怖ろしい姿になってしまったの』

『きみを怖ろしくなんて思うものか』ぼくは答えた。『さあ、ヴェールをめくるよ』

手を伸ばし、そのとおりにする。さあ、何が見えたと思う？　自分でもわかっていたような気がするよ。その瞬間に悟ったのかもしれないな、これからぼくの目に映るのは、至高にして完璧な幻であると。

手術の傷も、病の爪痕も、醜く変わりはてた容貌も、そこにはなかった。マーガレットの顔は記憶よりもさらに美しく、けっして暮れることのない日の夜明けを迎え、曙光に照らされて輝いていたよ。うつろい、やがて朽ちていく肉体はすでに脱ぎ捨てて、永遠の魂となった姿が、ぼくの前に現れたんだ。言ってみればすでに清められ、罪を償って、すっかり謙虚で神々しい姿となってね。ぼくのはかない生身の肉体にも、それを見る力が許された。死すべき人間と永遠の魂の境界を越えて、ぼくはマーガレットとともにいることを認められたんだ……

この愛の奇跡にただただ目を見はるばかりだったそのとき、ぼくはふと、室内にまだ誰かいることに気がついた。あの人のふたりの息子がベッドの向こう側に立ち、母親を見おろしていたんだ。ふたりがそこにいるのは、ごく自然なあたりまえのことに思えた。

『母さんのために、迎えにくることを許してもらったんですよ』ひとりがそう語りかけた。『ほら、立って』

マーガレットはふたりの息子を見やった。

『ああ、わたしの大切な子どもたち。なんて嬉しいのかしら。でも、あとちょっとだけ待っていてちょうだい』

そして、あの人はこちらに身を乗り出し、ぼくにキスをしたんだ。

『いらしてくださってありがとう、ロデリック。お別れね、ほんの少しの間だけ』

そして、ぼくの見る力は――真の姿を見る力は――失われてしまった。あの人の頭ががくりとのけぞり、そして力なく脇を向く。ぼくがヴェールを元に戻すより早く、ほんの一瞬、傷跡が残り、残酷に変わりはてた顔がのぞいた。ぼくはたしかにそれを見たんだが、実のところ、まったく記憶に残らなかったんだ。どんなに怖ろしい夢を見ても、いったん目がさめてしまうと、すぐにぼやけて思い出せなくなってしまうだろう、あんなふうにね。別れを告げたとき、ぼくの手をしっかりと握りしめたあの人の手が、やがてゆるみ、ぱたりとベッドに落ちる。あの人はそうして旅立っていったんだ、どこか見えない世界へ、ふたりの息子たちに付き添われて」

ロデリックは言葉を切った。

「これで、ぼくの話は終わりさ。ぼくがどうしてあの部屋を寝室に選んだか、知りたいかい？ぼくのときは、あの人が迎えにきてくれないかと願っているからだよ」

わたしの部屋は、ロデリックの寝室の隣にあった。わたしのベッドの頭が、ちょうど壁をはさみ、あいつのベッドの頭と向かいあっていることになる。その夜、着替えてベッドに入り、明かりを消そうとしたそのとき、頭のすぐ上の壁を鋭く叩く音がした。壁の絵が隙間風に揺れたか何かしたのだろうと思ったが、次の瞬間、ふたたび同じ音が響く。もしかしたら、ロデリックが何かの用事で呼んでいるのかもしれないと、わたしは思いあたった。とはいえ、とくに差しせまった事態とも思わずに、わたしはベッドを出ると、燭台を手にあいつの寝室へ向かった。ノックしても返事がないので、扉を数センチ開いて呼びかける。

「呼んだかい?」それでも返事はなく、わたしは部屋に足を踏み入れた。

枕もとのランプを点けたまま、あいつはベッドに身体を起こして坐っていた。わたしの姿が見えていないのか、わたしの存在にさえ気づいていないようだ。その視線は、目の前一メートルほどのところにじっと注がれていた。口もとがほころび、さっきの話を語ってくれたときのように、瞳が喜びに輝いている。やがて、あいつは手を差しのべ、まるで立ちあがろうとするかのようなそぶりを見せた。

「ああ、マーガレット、ぼくの愛しい人……」

そう叫ぶと、二度ほど浅い息をつき、あいつはぐったりと後ろに倒れた。

解説

本書『見えるもの見えざるもの』は、イギリスの小説家E・F・ベンスン（一八六七〜一九四〇）の二冊目の怪奇短篇小説集VISIBLE AND INVISIBLE（一九二三）の完訳である。原題は収録作品の一作からの引用だが、邦題はその箇所を題名らしく訳したもので、作品の訳文を引用したものではない。どの作品からか探すのも含めて、収録の十二篇をお楽しみいただけますよう。

かつてベンスンは古典的な幽霊物語の作家というイメージで語られていたが、実は多彩な作風を持っていることが、先に邦訳された第一短篇集『塔の中の部屋』からでもわかる。イギリス人らしい洒脱なユーモアを具え、ときには奇抜に、ときにはSFよろしくアイデアの豊富さを見せるのがベンスンのホラーの特色で、その味わいは怖さだけにとどまらない。恐怖に奇想とユーモアをブレンドしていて、たとえば阿刀田高の初期作品を連想させるような、短篇小説の楽しみに満ちている。

本書の収録作品が発表されたのは一九二一〜二三年。第一次世界大戦が終わり、アメリカが「狂騒の二〇年代」を迎え、イギリスも経済の安定と文化の繁栄の中にあった。もとより上流階級の生活を描くことを得意としたベンスンである。TVドラマ「ダウントン・アビー」シーズン4で見られる家財や衣服が、作品を読むときのイメージの一助になりそうだ。そんな時代の空気を反映したのか、約十年前の『塔の中の部屋』の収録作と読み比べると、物語のそこここに洒脱さが感じられる。だが、人知れず潜んでいる闇の住人たちは、時代の変遷とは関わりなく、語り手たちに接触してくる。変わることなく、ときには邪悪に、ときには悲しげに。

ここに集められた十二篇のうち八篇は本邦初訳。既訳のある「恐怖の峰」「幽暗《くらき》に歩む疫病《えやみ》あり」「アムワース夫人」「地下鉄にて」の四篇は、新訳で収録した。なお、巻末の「ロデリックの物語」の語り手はベンスン自身らしい小説家で、友人に読ませた怪奇小説の原稿は、本書収録作のいくつかだと思われる。どの作品かは、全篇を御一読のうえ、じっくり探していただきたい。

（編集部・マ）

E・F・ベンスン怪奇短篇小説リスト

ナイトランド叢書編集部・編

以下は、怪奇短篇小説に限定し、A・生前刊行の短篇集、B・歿後刊行の短篇集、C・拾遺作の三項目に分け、個々の作品の題名と初出年を記した。

なお《ベンスン怪奇小説全集》というべきジャック・エイドリアン編のCOLLECTED SPOOK STORIES（Ash Tree Press, 1998-2005　全五巻）各巻の収録作がわかるよう、作品ごとに収録巻の番号を付した。

〔1〕＝THE TERROR BY NIGHT（1998）
〔2〕＝THE PASSENGER（1999）
〔3〕＝MRS. AMWORTH（2001）
〔4〕＝THE FACE（2003）
〔5〕＝SEA MIST（2005）

また、同叢書刊行前の、別ジャンルの作品を含む単行本未収録作品集（やはりジャック・エイドリアン選）の収録作は、収録巻をそれぞれ略号で記した。

DR ＝ DESIRABLE RESIDENCES and Other Stories（Oxford University Press, 1991）
FF ＝ FINE FEATHERS and Other Stories（Oxford University Press, 1994）

【A・生前刊行の短篇集】

THE ROOM IN THE TOWER AND OTHER STORIES（1912, Mills & Boon）
『塔の中の部屋』中野善夫・圷香織・山田蘭・金子浩訳
　アトリエサード二〇一六
The Room in the Tower（1912）〔2〕
「塔の中の部屋」中野善夫訳
同〈ナイトランド・クォータリー01〉二〇一五・五
　「塔のなかの部屋」平井呈一訳『怪奇幻想の文学1
　真紅の法悦』新人物往来社一九六九
At Abdul Ali's Grave（1899）〔1〕
「アブドゥル・アリの墓」圷香織訳
Between the Lights（1912）〔1〕
「光の間で」圷香織訳
The Bus-Conductor（1906）〔1〕

「霊柩馬車」圷香織訳

The Cat（1905）〔1〕

「猫」圷香織訳

Caterpillars（1912）〔1〕

「芋虫」中野善夫訳

「いも虫」平井呈一訳『怪奇小説傑作集Ⅰ』江戸川乱歩編（世界大ロマン全集24）東京創元社一九五七

同『怪奇小説傑作集1』創元推理文庫一九六九

同『夢見る妖虫たち　妖異繚乱』川端邦由編　北宋社一九九四

同『幻想小説大全』北宋社編集部編　北宋社二〇〇二　＊右掲書を含む合本版アンソロジー

The Confession of Charles Linkworth（1912）〔2〕

「チャールズ・リンクワースの懺悔」圷香織訳

「チャールズ・リンクワースの懺悔」平井呈一編訳『こわい話・気味のわるい話1』牧神社一九七四

→改題復刻『ミセス・ヴィールの幽霊　こわい話気味のわるい話1』沖積舎二〇一一

同　平井呈一編訳『恐怖の愉しみ　上』創元推理文庫一九八五　＊牧神社版の再編集

「チャールズ・リンクワースの告白」並木慎一訳『イギリス怪談集』由良君美編　河出文庫一九九〇

The Dust-Cloud（1906）〔1〕

「土煙」山田蘭訳

「つちけむり」野村芳夫訳『死のドライブ』ピーター・ヘイニング編　文春文庫二〇〇一

Gavon's Eve（1906）〔1〕

「ガヴォンの夜」山田蘭訳

The House with the Brick-Kiln（1908）〔1〕

「レンガ窯のある屋敷」山田蘭訳

How Fear Departed from the Long Gallery（1911）〔1〕

「かくて恐怖は歩廊を去りぬ」山田蘭訳

The Man Who Went Too Far（1904）〔1〕

「遠くへ行き過ぎた男」中野善夫訳

The Other Bed（1908）〔1〕

「もう片方のベッド」金子浩訳

Outside the Door（1910）〔1〕

「扉の外」金子浩訳

The Shootings of Achnaleish（1906）〔1〕

「ノウサギ狩り」金子浩訳

The Terror by Night（1912）〔1〕
「夜の恐怖」金子浩訳
The Thing in the Hall（1912）〔1〕
「広間のあいつ」金子浩訳

VISIBLE AND INVISIBLE（1923, Hutchinson）
『見えるもの見えざるもの』山田蘭訳　アトリエサード二〇一八（本書）
And the Dead Spake...（1922）〔3〕
「かくて死者は口を開き——」
The Outcast（1922）〔3〕
「忌避されしもの」
The Horror-Horn（1922）〔3〕
「恐怖の峰」
　「恐怖の山」鈴木克昌訳『怪奇幻想の文学5　怪物の時代』新人物往来社一九七七
　同『書物の王国18　妖怪』東雅夫編　国書刊行会一九九九
Machaon（1923）
「マカーオーン」〔3〕
Negotium Perambulans（1922）〔3〕
「幽暗《くらき》に歩む疫病《えやみ》あり」
　「歩く疫病」西崎憲訳『乱歩の選んだベストホラー』森英俊・野村宏平編　ちくま文庫二〇〇〇
At the Farmhouse（1923）〔3〕
「農場の夜」
Inscrutable Decrees（1923）〔3〕
「不可思議なるは神のご意思」
The Gardener（1922）〔3〕
「庭師」
Mr. Tilly's Séance（1922）〔3〕
「ティリー氏の降霊会」
Mrs. Amworth（1922）〔3〕
「アムワース夫人」
　「アムワース夫人」村上啓夫訳〈別冊宝石108　世界怪談集〉一九六一
　同『幻想と怪奇1　英米怪談集』早川書房編集部編　早川書房一九五六
　「アムワース夫人」佐藤嗣二編訳『英米ゴースト・ストーリー傑作選』新風書房一九九六

In the Tube（1922）〔3〕
「地下鉄にて」
「地下鉄にて」乾信一郎訳『ロアルド・ダールの幽霊物語』ハヤカワ・ミステリ文庫一九八八
Roderick's Story（1923）〔3〕
「ロデリックの物語」

SPOOK STORIES（1928, Hutchinson）
『ベンスン怪奇小説集』八十島薫訳 国書刊行会一九七九 ＊原書より二編省略
Reconciliation（1924）〔4〕
「和解」
The Face（1924）〔4〕
「顔」
「顔」鈴木栄吉訳〈幻想と怪奇〉一九七三・四
Spinach（1924）〔4〕
「スピニッジ」
Bagnell Terrace（1925）〔4〕
「バグネル・テラス」
A Tale of an Empty House（1925）〔4〕
「空き家の話」
Naboth's Vineyard（1923）〔4〕
「ナボテのぶどう園」
Expiation（1923）〔3〕
Home, Sweet Home（1927）〔4〕
「ホーム・スイート・ホーム」
And No Bird Sings（1926）〔4〕
「鳥の啼かぬ森」
The Corner House（1926）〔4〕
Corstophine（1924）〔4〕
「コーストフィン」
The Temple（1924）〔4〕
「神殿」

MORE SPOOK STORIES（1934, Hutchinson）
The Step（1926）〔5〕
「跫音」中野善夫訳『怪奇礼讃』中野善夫・吉村真美子編 創元推理文庫二〇〇四
The Bed by the Window（1929）〔5〕
James Lamp（1930）〔5〕

The Dance（1934）〔4〕
The Hanging of Alfred Wadham（1928）〔5〕
「アルフレッド・ワダムの絞首刑」今本渉訳『怪奇小説の世紀1　夢魔の家』西崎憲編　国書刊行会一九九二
Pirates（1928）〔5〕
The Wishing-Well（1929）〔5〕
The Bath-Chair（1934）〔4〕
Monkeys（1933）〔5〕
Christopher Comes Back（1934）〔5〕
The Sanctuary（1934）〔5〕
Thursday Evenings（1920）〔2〕
The Psychical Mallards（1921）〔2〕

【2　歿後刊行の短篇集】

THE FLINT KNIFE（Equation, 1988）＊ジャック・エイドリアン選
The Flint Knife（1929）〔5〕
The Chippendale Mirror（1915）〔2〕
The Witch-Ball（1928）〔5〕
The Ape（1917）〔2〕
Sir Roger de Coverley（1988）〔5〕
The China Bowl（1916）〔2〕
The Passenger（1917）〔2〕
The Friend in the Garden（1912）〔2〕
The Red House（1914）〔2〕
Through（1917）〔2〕
The Box at the Bank（1928）〔5〕
The Light in the Garden（1921）〔2〕
Dummy on a Dahabeah（1913）〔2〕
The Return of Frank Hampden（1915）〔2〕別題 The Case of Frank Hampden
The Shuttered Room（1929）〔5〕
「閉ざされた部屋」長山靖生・渡部奈美訳『怪奇小説の世紀 第2巻 がらんどうの男』西崎憲編　国書刊行会一九九三

【3　拾遺作】

The Death Warrant（1893）

＊THE E.F.BENSON MEGAPACK（Wildside Press, 2013　電子書籍）所収

The Judgement Books（1895）

＊CLASSIC WEIRD 2（Edited by David A. Riley, Parallel Universe Publications, 2016　アンソロジー）所収

Mrs. Andrew's Control（1920）〔5〕

Number 12（1922）DR〔3〕

The Top Landing（1922）DR〔3〕

Boxing Night（1923）FF〔3〕

The Tale of The Empty House（1925）〔4〕

＊THE TALE OF THE EMPTY HOUSE and Other Ghost Stories（Edited by Cynthia Reavell, Black Swan, 1986　選集）所収

The Call（1926）〔4〕

By the Sluice（1927）FF〔4〕

Atmospherics（1928）FF〔5〕

Sea Mist（1935）DR〔5〕

Dives（2005）〔5〕

Lazarus（2005）〔5〕

The Clandon Crystal（2005）〔5〕

The Everlasting Silence（2005）〔5〕

E・F・ベンスン Edward Frederic Benson
1867年、英国バークシャー州の聖職者の家に生まれる。1893年、デビュー作のユーモア小説Dodoがベストセラーとなる。以降、小説、伝記はじめ幅広い分野の、100点を超える著作を上梓した。怪奇小説では、1912年の短篇集『塔の中の部屋』(アトリエサード) 以降、生前に四点の短篇集を刊行。他の邦訳書に『ベンスン怪奇小説集』(国書刊行会) があるほか、短篇がホラー・アンソロジーに数多く収録されている。1940年歿。

山田 蘭(やまだ らん)
英米文学翻訳家。主な訳書にキップリング「ジャングル・ブック」「ジャングル・ブック2」、スウィフト「ガリヴァー旅行記」(以上、KADOKAWA)、ギャリコ「トマシーナ」、ディヴァイン「そして医師も死す」、ベイヤード「陸軍士官学校の死」(以上、東京創元社)、ジェームズ「公爵夫人はアメリカ令嬢」(集英社クリエイティヴ)、共訳書にベンスン「塔の中の部屋」(アトリエサード) などがある。

ナイトランド叢書 3-1

見えるもの見えざるもの

著 者　E・F・ベンスン
訳 者　山田 蘭
発行日　2018年2月26日

発行人　鈴木孝
発 行　有限会社アトリエサード
東京都新宿区高田馬場1-21-24-301 〒169-0075
TEL.03-5272-5037 FAX.03-5272-5038
http://www.a-third.com/ th@a-third.com
振替口座／00160-8-728019
発 売　株式会社書苑新社
印 刷　モリモト印刷株式会社
定 価　本体2400円＋税
ISBN978-4-88375-300-0 C0097 ¥2400E